용병생활백서

용병생활백서 3

초판 1쇄 인쇄일 2016년 4월 22일 | **초판 1쇄 발행일** 2016년 4월 26일

지은이 주작 | **펴낸이** 곽중열 | **담당편집 팀장** 이범수
편집부 신연제 이윤아 김은경 홍현주

펴낸곳 (주) 조은세상 | 출판등록 제 2002-23호
주소 경기도 연천군 미산면 청정로 1355
TEL 편집부 02)587-2966 | FAX 02)587-2922
e-mail bukdu@comics21c.co.kr

ISBN 979-11-5832-503-9 | ISBN 979-11-5832-500-8(set) | 값 8,000원

주작 판타지 장편소설

NEO FANTASY STORY & ADVENTURE

용병생활백서

傭兵生活白書

(주)조은세상

CONTENTS

용병생활백서

1. 사신

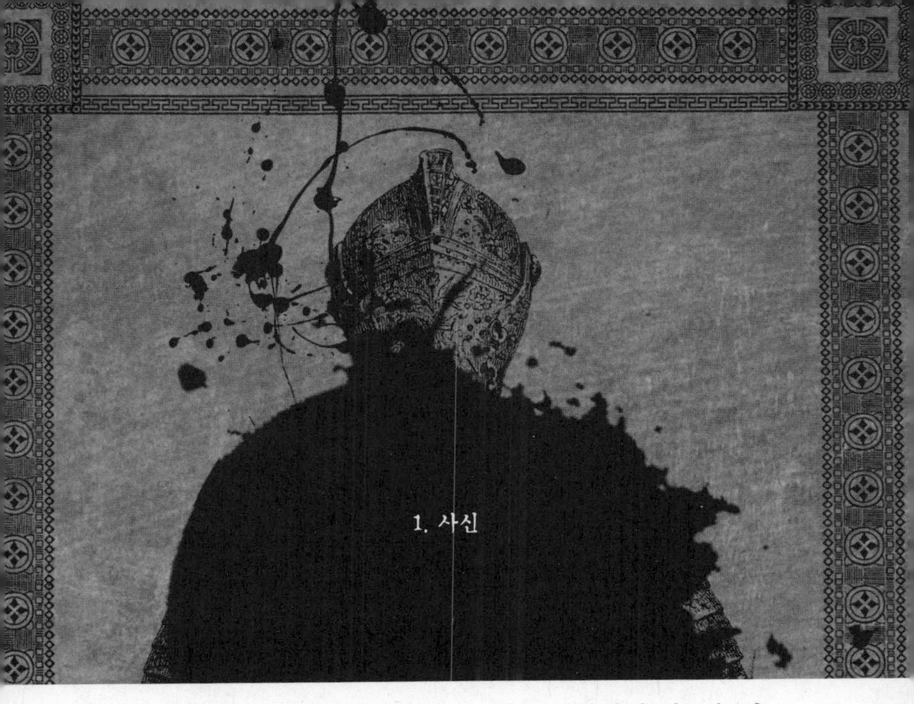

1. 사신

마르센 왕국의 선봉이라 할 수 있는 기마단이 성문을 박차고 나왔을 때, 에벨린 왕국 원정군의 지휘부 역시도 기사들과 전마를 준비시키고 있었다.

한 박자 늦었다는 걸 알았으나, 크게 개의치 않았다. 어차피 전선을 이루고 있는 용병들과 병사들은 그들 입장에서는 일종의 소모품과 다를 게 없는 까닭이었다.

오히려 그들을 통해 적의 선봉의 돌진력을 늦추고, 작게나마 피해를 입힐 수 있다면, 도리어 그게 득이라고 여겼다.

그리고 잠시 후, 믿기 어려운 광경이 펼쳐졌다.

"저게… 누구냐?"

원정군 지휘부에 소란이 일었다.

"용병부대의 복장입니다."

"특급 용병인가?"

짧은 순간, 실로 수많은 이야기들이 오갔다. 그와 동시에 계약되어 있는 특급 용병들에 대한 목록까지 나오고 있었다.

하지만 그 중 어느 하나도 저 멀리, 난전의 소용돌이를 걷어내고 있는 사내를 연상시키는 존재가 없었다.

애초에,

"저 어깨띠는 하급 용병들에게 지급된 것 아닌가?"

"그럴 리가…."

누군가의 의문처럼, 저 멀리 마르센의 선봉과 대치하고 있는 사내의 어깨에 묶여있는 띠를 보고, 어렴풋이나마 급수를 짐작할 수 있었다.

그 때문에 더욱 혼란이 가중되었다.

"설마…."

"말도 안 돼!"

사내에게서 나온 정보를 통틀어보면, 잘 쳐줘도 2급 용병까지였다.

그리고 이 같은 소란은 이곳 에벨린 왕국 지휘부뿐만 아니라 마르센 왕국 지휘부에서도 똑같이 일어나고 있었다.

❖ ✣ ❖

어느새 양국 지휘부의 시선을 한 몸에 받고 있는 에던은 길게 시간을 끌어서는 안 된다는 결정을 내린 뒤, 먼저 몸을 움직였다.

"안 와? 그럼, 내가 가지 뭐."

그리고는 훌쩍 기사들 사이로 뛰어드는데, 그 타이밍이 실로 절묘했다. 어찌되었건 이곳은 전장이고 난전이 한창 벌어지는 중심지였다.

당연하게도 기사들이 만들어 놓은 영역일지라도 눈먼 칼들이 쑤시고 들어올 수 있었는데, 이런 길 잃은 병장기가 기사들의 후미를 찌르며 신경을 어지럽힐 때, 그 순간을 기다렸다는 듯 에던이 뛰어든 것이다.

다가가는 만큼 뒷걸음질을 치는 기사들의 모습에 실소가 나왔으나, 결국 전진하는 속도가 더 빨랐고 부딪칠 수밖에 없었다.

에던의 공격은 시작부터 기사들의 생각을 뒤집었다. 들고 있는 검에 집중된 기사들의 시선에 씨익 웃더니 대뜸 던져버리는 것이 아닌가.

"옛다."

오래도록 익혀온 암기술이 그 순간 빛을 발했다. 가볍게 던진 듯 보였으나, 그 속도나 방향은 실로 무거웠다.

정확히 투구 아래, 목을 노리고 날아드는 검에 몸을 비틀며 피하고, 그 순간 에던은 완벽히 그의 간격을 만들었다.

근접전에 이은 박투술이 펼쳐졌다.

잡고 꺾고 비틀며 던진다.

"끄허어억!"

그야말로 한 순간에 이 모든 동작이 행해졌고, 제대로 된 반격을 하기도 전에 팔 하나가 기형적으로 꺾인 기사가 바닥을 뒹굴었다.

그것이 신호였다. 가까스로 울화를 자제하고 있었건만, 동료의 고통스런 신음성을 듣자 결국 폭발해 버린 것이다.

에던으로서는 환영할 일이었다. 애초에 저들의 적극적인 행동을 바라며 기사의 팔을 비튼 것으로써, 최악의 연출을 위해 일부러 검을 쓰는 오른팔을 목표로 잡았다.

'그래, 와라! 덤벼라!'

아무리 스스로의 특별함을 인정하고 과거와 지금을 명확하게 구분 지었다고는 하나, 그것은 전적으로 각성에 기댄 변화였다.

그 스스로는 여전한 한계 혹은 제약을 지니고 있었다.

오러홀의 파괴와 그로 인해 발생하는 육체적인 제한선이 다른 것이다.

드라필만의 도움으로 발전을 했다고는 하나, 그럼에도 불구하고 그의 육체적 능력은 2급 용병의 기준점을 벗어나지는 못했다.

그런 상황에서 저 많은 기사들을 일일이 쫓아다니며 쓰

러트린다?

'똥 나올라.'

애초에 지금도 적잖게 지쳐있는 상황이었다. 프레이와 격돌했고 거기에 더해 기마단의 돌격을 마주했다. 겉으로 드러내질 않아서 그렇지, 맘 같아서는 이대로 시체 사이로 파고들어가 한 숨 자고 싶을 정도였다.

'빨리 빨리 끝내자.'

이 같은 바람을 읽기라도 하는 듯, 순식간에 거리를 좁힌 기사들이 정확한 합격으로 검을 뻗어왔다.

눈에 보이는 게 두 개였고, 보이지 않고 각성에 걸리는 것만도 무려 네 개였다.

한 개인에게 가해질 수 있는 공격의 수가 많아야 서넛이라는 걸 생각한다면, 이들의 공격은 실로 놀랍다 할 수 있었다. 검이라는 간격을 최대한 활용한 합격이었다.

이번만큼은 에던도 피하기가 어렵다는 걸 깨달았다. 하지만 그럼에도 불구하고 길은 있었다.

"으득!"

이를 악물며 전방으로 몸을 던졌다. 기왕이면 감각에 기대는 궤적보다 눈에 훤히 들어오는 길을 파헤치고자 한 것이다.

푸욱!

아찔한 통증이 밀려들었다. 어깨를 내어줬다. 최대한 간격을 줄이며 검의 위력도 함께 잡은 덕분인지, 다행스럽게도 치명상은 피한 것 같았다.

서걱!

안도할 틈도 없이 옆구리가 서늘해졌다. 하지만 이 역시 깊지는 않았다. 오히려 적극적인 돌진 덕분에 궤적이 비틀린 듯, 가까스로 치고 가는 느낌이었다.

아슬아슬하니 등판을 스쳐가는 검격들을 느끼기도 전에, 이미 반격은 시작되었다.

태앵!

"크읍…."

공격을 한 에던이 오히려 통증에 신음했다. 어쩔 수 없었다. 철제 투구에 박치기를 했으니 당연한 반응이었다. 애초에 시야를 어지럽힐 목적으로 한 것이기에, 눈물이 찔끔 나왔지만 정신이 날아갈 정도는 아니었다.

비척거리는 기사의 품안에 더욱 깊이 들어가며 빙글 몸을 돌렸다. 육중한 기사의 체구가 시원하니 허공을 날았다. 노린 것일까? 마침 연격을 준비하던 기사에게로 기사의 몸이 떨어졌다.

쿠웅…

묵직한 충격과 함께 둘이 뒤엉켜 너부러질 때, 에던이 손을 뻗었다.

푹… 푸욱!

간결한 동작으로 두개의 생명을 앗았다. 어느새 메치던 기사의 검이 그의 손안에 들려 있었다.

쉴 시간은 없었다. 달려드는 또 다른 기사들에게 몸을 던졌다.

'넷? 여섯? 누구 마음대로.'

합격에 의해 몰매를 맞는 상황을 피하는 방법은 언제나 간단했다.

'근접전은 언제나 1대 1이지!'

그야말로 살갗이 부딪칠 정도의 간격을 유지하는 것이다. 재수 없어도 앞뒤로 두 명? 그 이상을 넘지 못했다.

"개싸움은 처음이니?"

그렇게 물으며 재차 기사를 향해 몸을 던졌다.

❖ ✣ ❖

요란한 비명성과 사나운 기합성 그리고 어지러운 칼부림.

핏빛 뜨거운 열기 속에 솟구치는 공기와 그 이상으로 가볍게 날아가는 죽음의 향기가 짜릿한 공간.

전장이며 난전이었다.

하지만 이런 분위기와 어울리지 않게 무겁고 또 조용하며 거기에 싸늘하기까지 한 장소가 있었다.

마르센 왕국의 선봉으로 나선 기마단이 구축한 영역이었는데, 신기한 건 그토록 짙은 침묵 속에서도 움직임은 끊임없이 이어지고 있다는 점이었다.

마치 연극을 보는 것 같았다.

가벼운 손짓에 큼지막한 체구의 기사가 허공을 날아 저 시체더미 사이로 나란히 누웠다. 그저 뻗은 검 끝에 알아서 목을 들이미는 장면도 있었다.

죽음을 연기하는 무희들의 춤사위마냥, 마르센의 선봉으로써 자랑스레 전장을 나섰던 기사들은 하늘하늘 그 죽음의 몸짓 속에서 하얗게 타들어갈 뿐이었다.

"괴물…이군."

마르센의 지휘부를 책임지고 있던 다발탄 백작은 신음 섞인 음성으로 중얼거리며 전장을 바라봤다.

설마설마 했건만, 그 상상의 영역마저 훌쩍 뛰어넘은 광경이 눈앞에 펼쳐진 까닭이었다.

자신만만하게 내보냈던 기마단이었다.

하지만 이게 웬일?

'겨우… 용병 따위에게.'

이 같은 감정은 그 뿐만 아니라 지휘부의 모든 인사들의 공통된 생각인 듯, 일제히 신음성 혹은 앓는 소리를 흘려내며 전장을 주시하고 있었다.

일백 기사들로 이뤄진 선봉이었다.

그 중 절반가량이 난전의 소용돌이 속으로 빨려 들어갔다. 전 인원이 한 자리에 모인 건 아니었다. 하지만 무려 절반에 달하는 인원이었다.

그런 이들이 한 개인의 손에, 일개 용병의 칼끝에 쓰러지고 있었다.

"누구냐? 대체! 저 자… 당장 저 용병에 대한 정보를 수집해라!"

상당히 격정적인 다발탄 백작의 외침이었으나, 그럼에도 불구하고 누구 하나 이에 대해서 반감을 표하지 않았다.

동일한 마음으로 하나의 단어를 떠올리는 까닭이었다.

'초인?'

당연하게도 물음표로 끝맺는 불확실한 의문이었다. 그들 나름대로 초인이라 불리는 존재에 대한 정보나 기준점을 갖고 있기 때문이었다.

그런 이유로 초인을 떠올림과 동시에 고개를 저으며 마무리했다. 하지만 충분히 그 특별한 존재를 연상하게 만들 정도의 강자라는 건 확신했다.

때문에 다발탄 백작의 격한 외침을 이의 없이 받아들이는 것이다.

초인은 아닐지언정 이를 떠올리게 만들었다는 건 특별했다. 당장 전장의 흐름마저도 비틀어버릴 정도가 아닌가.

선봉으로 나선 기마단이 무너지는 건, 최소한 상대 기마단과의 격돌 이후여야 했다.

하지만 벌써 그들의 기마단은 전멸에 가까운 피해를 입어버렸다. 그에 반해 저들 에벨린 왕국의 선봉은 이제야 출진준비를 마친 듯 전마를 내비치고 있었다.

계획보다 이른 시간에 성문을 걸어 잠가야 할지도 모를

상황인 것이다.

뒤이어 출진할 기사들이 준비 중이었으나, 선수를 빼앗기다 못해 꺾여버렸다는 건, 생각이상으로 심각한 부분이었다.

이 모든 비틀림 단 한 사내 때문이었으니, 그를 주시하는 어찌 보면 당연한 수순이었다.

'초인…까지는 아니겠으나, 충분히 소름끼치는 실력자다!'

다발탄 백작은 오한을 느끼는 듯, 저도 모르게 팔과 어깨를 쓸며 전장을 바라봤다.

'일격에 필살이라!'

그야말로 소름끼치는 실력이었다. 어느새 전신 가득 핏물로 절여가는 사내의 모습에 절로 침음성이 새나왔다.

"사신…."

누군가의 신음성 섞인 한마디에 다발탄 백작이 무의식중에 고개를 끄덕였다. 그 역시 비슷한 생각을 하고 있었던 까닭이었다. 단지, 합당한 단어를 내어놓지 못했을 뿐이었는데, 누군가 거기에 어울리는 의미를 부여했기에 절로 반응한 것이다.

마른침을 삼키는 찰나, 저 멀리 에벨린 왕국의 기마단이 드디어 전장으로 뛰어들고 있었다.

❖ ✣ ❖

정확히 마흔 세 번 손을 썼다.

"푸후우우…."

그리고 더 이상 주변에 서 있는 철갑의 기사는 없었다. 짧지 않은 전투였고, 가볍지 않은 부딪침이었다.

에던은 어느새 전신 가득 핏물에 절여진 듯, 시뻘겋게 물들인 채 어깨를 추욱 늘어트렸다.

대개, 이런 상황이 되면 적군의 핏물에 흠뻑 적신다고 하지만, 그는 달랐다.

"아오… 죽겠네. 썩을!"

그는 전신 곳곳에서 느껴지는 통증에 이를 악물었다. 비록 각성에 의해 특별해질 자격을 얻었으나, 상대는 오러를 깨우치고 이를 활용하는 기사였다.

각성의 감각을 최대한 활용하며 전투를 치렀다고는 하나, 아무런 피해가 없을 수는 없었다.

한 번의 손짓에 최소한 칼질 하나는 감당해야 했다. 흘리고 피하려 노력했으나, 어떻게든 달라붙는 저들 기사들의 끈기에 결국 이리저리 상흔이 남은 것이다.

전신 가득 메워진 핏물은 온전히 그의 것이었고, 저들 마르센의 기사들에게서 나온 건 단 한 점도 묻지 않았다.

싸늘히 식어가는 그들의 모습은 오히려 죽은 자의 것이라고 믿기지 않을 정도로 깔끔하기만 할 뿐이었다.

갑옷 사이, 투구 사이사이 어렴풋이 비치는 핏물이 아니었더라면, 특별히 이상한 점을 찾기도 어려울 정도였다.

하지만 이런 속사정을 모르는 이들은 핏물에 범벅이 된 에던의 모습에, 멋대로 상상과 추측을 덧붙이며 두려움을 키운 채 뒷걸음질을 피고 있을 뿐이었다.

"지친다. 지쳐!"

하늘이 노랗게 보일 정도였다.

'아니… 붉은가.'

과한 박치기로 엉망이 된 이마는 이미 핏물을 토하듯 흘려내고 있었다. 그 덕분에 시야는 이미 핏빛이었다.

전신을 가득 핏물에 절일 정도의 부상이었다. 멀쩡히 서 있는 게 신기할 정도였다.

그가 아무리 남다른 회복력을 지니고 있다지만, 프레이처럼 재생이라 불릴 정도까지는 아니었다.

'잘 먹고 잘 자고 잘 싸야지.'

프레이에 비한다면야 그래도 인간적인 수준이었다.

늘어진 모습으로 힘겹게 시선을 들어 주변을 돌아봤다. 홀로 하나의 기사단을 해체시킨 에던의 저력에 두려움을 느낀 것일까?

선뜻 그 주변으로 다가오지 못한 채, 너른 공터를 그에게 허락하고 있는 난전의 흐름이 보였다.

'어쩔 수 없나.'

입맛을 다시며 슬쩍 무릎을 꿇었다. 지치기도 했으니,

이참에 좀 쉬어 갈 생각도 있었다.

하지만 이 같은 약한 모습에 전장의 겁화가 그에게로 번져왔다.

충격적인 광경에 감히 다가갈 엄두도 못 내던 이들이 에던의 흔들리는 모습에서 일말의 용기를 얻은 것이다.

기사단을 홀로 쓰러트린 강자!

그런 실력자의 목을 벤다면?

전장의 열기에 달궈진 머리위로 탐욕의 불길이 피어나기 시작했다.

갑작스런 반전 분위기에 에던이 하얗게 웃었다.

'이젠, 좀 만만해 뵈지?'

바라던 바였다.

❖ ✣ ❖

개미떼마냥 밀려드는 병사들을 보며 에던은 바쁘게 손을 놀렸다.

기사들을 상대하며 보여주던 신기가 다시금 재현되었다. 하지만 그 아찔한 광경에도 물러서지 않았다. 이유라면 간단했다.

"지쳤다!"

"밀어붙여!"

"죽여! 죽여!"

에던이 한 번 죽음을 흩날릴 때, 그 자신도 이리저리 타격을 입는 까닭이었다.

그 때문일까?

눈앞의 죽음보다 그 너머의 영광에 군침을 흘릴 수밖에 없었다. 기세가 등등해진 병사들이 더욱더 사납게 이를 드러내며 달려들었고, 에던은 바쁘게 손을 쓰고 검을 놀리는 와중에도 쉴 새 없이 몸을 두드려 맞으며 밀려나야만 했다.

하지만 과연 이들이 알까?

그 많은 타격 중에서 어느 하나 치명적인 게 없다는 걸.

아마도 그들은 모를 터였다.

마치, 저 어린 시절 동네에서 아이들끼리 벌이는 칼싸움마냥, 두서없이 밀려들어 몸으로 밀고 들어가는 병사들의 괴력은 적잖게 당혹스러울 정도였다.

그간 겪어온 다양한 전장 경험이 아니었더라면, 진작에 이들 인간의 벽에 깔려 바닥을 허우적거리고 있었을 거라 여겼다.

'뭐… 지금 몰골도 크게 다를 건 없지만.'

쓰게 웃으며 슬쩍 고개를 들어 뒤를 바라봤다. 무시무시한 시체의 들판 너머로 몰아치는 인간의 파도가 보였다.

둘 모두 그로 인해 생겨난 것이었다.

밀려드는 병사들에 뒷걸음치는 한편, 이리저리 뽑아냈던

죽음의 그림자가 쌓이고 쌓여 작은 뜰을 이뤘고, 여전히 그를 노리며 들이치는 병사들의 눈 먼 욕망이 파도를 치며 난전 한가운데를 강타하고 있었다.

어느 누구도 에던의 빈자리를 느끼지 못하는 듯, 여전히 거센 격랑이 몰아치고 있었고, 멋대로 뜰은 범위를 넓히는 중이었다.

의도적으로 그 스스로를 난전의 한가운데에 내던져서 만들어낸 퇴로였다. 난전을 혼란으로 잡은 것이다.

전신을 핏물로 절여놓았던 덕분일까?

그 얼굴이나 전체적인 윤곽을 정확히 잡아내기가 어려웠고, 덕분에 저 어지러운 상황 속에서 스리슬쩍 바꿔치기라는 도박을 할 수 있었다.

그 덕분일까?

"잡았다!"

"내가 죽였다!"

"이 놈이 진짜다!"

거짓된 정보가 난무하며 그의 퇴로를 견고히 굳혀줬다. 모르긴 몰라도 저들 사이의 다툼도 제법 일어날 터였다. 말 그대로 제 살 파먹는 전투로 이어질 것이고, 이는 마르센 왕국의 상황을 더욱 불리하게 만들 게 분명했다.

'뭐… 이 정도면 계약 파기 가지고 따지지는 못하겠지.'

혹시, 어쩌면, 싶은 마음으로 드라필만을 위한 변명거리를 하나 뽑아내 가만히 속으로 읊조렸다.

그렇게 몸을 빼는 와중에 이리저리 옷도 벗어던졌다.
'어차피 버린 거니까.'
기사들과의 전투에서 이미 넝마가 되다시피 한 옷가지였기에 미련도 없었다.
그러며 너부러진 시체들을 이동하며 그들이 입고 있던 옷으로 갈아입었는데, 그렇게 변화하고 보니 어느새 그는 마르센 왕국의 병사가 되어 있었다.
"나쁘진 않네."
착용감을 평가한 에던이 씨익 웃으며 마르센 왕국 측으로 걸음을 옮겼다. 얼마나 갔을까? 문득, 그의 시선이 뒤로 향했다.
"타이밍 좋고!"
시원하니 질주해 오는 에벨린 왕국의 기마단이 보였다. 전장의 분위기가 급속도로 기울고 있었다.

❖ ✣ ❖

어느 정도는 그 끝이 예상되었던 전투였다.
하지만 갑작스러운 변수로 인해 생각보다 빠르게 그 흐름의 끄트머리가 머리를 드러냈다.
마르센 왕국이 성문을 걸어 잠갔다.
에벨린 왕국의 환호가 터져 나왔다.
명확하게 갈린 승패의 희비 속에서도 각국 지휘부는 알

수 없는 찝찝함에 눈살을 찌푸려야만 했다.

전장을 휩쓸던 의문의 용병 때문이었다.

각자 생각하던 전투의 흐름과 결과가 있었건만, 한 개인으로 인해서 그 모든 것들이 비틀려버렸다. 당연히 승자도 패자도 묘한 여운을 느낄 수밖에 없는 것이다.

더군다나 전장을 휩쓸던 의문의 용병이 사라지기까지 했다.

"죽었다?"

누군가 그리 말했다. 실제로 병사들이 그에게 달려들고, 일제히 목소리를 높여 죽음을 외치는 걸 목격한 이들도 많았다.

바로 그 부분이 문제였다.

"…너무 많아."

한 손으로 헤아리기가 어려울 정도로 많은 수의 병사들이 자신이 죽였다며 목소리를 높인 까닭이었다.

"포상금을 노렸나?"

이 같은 의문이 나올 정도로 많은 수의 병사들이 자신이 베었다고 외쳐댔다.

그렇다고 의심만 하기도 애매한 것이, 분명 그들은 병사들이 몰려들고 의문의 용병이 그 사나운 파도 속에 휩싸여 사라지는 걸 봤다.

상황이 이러하니 묘한 찝찝함이 남는 것이다.

특히, 상대가 한 순간이나마 '초인' 을 떠올리게 할 정도의 실력자였기에, 그 같은 여운이 길게 갈 수밖에 없었다.

하지만 거기에 매달리고만 있기에는 상황이 좋질 못했다.

전쟁!

그들은 혹시, 어쩌면, 하는 불확실한 의문보다 당장 눈앞의 전장에 전념해야 하는 지휘부가 아니던가.

하룻밤이 가기 전에 의문은 잡념이 되어 그들의 머리 한 구석으로 조용히 밀려날 수밖에 없었다.

❖ ✣ ❖

깊은 새벽,

에던은 조심스레 눈을 뜨고 자리에서 일어났다.

사방 가득 어둔 그늘이 짙어야 할 시간이건만, 이상할 정도로 주변이 밝았다. 그 와중에 귓전을 어지럽히는 소음이 있었다.

타탁… 탁… 탁…

뜨겁게 타오르는 불길이 눈에 잡혔다.

코를 찌르는 매캐한 냄새와 함께, 뜨거운 열기가 살살 올라오는 걸 느끼며 급히 자리를 옮겼다.

그렇게 얼마나 이동했을까?

제법 그늘지다 싶은 장소에 몸을 숨긴 그가 지나온 길을 돌아봤다.

거센 불길과 그 안에 산처럼 쌓인 시체들이 보였다.

그곳을 거쳐 옆으로 시선을 던지자, 마르센 왕국의 병사들이 이리저리 움직이며 성 앞에 너부러진 시체들을 옮겨와 태우고 있었다.

방금 전까지 그가 누워있던 자리였다.

저 멀리 촘촘히 빛나는 불빛들을 수시로 경계하는 병사들의 모양새를 통해, 그곳에 에벨린 왕국군이 자리하고 있음을 알 수 있었다.

'하마터면 뒈질 뻔 봤네.'

그는 전장에서 몸을 뺀 뒤, 적당한 자리를 잡고 몸을 묻고는 한 숨 자고 있었는데, 마르센 왕국의 복장을 한 까닭일까? 그 역시 함께 태우려고 한 모양이었다.

완벽하게 죽은 사람을 연기한 까닭이었다.

호흡을 극한까지 절제하고 통제하며, 내부 체온까지 극도로 떨어트리는 위장술로써, 완벽하게 시체를 연기하기 위한 그 나름의 비기이기도 했다.

감히 자부하건데 신관이나 전문 치료사가 확인해도 구분을 하지 못할 터였다.

'뭐… 깨어나는데 시간이 좀 걸린다는 게 단점이라면 단점이지만.'

그 때문에 본의 아니게 옷자락 한 부분이 타들어갈 즈음에야 겨우 깨어나 움직였던 것이기도 했다.

어찌 보면 위험한 방책이었으나, 그로써는 어쩔 수 없는 선택이었다.

레일라의 정령과 프레이의 남다른 감각 때문이었다.

앞서 점령전이 한창이던 당시, 몇 차례 이 같은 방식으로 몸을 숨겼던 적이 있었다.

그런 날이면 레일라가 찾아와 이런저런 질문을 하고는 했는데, 이를 통해서 정령들이 그를 놓쳤다는 걸 직감할 수 있었다.

이번 전투에서 레일라의 정령을 느낀 적은 없지만, 만에 하나의 상황을 생각하며, 이 같은 방법을 사용한 것이었다.

물론, 프레이의 감각도 함께 대비한 방책이기도 했다. 수면에 빠지기 전, 꿈결에 그는 분명히 들었다.

[젝크-!]

지긋지긋한 외침이었다.

'괴물 같은 년!'

잠결이라 잘 못 들었다 부정하고 싶었지만, 그의 육감이 그녀가 살아있다고 전해왔다.

"휘유… 다시는 만나지 말자. 제발!"

그렇게 중얼거린 그가 조심스레 어둠 속으로 몸을 던졌다.

❈ ✣ ❈

불안한 예감이 맞았음일까?

"결국… 도망갔나."

레일라는 나직한 한숨과 함께 전장을 돌아봤다. 수많은 시체들이 너부러진 전장 너머로 마르센의 국경지대가 보였다.

'죽었다고?'

그에 대한 보고서를 읽었으나 믿지 않았다. 생사의 경계를 넘나드는 그의 특별한 능력을 잘 아는 까닭이었다.

"말도 안 되지."

고개를 절레절레 흔들며 또 다른 보고서를 떠올렸다.

"사신이라…."

알게 모르게 마르센과의 전쟁터를 흔들고 있는 단어였다. 작게나마 심어둔 드라필만의 눈을 통해, 전장 상황을 전해 받았고 그 덕분에 짐작할 수 있었다.

'에던.'

사신의 정체는 그가 분명하다 여겼다. 겨우 하급 용병들 사이에 그만한 능력을 지닌 존재가 또 누가 있겠는가.

특히, 폭풍의 마녀와 접전을 벌였다는 부분이 결정적이었다.

아직까진 사신과 에던을 하나로 묶어서 생각하는 이들이 없겠으나, 이전의 점령전을 비롯하여 전쟁 전체적인 정보를 통합할 수준의 정보력을 지닌 집단이라면, 머지않아서 사신과 에던의 연관성을 밝혀낼 거라 여겼다.

물론, 결론은 '죽음'이라는 부분으로 이어질 것이다. 레일라처럼 에던의 특별함을 알지 못한다면야 당연한 수순이었다.

'어디로 갔으려나.'

당장 그를 찾아 나서고 싶었으나, 안타깝게도 가문의 일이 아직 남아있었다. 물론, 고집을 부린다면 얼마든 길을 나설 수 있었다.

특히, 에덴으로 말미암아 새롭게 탄생한 두 정령을 생각한다면 더더욱 그의 존재가 필요했다.

하지만 너무 늦어버려 그를 시야에서 놓쳐버렸다. 이럴 때는 오히려 가문의 힘을 빌려서 찾는 게 빠르기에, 하던 일을 마무리 짓는 게 낫다는 결론으로 이어졌다.

두 정령의 성장이 그의 힘이 아니더라도 어찌어찌 이어나갈 수 있을 것 같았기에, 그나마 다행이라면 다행이었다.

그저 전장에 서 있는 것만으로도 도움이 되는 느낌을 받았다.

'역시… 이 아이들은 그의 힘과 관련된 건가.'

당장은 자리를 지키는 게 그녀가 할 수 있는 최선이었다. 이미 루드말에게도 연락이 간 상황이었다. 이런저런 내부의 소란과 전쟁으로 드라필만의 힘을 온전히 사용하기 어렵기는 하겠으나, 그 나름의 대처를 했을 거라 여겼다.

"하아…."

나직하니 내뱉는 숨결에 따라 하얗게 입김이 피어올랐다. 봄이라고는 하나 아직은 옷을 껴입어야 할 정도로 겨울 공기가 남아 있었다.

그 새하얀 잔재가 어둠 속으로 흩어지는 걸 바라보다 이내 고개를 흔들며 발길을 돌렸다.

❖ ✣ ❖

어느 정도는 예상하고 있었다.

"그럼 그렇지. 그 소심한 성격에 오래 버텼지."

셰릴은 레드문을 통해 들어온 '그'의 정보에 입 꼬리를 말아 올렸다.

[에던 운트 – 사망!]

그림자들이 가져온 보고서에는 그렇게 적혀 있었다. 하지만 그녀는 믿지 않았다.

'웃기지도 않는 소리지.'

무려, 밤의 여왕이 뻗은 마수에서도 살아남은 사내였다. 무려 초인이라고 불리던 그녀가 맘먹고 손을 썼음에도 불구하고, 그는 살아남았다.

오로지 에던 운트라는 사내를 목적으로 만들어진 전장이라면 모를까.

'난전 정도야.'

그녀는 입 꼬리를 말아 올리며 에던의 생사를 결론지었다. 평소라면 이 즈음에 그림자들에게 그를 찾으라고 명을 내렸을 것이다.

"더는 그럴 필요가 없지. 후훗!"

앞전의 만남에서 그에게 묻혀놓은 여왕의 체취를 생각하며 웃음을 터트렸다.

과거와는 달리 여유를 부릴 수 있었다. 그 덕분일까? 다른 부분에도 눈과 귀가 기울여졌다.

"사신이라…."

전장을 살피던 그림자들로부터 들어온 정보들을 통해, 그 정체가 에던이라는 추측 혹은 결론을 내리고 있었다.

그녀의 두 눈이 별빛을 담은 듯 반짝였다.

"멋져!"

밤의 여왕과 사신이라니.

상상만으로도 심장이 뛰고 하복부가 뜨거워질 정도로 환상적이라는 생각이 들었다.

"사신에게 죽음이라니. 큭!"

그녀의 입가에 걸린 미소가 한층 짙어졌다.

❖ ✣ ❖

그토록 바라던 자리에 앉았다.

'허울뿐이지.'

웃기지도 않는다.

말룬 자작령을 얻었고, 그 중앙에 높인 단 하나의 권좌에 앉았다.

그러나 여전히 지위는 '후계자' 일 뿐이었다.

'웃기지도 않아….'

라논은 쓰게 웃으며 고개를 흔들었다.

초기 대응이 좋았다고 해야 할까?

마르센과 라카타루는 각자 에몰란 남작령과 말룬 자작령을 점거한 채 전쟁을 시작하려 했으나, 에벨린 왕국의 발빠른 대처 덕분에 결국 한 걸음 물러나야만 했다.

'왕국? 하!'

웃음이 나왔다. 실제로는 국가는 방해를 하며 시야를 어지럽혔다. 실제로는 한 '개인'의 힘으로 여기까지 밀어붙였다 할 수 있었다.

루드말 드라필만!

무려 두 왕국이 각자의 국경으로 뒷걸음질을 치게 만들었다. 초인이라는 단어가 새삼스럽게 각인되는 순간이었다.

물론, 그들은 나름의 실속을 챙겼다.

에몰란 남작과 말룬 자작 그리고 각 영지의 증서였다.

이를 통해서 두 영지에 대한 소유권을 주장하고, 동시에 이번 전쟁에 대한 명분이 살아있음을 강조할 수 있었다.

[그까짓 증서 무시하면 되는 것 아닌가?]

이리 생각할 수도 있을 것이다. 하지만 증서는 왕의 약속으로써 명예이며 신뢰와도 같았다. 그저 증서만 넘어갔다면 어느 정도는 수습이 가능하겠으나, 그 증서의 주인까지 함께 삼켜버렸다.

때문에 자리에 앉고서도 서 있는 기분을 맛봐야했다.

이래저래 뒷목이 뻐근해지는 상황에, 더욱 머리가 아픈 소식을 전해 받았다.

'에던… 그가 죽었다고?'

피로감이 급격히 밀려왔다. 수면욕이 심각해지려 하는 그 때, 하나의 소문이 귓전을 파고들며 졸음을 날려 보냈다.

[사신, 운트!]

자연히 떠오르는 이름이 있었다.

'에던?'

혹시나 하고 루드말에게 물었더니, 생각하는 게 맞을 거라는 대답이 날아왔다. 때문에 더욱 이해하기가 어려웠다.

[사신은 죽지 않는다.]

이 같은 소문이 떠돌아다니는 까닭이었다.

특히, 사신에 대한 소문이 하루가 다르게 커져가는 건 또 어찌 설명해야 하는 것일까?

'대체….'

어떻게 된 일일까?

알 수 없고 이해할 수 없는 상황들에 머리가 아팠다. 하지만 이상하게도 앞전처럼 어지럽지는 않았다.

❖ ✣ ❖

따그닥… 따그닥…

마르센 왕국의 국경지대에 보급품을 전하기 위해 왕복을 하는 왕국 지정 상단의 마차.

당연하게도 그 호위 중 상당수가 용병으로 되어 있었다. 왕국 지정 상단의 보급물품 호위마차인 만큼, 거기에 발을 들이는 건 쉽지 않았다.

'그래 봤자. 돈으로 안 되는 게 어디 있어.'

에던은 바로 그 무리에 끼어서 전쟁지역으로부터 멀어져 갔다.

목적지는 아직 미정이었다.

'우선… 좀 멀어져야겠지.'

전쟁터에서 벗어나는 게 먼저였다.

2. 헌트.

2. 헌트.

에벨린과 마르센 그리고 라카타루의 전쟁으로 인해 대륙의 공기가 점차 가열되어가고 있으나, 실질적으로 그들 세 왕국에 연관되지 않고서야 변화를 민감히 느끼기는 어려웠다.

"전문적인 정보 길드나 귀족들과 연관되지 않고서야. 반응할 이유가 없지."

말인 즉, 전쟁지역에서 벗어난 일반 백성들의 삶이란 전과 다를 게 없다는 의미였다.

"당장 오늘 살기도 팍팍한데, 남의 전쟁이야. 뭐."

신경을 쓰고 싶지도 않을 것이다. 그저 이리저리 들려오는 소문이나 달궈지는 분위기로 인해, 간혹 눈살을 찌푸리는 정도가 전부이리라.

그리고 이는 용병길드도 마찬가지였다. 고위층으로 넘어간다면 모를까. 하부조직, 그것도 전쟁터와 거리를 두고 있는 집단이라면 크게 신경을 쓰지도 않았다.

'덕분에 신분증도 싸게 구했지.'

만약, 전쟁터 주변이었더라면 그 가격이 만만찮았을 게 분명했다.

새로운 신분증을 들어 그 안을 살폈다.

[에던 헌트!]

잠깐의 갈등이 있었지만, 결국 이걸로 결정했다.

'아예 확 바꾸는 것도 좋기야 하지만.'

가끔은 아주 작은 변화로 위장하는 것도 도주의 한 방법이었다.

설마, 이전과 같은 이름으로 활동하고 있을 줄 생각이나 하겠는가. 게다가 상대가 상대인 만큼, 이 부분에서 특히 더 많은 생각을 하고 결정을 내린 것이다.

'드라필만.'

명문 검가의 정보력을 생각하며, 조금 복잡하게 머리를 썼고, 그게 이름은 유지하되 성을 바꾸는 결론으로 이어졌다.

원래의 계획은 '에던 운트'라는 이름을 그대로 유지하는 것이었다. 그 상태에서 연령대 정도만 바꿔도 적잖은 정보교란이 되는 까닭이었다.

하지만 최근 들려오는 소문 때문에 '운트'라는 성을 사용하기가 어려움을 알았다.

[사신, 운트!]

황당하기 그지없는 소문이었다. 이래저래 들리는 이야기를 통합해보니, 그를 향한 것임을 알게 되었다.

더더욱 골치 아픈 내용은 따로 있었다.

'뭐? 사신은 죽지 않아?'

말인 즉, 그가 멀쩡히 살아있다고 동네방네 떠들고 있는 것이 아닌가.

'도대체 누구야?'

당시, 그가 보여준 저력이 특별하다 여겨질 정도였음을 인정한다. 무려 한 개 기사단을 홀로 와해시켰으니, 더 말해 무엇하랴.

하지만 수많은 전투 중 겨우 하나였고, 그마저도 죽음으로 결론 난 이야기였다. 이렇게 시끄럽게 떠들 이유가 없는 것이다. 헌데, 그걸 굳이 들쑤셔서 세상 밖으로 꺼내고 있었다.

부자연스러운, 계획적인 느낌이 강하게 전해졌다.

'으득…….'

절로 이가 갈렸다. 덕분에 '에덴' 이라는 이름값이 조금이나마 뛰었다. 이리저리 그 이름을 써먹으려는 용병들이 수작 때문이었다.

'그놈의 허세가 뭔지. 쯧!'

게다가 실력을 숨기고 '3급 용병' 으로 활동한다는 웃기지도 않는 내용 덕분인지, 더더욱 이용해 먹기 좋은 이름이었다.

하지만 이 같은 이유 때문에 더더욱 '에던' 이라는 이름으로 선택했다.

과거, 그의 도주방식을 조금이라도 알게 된다면, 더더욱 기존의 이름에 대한 관심이 멀어질 터였다.

'뭐… 어느 정도는 조사를 하겠지만.'

이런 이유로 '헌트' 라는 성을 구했다. 어중간한 위치가 더더욱 그를 드라필만의 시선에서 멀어지게 해 줄 것이라 여긴 까닭이었다.

특히, 어중간해서 값이 올랐음에도 충분히 깎아낼 수가 있었다.

소문은 '사신, 운트!' 로 났기 때문이었다. 그 즈음에서 한 가지 의문을 감출 수가 없었다.

"그런데… 왜 운트지?"

❖ ✣ ❖

"사신, 에던! 역시, 구려."

혼잣말처럼 중얼거린 셰리은 새삼스레 자신의 선택이 옳았다고 여기며 연신 고개를 끄덕거렸다.

"운트! 얼마나 좋아. 낮은 구름이라니."

그에 반해서 에던은 별 뜻이 없었다.

"발음부터가 영… 구려."

아무리 생각해도 '운트' 를 선택한 자신이 대견했다.

❖ ✣ ❖

전쟁터를 벗어나고 신분도 바꿨다. 그렇다면 이제 남은 건 무엇일까?

"숨을 골라야겠지."

다르게 말하자면 휴식 또는 휴가였다.

[에던 헌트!]

손 안에 든 용병패를 바라보던 에던이 가벼운 콧노래와 함께 이를 품 안으로 집어넣었다.

오로지 신분을 증명할 용도로만 사용할 것이다.

말인 즉,

"용병 휴업!"

시원하니 외친 그가 한동안 그의 휴양지이자 피신처가 될 장소를 바라봤다.

[검술원!]

어렵게나마 기사라는 꿈을 꾸고자 하는 이들, 혹은 아카데미 입학을 위한 공부로써 찾는 이들, 또는 기초가 부족한 용병들이 주로 찾는 공간이었다.

번거로울 수밖에 없는 장소라고 여길 수도 있었다. 하지만 검술원의 위치를 확인한다면 그런 마음이 싹 가실 수밖에 없었다.

"빈민가에 검술원이라니. 무슨 생각인지…."

에던은 그리 중얼거리며 검술원의 간판을 바라봤다.

누가 봐도 자리가 꽝이었다.

그럼에도 불구하고 이곳에 자리를 잡았다. 여러 이유가 있겠으나, 가장 중요한 건 하나였다.

'값이 싸니까.'

애초에 빈민가에 무슨 자릿세가 있을까도 싶겠으나, 이곳도 엄연한 영지의 한 부분이었고 영주의 터전이었다.

앞서, 검술원을 이끌던 원장이 헐값에 넘기다시피 한 덕분에, 정말 푼돈으로 얻어냈다.

게다가 빈민가에 자리해 있으니, 학생들도 별로 없을 것이다. 느낌상으로는 아예 없을 확률이 높았다.

다 허물어가는 검술원의 외형에서 망조가 짙게 풍긴 까닭이었다.

'숨어있기에 딱이야.'

사실, 이 부분이 가장 결정적이었다.

"후우… 우선은 좀 쉬어야지."

별달리 한 것도 없건만 피로가 몰려왔다.

[각성!]

한시 바삐 전장에서 도망쳐 나와야 했던 이유가 그를 강하게 자극하는 까닭이었다.

아무도 없는 조용한 장소에서 차분히 숨을 고르며 연공을 할 필요가 있었다. 그러기 위한 장소로는 산 속으로 들어가는 게 좋다 할 수도 있겠으나, 에던은 절대 반대였다.

"굶어죽기 십상이지."

이제 겨우 봄기운이 일렁이는 시기였다. 짐승을 잡아서 배를 채우기도 어려웠다. 애초에 잡는 것 자체도 쉽지가 않았다.

게다가 아니라 연공에 전념해야 하는 까닭에, 사냥에 따로 시간을 뺄 수도 없었다.

드라필만에서 받은 의뢰비와 전장에서 시체들을 파고들며 회수한 주머니들 덕분에 자금사정은 넉넉했다.

"돈도 있는데, 굳이 쫄쫄 굶어가며 수행할 필요는 없겠지."

그 같은 이유로 선택한 장소가 바로 검술원이었다.

연공을 하더라도 눈치 볼 일이 없고, 당당히 검을 들 수 있으며, 멀지 않은 곳에 음식점도 있기에 끼니도 꼬박꼬박 챙겨먹을 수 있었다.

"게다가 손님도 없을 것 같으니."

정말, 딱이다 싶었다.

하지만 사람 일이라는 게, 항상 바라는 대로 되는 건 아니었다.

"누구 허락 맡고 장사하랬어?"

반나절도 지나기 전에 찾아오는 손님들이 있었다.

험한 인상, 이리저리 드러난 상처자국과 전신을 무대로 펼쳐진 흉악한 문신들까지.

"이런, 염병!"

욕지거리가 불쑥 튀어나왔고, 분위기는 순식간에 봄을 건너 여름이 됐다.

에던의 짧은 욕설 한마디는 저들의 욕설 백여 마디를 양산했고, 이는 그로 하여금 눈이 돌아가는 기적을 선사했다.

"뒈졌어!"

이 같이 외치며 달려들었으나, 실제로 죽은 이들은 없었다. 그저 죽음의 문턱 앞에서 잠시 쉬었다 올 뿐이었다.

갑작스런 방문객의 숫자가 무려 다섯이었으나, 그들이 몸져눕는 시간은 숫자가 무색하게 짧았다.

문제는 눕고 난 이후였다. 에던의 주먹이 들은 욕설만큼 감상문을 제출한 까닭이었다. 문신 위로 시퍼런 멍이 덧씌워지며, 사내들의 몰골을 우습게 만들었다.

"어때? 살만 해?"

가끔씩 에던이 그리 물어오면, 문신 사내들은 한 차례씩 몸을 바르르 떠는 걸로 답을 할 뿐이었다.

대답할 기력도 없는 까닭이었다. 혹여 아무런 반응도 안 보이면 자신의 말을 무시한다며, 저승길 언저리를 구경시켜주곤 했기 때문이었다.

이런 그들의 반응에 만족한 듯, 에던이 고개를 끄덕이며 느긋하니 방문객들의 품을 뒤졌다. 돈이 될 물건들만 거둬들인 뒤, 그들의 엉덩이를 뻥 하니 차며 밖으로 내밀었다.

"다음에 올 땐, 주머니 좀 두둑하게 채워서 와라."

그리고는 검술원의 문을 쾅 하니 닫았다.

잠시 후, 겨우겨우 기력을 낸 듯, 힘겹게 자리에서 일어난 문신 사내들은 일제히 검술원을 노려보는가 싶더니, 이내 비척거리는 걸음걸이로 그곳을 떠나갔다.

그리고 이들 문신사내가 전부 사라졌을 때, 검술원의 문이 다시 열리고는 에던이 밖으로 나왔다.

“끄응… 귀찮게시리.”

사내들의 품을 뒤졌을 때, 몇 가지 재미없는 물품을 발견해 버렸다.

‘용병패란 말이지’

이곳의 위치와 저들의 행색 그리고 분위기 등을 고려하자 떠오르는 단어가 있었다. 입맛이 썼다.

“암전이라.”

아직 확실한 건 아니었으나, 분명한 건 번거롭게 됐다는 점이었다.

“쯧!”

혀를 차는 한편, 은밀히 문신 사내들의 뒤를 따랐다.

❖ ✣ ❖

용병길드!

그 이름을 등에 진 채, 실로 무수히 많은 용병들의 거점이 대륙 곳곳에 존재한다.

하지만 이들은 결코 하나가 아니었다.

그저 수많은 단체가 서로의 필요에 의해 '길드' 라는 이름으로 손을 잡고 있는 것뿐이었다. 남남이라고 해도 다를 게 없었다.

그나마 같은 테두리, 같은 왕국 안에 자리한 길드끼리는 나름대로 협조가 잘 이뤄지기는 했다.

하지만 그럼에도 그들은 하나라고 할 수 없었다.

용병왕!

오랜 역사 속, 단 세 명밖에 없었다던 그들 세상의 태양.

겨우 세 번이다.

'하지만 그 세 번으로 뼈대가 잡혔지.'

과거에는 서로를 향해 이를 드러내기 일쑤였던 용병길드였으나, 세 번의 태양빛이 내리쬐는 사이, 그들 나름의 협조 및 동맹 체제를 완성한 것이다.

물론, 각 길드 간에 완벽한 공조가 이뤄진다고 할 수는 없었다. 그럼에도 국가라는 테두리와 별도로 움직인다는 건 확실했다.

이 같은 부분은 암전 역시도 다를 게 없었다. 거기까지 떠올리던 에던은 잠시 입맛을 다셨다.

'뭐… 암전이 아닌 게 제일 좋겠지만.'

어느새 목적지에 도착한 듯, 문신 사내들이 일제히 하나의 건물로 들어가는 게 보였다.

사실, 문신 사내들에게서 발견한 건, 그저 흔한 용병패일 뿐이었다. 하지만 사내들이 보이던 행동과 하려던 일들을 추측하고, 이와 용병패를 조합하면서 암전의 활동 중 하나로 연결시킨 것이다.

잠시나마 그 역시 암전에 몸담았던 경험 덕분에, 대략적인 추측만으로도 그럴싸한 그림을 그려낼 수가 있었다.

'그냥 동네 조직이면 좋겠지만.'

아무래도 바람은 바람으로 끝날 모양이었다. 이곳에 이르는 길목에서 이미 암전의 향을 짙게 맡은 까닭이었다. 구석구석 보이던 은밀한 감시의 눈동자라던가, 한눈에 봐도 독특해 보이는 수신호 같은 것들이 그 증거였다.

'어쩐다.'

만약, 여기가 정말 암전에 소속된 장소라면, 이미 그의 행적이 들통 났을 것이다. 아무리 몸을 숨기고 움직였다고 하나, 이곳은 저들의 영역이었다.

전문적인 암살자가 아닌 이상, 은신과 추적을 동시에 행하면서 암전의 눈길까지 피하기란 무리였다.

역시나라고 할까?

문신 사내들이 건물로 들어간 순간, 그의 등 뒤로 밀려드는 기척들이 있었다.

뒤를 돌아보자, 골목길 사이사이로 슬그머니 모습을 드러내는 그림자들이 보였다. 사나운 인상과 그 못지않은 흉흉한 기세가 그들로 하여금 적대적인 감정을 느끼게 만들었다.

"쯧!"

어차피 짐작하던 부분이 사실로 드러난 것이기에, 당황스런 감정보다는 이 적대적 감정에 편승하는 게 옳다고 여겼다.

잠시 턱을 괸 채로, 저들이 다가오는 걸 바라보는 한편, 앞으로의 상황에 대한 고민에 빠져들었다.

'암전이라….'

거의 그쪽으로 생각이 굳어지고 있었다. 일반적으로 영지의 어둠에 기생하는 조직 중 하나였다면, 차라리 상대하기가 편할 것이다.

하지만 상대가 암전이라면 조금 이야기가 달라진다.

'피곤하게 됐네!'

분명, 귀찮은 수준을 넘어설 터였다.

떠나야 할까? 갑작스런 선택의 순간이었다.

'벌써부터 이래서야… 쯧!'

혀를 차며 결정을 내렸다.

'들인 돈이 있으니.'

뜬금없을 정도로 싼 값에 내 집 마련의 꿈까지 이뤄버린 상황이었다. 싸다고는 하나 분명 주머니가 제법 가벼워질 정도의 타격은 있었다. 그런 걸, 공짜로 두고 도망치자니 속이 쓰렸다.

결국, 결론은 푸닥거리로 이어졌다.

'최대한 나답지 않게!'

에던 운트라면 하지 않았을 행동들을 보이는 것이다.

쾅!

대뜸 신형을 날려 전방 건물의 입구를 박찼다. 그 주변에서 있던 이들도 즉각 대응하기 어려운 날렵함이었다.

"누구야!"

"어떤 새끼야!"

동시에 떠들썩한 소란이 일었으나, 입을 놀리기보다 몸을 놀렸다.

빠악!

문지기 역할로 보이던 이들에게 주먹을 날렸다.

빡! 빡! 빠악…

한 놈만 팬다는 말이 있다. 그 말처럼 쉴 새 없이 두드렸다. 갑작스러움의 연속이었던지, 안팎으로 그를 지켜보던 이들이 벙찐 표정을 짓는 게 보였다. 문지기 한 명을 미친 듯 두들기는 그 과격한 손속에 깜짝 놀라기도 했을 것이다.

하지만 놀라는 건 잠시였다.

"이… 미친!"

"감히, 여기가 어딘 줄 알고."

"죽여버려!"

그들 역시도 대화가 필요 없다는 걸 깨달은 것이다.

게다가 역시나라고 할까? 골목에서 모습을 드러냈던 이들도 동료가 맞았던지, 안의 소란에 호응하듯 일제히 달려들고 있었다. 앞뒤로 얼핏 헤아려도 그 수가 스물이 넘었다.

'잔인하게! 악랄하게!'

두 눈 가득 독심을 피어내며 에던이 움직였다. 입구로 통해 들어가자 화악 밀려드는 술 냄새와 함께, 어둑하니 형성된 분위기가 술집을 연상시켰다.

하지만 그는 이곳이 그저 집합소와 같은 장소라는 걸 알고 있었다. 암전의 경험으로 인한 추측 혹은 확신이었다.

가장 가까이에 있는 이부터 잡았다. 그리고 꺾었다.

뿌득!

그 와중에 격하게 힘을 더하니, 아찔한 소음과 함께 관절이 비정상적인 방향으로 뒤틀렸다.

거기에서 끝내지 않고 전신을 흔들어 크게 던졌다. 한 번 더 뼈가 어긋나는 소리와 함께, 잡혔던 사내가 시원하니 허공을 날아 패대기쳐졌다. 그 반경에 휩싸이지 않으려 물러서는 이들 덕분에 여유 공간이 생겨났다.

이 모습을 본 에던의 눈이 얇아졌다. 이들의 수준이 생각보다 낮다는 걸 직감한 것이다. 경험깨나 있는 자라면 이 순간, 뒤로 물러서기보다 약간의 손해를 감수하고라도, 앞으로 달려들어 공간을 제압하는 게 먼저였기 때문이다.

주변의 동료들을 생각한다면, 그 정도는 손해도 아니었다.

살짝 실소가 나왔다.

'생각보다 쉽겠네.'

이런 그의 미소를 도발로 알아들은 것일까?

"웃어?"

"이 쉐끼가!"

언제 뒷걸음질을 쳤냐는 듯, 더욱 성나게 달려드는 모습이 보였다. 에던이 입가의 미소를 한층 진하게 빛내며 마주 달렸다.

❖ ✣ ❖

이날, 페른 자작령의 밤거리로 하나의 소식이 무섭게 퍼져나갔다.

홀로 프란트 패밀리 오십여 명의 관절을 비틀어버린 악랄한 독종에 대한 내용이 담겨있었다.

미친개 헌트!

밤거리로 새로운 공포가 내려앉고 있었다.

그리고 이 같은 소식을 접한 소문의 주인공은,

"끄응… 에던이란 이름이 그렇게 구린가?"

생각보다 의외의 부분에서 인상을 구기고 있었다.

3. 검술원.

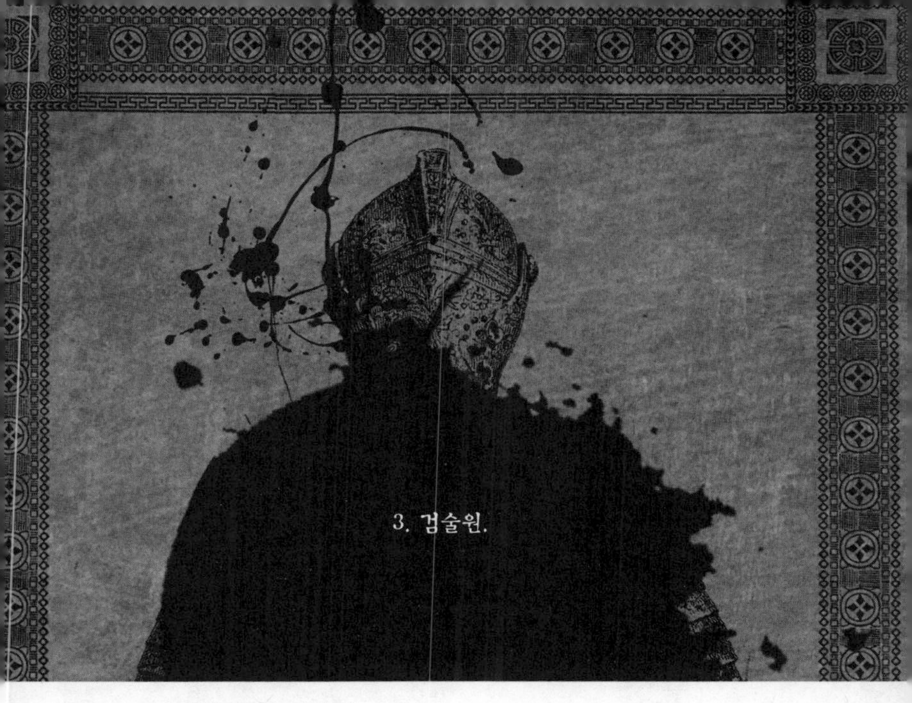

3. 검술원.

당했다는 걸 알았다.

"젠장!"

욕지거리가 안 나올 수가 없었다.

"어째, 가격이 싸더라."

빈민가에 자리하고 있어서, 자리가 안 좋아서, 그래서 값이 싼 줄 알았다.

"썩을 놈들이 작업을 해 놔서 그런 걸 줄이야."

그의 손에 해체된 페른 자작령의 암전이 생각났다.

"하아…."

한숨만 나왔다. 고개를 절레절레 흔드는 에던의 눈앞으로 그에게 검술원을 팔던 원장의 모습이 아른거렸다.

"끄응…."

연타로 앓는 소리가 이어졌다. 설마, 이제와 새삼스레 경험부족이란 단어를 떠올릴 줄이야.

'노인장. 생긴 건 멀쩡하게 생겼었는데.'

허연 수염을 길게 늘어트린 모습이 선하다 못해 대신관급으로 '성' 스러울 정도였다. 그 착시현상에 잠시 경계심을 잃어버린 모양이었다.

"사기라니… 하!"

용병계에서 구르고 구르며 사람 보는 눈 깨나 생겼다 자부하고 있었건만, 아주 제대로 옴팡지게 당해버렸다.

헛웃음이 절로 나왔다. 그 선한 인상의 검술원장에게 당했다고 생각하니, 속이 부글부글 끓으며 배가 아파왔다.

만약, 그가 실력이 부족했더라면, 각성을 깨우치지 못했더라면, 과거에 머물러 있었더라면? 과연, 암전에게서 무사할 수 있었을까?

"지랄!"

상상만으로도 욕지거리가 튀어나왔다.

"후우… 하…."

애써 가슴을 달래며 호흡을 조절했다.

'망할, 사기꾼!'

나름대로 찾아보려 했지만, 이미 돈 들고 튀어버린 듯, 검술원장과 관련된 정보는 나오질 않았다. 느낌상 이름까지 바꿨을 것으로 예상됐다.

'보통 솜씨가 아니야.'

아무래도 꾼은 꾼을 알아본다고, 도주에 관해서는 전문가라고 할 수 있기에, 몇몇 정보를 통해 검술원장의 도주 솜씨가 보통이 아니라는 결론을 내릴 수 있었다.

"뿌드득…."

그저 조용히 앓고 홀로 끓일 수밖에 없었다. 게다가 사기꾼 검술원장에게만 얽매여 있기에는 주변이 너무 소란스러웠다.

호흡을 가다듬은 그가 슬그머니 고개를 돌려 창밖을 바라봤다.

"썩을!"

검술원 주변을 서성이는 큼직한 사내들이 보였다. 페른 자작령의 암전을 홀로 해체한 여파가 밖으로 널려있었다.

[가르침을 내려주십시오!]

암전을 박살낸 다음날, 이런 외침을 내지르며 쳐들어오는 이들이 한 가득이었는데, 사건이 어둔 뒷골목에서 발생한 까닭일까?

밤거리 조직 소속의 건달들이 우르르 몰려온 것이다.

[전과자 출입 금지!]

아주 간단한 팻말을 문에 걸어놓는 걸로 그들을 물렸지만, 그럼에도 기어이 검술원 문턱을 넘어서는 이들이 제법 있었다.

그가 처리한 암전은 생각보다 그 세력이나 실력이 부족했고, 그 때문인지 자작령의 밤거리 전체가 아닌 일부만 다스리고 있을 뿐이었다.

그렇다고는 해도 암전은 암전이었고, 무려 동문지역 전체가 그들의 세력권이었다.

이런 암전과 비슷한 세력들이 각 구역별로 나름의 세력과 조직을 일구고 있었는데, 그런 조직들이 에덴을 감시 관찰할 의도로 검술원에 사람을 보내온 것이다.

어찌되었건 그는 검술원을 사들였고, 여전히 간판은 걸려있었으며, 그런 만큼 배움의 장소라는 건 분명했기 때문에, 이를 빌미로 과감히 팻말을 무시하며 발을 들여왔다.

미친개 헌트!

결국, 바라지 않는 소란에 또 다시 소문의 개 한 마리를 소환시켜야만 했다.

본의 아니게 자작령의 거리를 청소시킨 사건이었다.

하지만 그럼에도 불구하고 꾸역꾸역 찾아오는 이들이 있었다. 창밖을 서성이는 이들이 그런 이들이었는데, 한눈에 봐도 험악한 인상과 기세에서 건전하고 생산적인 일과는 관련이 없어보였다.

물론, 검술원 문턱을 넘진 않았다. 한 차례 미친개를 내보인 효과가 있었던지, 그저 주변에서 서성이고만 있을 뿐이었다.

“쓰읍! 신경 쓰이네.”

짜증이 차곡차곡 쌓여갈 즈음, 과하게 거슬리는 소리가 들려왔다.

끼이이이이이…

가격에 부합할 만큼 엉망인 검술원의 입구가 열리면서, 낡은 경첩이 비명을 내질렀다.

새삼 사기꾼 원장의 얼굴이 아른거린 까닭일까? 마치 악귀의 얼굴마냥 한껏 구겨지고 일그러진 에던의 시선이 문가로 향했다.

“허….”

그리고 터져 나오는 나직한 탄성 한 자락.

“안녕…하세요.”

대략 7~8살 즈음 되었을까? 한눈에 봐도 빈민가의 아이라는 걸 짐작할 수 있는 몰골의 아이가 쭈뼛거리며 들어서는 게 보였다.

에던의 표정이 와락 구겨졌다.

“너… 너너… 너….”

무어라 외치고 싶었으나, 말문이 막히기라도 한 듯, 연신 단어가 입 안에만 맴돌며 버벅거렸다.

어쩔 수 없었다.

검술원장에게 사기를 당했던 이유가 무엇인가.

이곳 빈민가에 터를 잡게 된 이유가 무엇인가.

‘저 놈 때문이다!’

사기의 도화선이 눈앞에 등장했다. 그의 주머니를 가볍게 만들고, 원치 않는 마찰로 입소문을 타며 번거로운 상황을 연출시킨 사건의 출발선이 나타난 것이다.

이런 그의 기색을 알아 챈 듯, 아이가 다급히 입을 열었다.

"저… 저는 아저씨가 원하는 조건에 맞춰드린 것뿐이에요."

"흐읍… 끄응…."

숨이 턱 막혔다. 그 말도 맞는 까닭이었다. 제법 똘똘해 보이는 빈민가의 아이를 붙잡고, 이런저런 조건을 들여가며 거기에 합당한 장소를 알아보라 말하며 약간의 보상을 했다.

아이는 그가 원하던 장소를 정확히 짚어주었다.

사람들의 발길이 뜸하고, 너른 공터가 있는 곳, 그러면서 값도 싸 보이는 장소를 물색해 달라 부탁했다.

그 역시 밑바닥 생활을 경험해 봤기 때문에, 충분히 가능할 거라는 판단 아래 내린 결정이었다.

유난스레 어린 아이의 연령대가 특히 마음에 들었다.

'한 푼이 아까울 시기니까.'

어리다는 건, 그만큼 일거리가 부족하다는 의미이기도 했다. 때문에 더더욱 열과 성의를 다해서 그가 바라는 장소를 알아올 거라 여겼다.

결국, 아이의 문제라기보다는 검술원장의 문제였으나, 사람 감정이라는 게 항시 이성적인 사고에 수긍하기가 어렵지 않던가.

하지만 상대가 피골이 상접한 어린 아이였던 까닭에, 결국 가벼운 딱밤 한 대로 감정을 털어내기로 결론지었다.

빠악!

"악!"

그 소리가 과하게 묵직한 건 그저 환청일 뿐이라며, 스스로를 속인 에던의 자기최면과 달리, 아이는 착실히 고통을 표현하며, 온몸으로 진실을 규명하고 있었다.

애써 이를 무시하는 건, 아이도 일부 책임이 있다고 여긴 까닭이었다.

특히, 그의 조건에 부합하는 장소를 잡았다고는 하나, 잠시 지켜본 아이의 영특함은 오로지 '그의 조건'만 들어줬다고 보기 어려웠다.

'사기꾼 영감한테도 받아먹은 게 있겠지.'

쉽게 말해서 이중 계약이었다. 그에게도 의뢰를 받고 검술원장에게도 일을 받은 것이리라.

'한 동네에 살고 있으니, 오다가다 호구가 보이면 물어오라고 시켰겠지.'

그 즈음에 에던의 주먹이 재차 불을 뿜었다.

빠악!

"아얏!"

재차 고통에 신음하며 이마를 부여잡는 아이의 모습이 보였다.

'젠장! 호구라고? 내가?'

추론 끝에 닿은 결론에 화풀이를 한 것이다.

"지랄!"

나직하니 욕지거리를 내뱉던 그가 아이를 향해 물었다.

"무슨 일이야?"

현란하게 이마를 비비던 아이가 눈물자국을 보이며 짧게 답했다.

"여기 검술원이잖아요."

"그렇…지."

문득, 불길한 감각이 등 언저리를 타고 올랐다.

"검술원에 왜 왔겠어요. 검술 배우러 왔죠."

'젠장!'

마른침을 꼴깍 삼키며 에던이 물었다.

"돈이… 어딨어서?"

아이가 씨익 웃으며 품 안을 뒤졌다. 그리고 나오는 자그마한 물건이 실로 눈에 익었다.

"이거면 충분하죠?"

"끄응…."

아이에게 보상으로 건넸던 금반지였다.

주먹에 힘이 들어갔다. 눈치 빠른 아이가 이마를 부여잡고 자라목을 하는 게 보였다. 에던의 눈이 빛났다.

태앵!

이마가 아닌 콧잔등을 스쳐가는 일격에 아이가 자지러졌다.

맨 먼저 한 일은 간단했다.

"어디, 싹수 좀 보자."

그리고는 검술원 한 편에 자리를 깔고 누웠다. 에던의 이뜬금없는 모습에 아이는 뒷머리를 벅벅 긁는가 싶더니, 이내 바쁘게 움직이기 시작했다.

'얼씨구!'

지켜보던 에던의 눈이 동그래졌다.

먼지가 그득하던 검술원이 때를 벗기 시작하는 게 보였다. 그저 툭 하니 뱉은 한마디에 알아서 움직이는 아이의 모습이 놀랍다고 해야 할까. 새삼스레 눈치가 대단하다고 해야 할까. 저도 모르게 나오려드는 탄성에 입가를 오물거려야만 했다.

꿀꺽!

가까스로 표정을 바로잡은 에던이 아이의 행동들을 가만히 지켜봤다.

쓱싹쓱싹 청소를 시작하는가 싶더니, 대뜸 검술원 안쪽으로 걸음을 옮기는 게 보였다. 그 방향을 본 에던이 결국 실소를 터트렸다.

"하! 이놈 보게."

새삼스레 그가 사기꾼 검술원장과 아이의 짜고 치는 놀음에 낚였다는 걸 확신했다. 그렇지 않고서야 저 거침없는 발걸음을 어찌 설명하겠는가.

검술원의 구조를 파악하고 있어야 가능한 행동이었다.

"고놈, 싹수 참…."

나직한 중얼거림과 함께 창밖으로 시선을 보냈다. 하늘 풍경을 잠시 감상하던 에던이 살살 배를 두드렸다.

"점심때인가."

그 순간, 기다렸다는 듯 고소한 냄새가 저 안쪽에서부터 풍겨왔다. 실소가 나왔다. 아이가 들어간 장소가 검술원에 붙어있는 주방이었던 까닭이었다.

이곳을 아주 꿰고 있는 모양이었다.

짐작했던 것 이상의 모습으로 아이는 주방에서 나왔다.

'여기가 음식점이었나?'

검술원이 식당 이름이었던 걸까?

말도 안 되는 착각마저 일 정도로 아이가 들고 오는 음식 종류가 다양했다. 이 허름한 검술원에 저걸 감당할 만한 식재료가 있었던 걸까? 어떻게? 이 같은 의문이 표정에 드러났고, 눈치 빠른 아이는 실실 웃으며 답을 해 줬다.

"이전 원장님이 식욕이 왕성하셔서요."

생각지도 못한 반전이랄까?

그 사기꾼 검술원장이 채워놓은 식재료였던 모양이었다. 허름한 건물 풍경에 확인도 안 하고 있었던 까닭에 이제야 알게 된 내용이었다.

'뼈 밖에 없던데?'

그래서 '성' 스러운 일면에 동정심까지 유발하지 않았던가. 내어온 음식들을 보고 있노라면, 그 취향도 짐작이 갔다.

'무슨… 죄다 고기밖에 없냐.'

온 몸으로 평화를 주장하는 것 같던 그 외형을 떠올리면, 신화나 전설 속 마법 메테오급의 반전이었다.

연신 검술원장을 떠올렸던 까닭일까? 새삼스레 속이 부글부글 끓었다. 눈치 빠른 아이가 이마를 가렸다.

빡!

"끄악!"

아이가 정수리를 부여잡은 채 주저앉았다. 제법 힘이 들어갔던 모양인지 눈물을 글썽이고 있었는데, 에던은 그런 아이의 모습을 무시하며 온몸으로 육식동물의 자태를 연기했다.

왁… 와구… 왁…

"쩝쩝… 찹찹찹찹…."

그 모습에 정수리를 부여잡고 있던 아이의 눈이 얇아졌다. 그렇게 잠시 지켜보는가 싶더니 이내 음식에 손을 뻗는 것이 아닌가. 에던의 눈도 똑같이 얇아졌다.

찰나의 순간, 아이가 히죽 웃으며 고기를 집어 드는 게 보였다.

에던의 얇아졌던 눈이 감기며 실소가 흘러나왔다.

'고놈 참… 눈치가 제법이야.'

한 순간, 아이는 에던과 시선을 교환했고 거기서 어디까지가 '선' 인지를 파악해낸 것이다.

실제로 에던은 동정 혹은 연민이라고 할 수 있는 감정을 아이에게 느꼈다. 그의 어린 시절을 떠올린 까닭이었다.

그럼에도 불구하고 이를 겉으로 내비치지는 않았다. 철저히 감췄건만 아이는 이를 본능적으로 인지했다.

한 점 한 점, 고기를 집는 손길에 점차 과감성이 더해지는 아이의 모습에 또 다시 실소가 나왔다. 이런 그의 모습을 힐끔거리는 아이가 히쭉 웃으며 대놓고 고기를 탐하기 시작했다.

'고놈 참….'

미래가 기대되는 녀석이었다.

갑작스런 식사가 끝나고, 후다닥 정리를 마치고 온 아이가 다시금 검술원을 청소하기 시작했다.

이 모습을 잠시 지켜보던 에던이 손을 앞뒤로 흔들며 외쳤다.

"꼬맹이."

그게 부르는 신호임을 알아들은 아이가 눈살을 와락 찌푸리며 목소리를 높였다.

"전에도 말씀드렸지만, 저는 '리아 램' 이라는 이름이 있다니까요."

"그래. 그래. 알았으니까. 어쨌든, 대충 네 싹수는 봤으니까. 그만하고 와서 앉아봐."

여전히 변함없는 호칭에 아이, 리아는 재차 눈살을 찌푸렸으나 이내 나직한 한숨과 함께 청소도구를 내려놓으며 에던의 곁으로 향했다.

"굳이 나한테 배우려는 이유가 뭐냐?"

리아가 곁에 앉자마자 에던이 물었다. 이에 대한 답변은 즉각 튀어나왔다.

"강하니까요."

이미 에던에 대한 소문은 자작령의 거리에 쫘악 퍼져 있었다. 리아는 어린 나이에도 나름대로 벌어먹기 위하여, 이런 소식들에 제법 귀가 열려있었고, 덕분에 미친개 헌트의 거점이 어디인지도 알 수 있었으며, 그 정체가 자신이 물었던 호구라는 것 역시 파악할 수 있었다.

"영악한 네 녀석이라면 아마 짐작하고 있겠지만, 나는 장기적인 휴식이 필요해서 이렇게 거처를 구한 것이지. 따로 검술원을 운영할 생각은 없다."

그 말인 즉, 제자도 받을 계획도 없다는 뜻이었다.

언뜻 리아를 밀어내고자 하는 말처럼 들렸으나, 의외로 아이는 실망하지 않았다. 오히려 더욱 눈을 빛내며 에던을 바라보고 있었다.

앞서의 시험과 연관 지어서 생각했을 때, 저 이야기의 흐름이 부정적이지만은 않다는 결론을 내린 까닭이었다. 그리고 이런 리아의 예상은 보기 좋게 들어맞았다.

"미리 말하지만. 후회 할 거다."

보아라. 저 긍정적인 내용을, 여운이 한껏 남지 않는가.

"괜찮아요."

리아는 활짝 웃으며 답했다.

"앞으로 잘 부탁드립니다. 스승님!"

"윽!"

그 순간 에던이 인상을 구겼다. 무슨 의미일까? 설마, 실수라도 한 것인가 싶어 리아가 표정을 굳히는데, 에던의 대답이 또 의외였다.

"닭살 돋으니까. 그 스승님이니 선생님이니 하는 호칭은 그만둬라."

앞서 언급했듯이 검술원을 운영할 생각 같은 건 없었다. 당연하게도 그에 합당한 호칭에도 부정적이었다. 그 스스로가 가르치는 자로써 부적합하다 여기는 이유도 컸다.

"그러면… 아저씨?"

잠시 주저하던 리아가 슬쩍 한마디를 흘렸고, 아니나 다를까 에던의 응징이 이어졌다.

"아얏!"

경험을 통해 이마와 정수리를 동시에 방어했지만, 에던은 콧잔등으로 경로를 변경하며, 강제적 콧대를 세우기를 실행했다.

눈물을 글썽이는 아이에게 단호히 말했다.

"짜식이. 아직 팔팔한 청춘한테 아저씨라니."

그렇다고 건물의 목적에 맞게 원장님이라고 불리는 것도 별로였다. 유난히 나이 들어 보이는 까닭도 있었지만, 결정적인 이유는 따로 있었다.

호칭 자체가 문제였다.

'사기꾼 영감이 생각나서 열 받으니까!'

잠시 잠깐의 고민 끝에서 에던이 짧게 입을 열었다.

"오빠라고 불러."

"……."

아이의 눈이 얇아졌다. 에던의 눈도 얇아졌다.

결국, 삼촌으로 합의를 봤다.

❖ ✣ ❖

그 등장과 함께 거리를 휘어잡은 까닭일까? 여러모로 시선이 집중되며 관심의 대상이 될 수밖에 없었다.

비록 그 무대의 주역들이 죄다 길거리를 무대로 활동하는 건달패라면서 폄하한다고는 하나, 분명한 건 그들 중에도 실력자라 할 만한 이들이 있다는 것이다.

때문에 영지의 높은 곳에서도 자연히 그 눈과 귀를 기울이고 있었다.

"제자를 들였다?"

이곳 영지의 주인이라 불리는 페른 자작이 흥미롭다는 얼굴로 새로 올라온 보고서를 읽어나갔다.

"미친개 헌트라…."

등장 이틀 만에 밤거리를 평정하고, 일주일도 안 돼서 그 존재감을 거리 곳곳에 퍼트렸다.

"인정하지 않을 수 없군."

어떤 세력도 없이 홀로, 저 많은 무법자들을 제압하고 짓눌렀다. 이에 대한 객관적 평가를 듣기 위해, 영지의 기사단장과 이야기를 나눴고, 그에 대한 점수가 생각 이상으로 후하게 나왔다.

하지만 안타깝게도 '미친개' 라는 소문이 그를 향해 마지막 한 걸음을 내딛지 못하게 만들었다.

"검술원은 위장이었을 텐데…."

배움을 청하러 오는 사람들을 각종 이유를 들어가며 쫓아냈기에, 그 같은 생각이 더욱 강해질 수밖에 없었다.

건달패들은 [전과자 출입 금지!]라는 요상한 팻말로 내쫓았다.

허면 전과자가 아닌 이들을 받아주느냐?

그것도 아니었다. 몇몇 일반인들도 발을 들이고자 했었다. 하지만 그들도 결국 발길을 돌릴 수밖에 없었는데, 거기에 대한 내용이 제법 그럴싸했다.

[교육은 어릴 때부터, 성인은 사절!]

실제로 가장 적절한 가르침은 열 살 이전이라는 이야기가 있었다. 그렇다고 일반 아이들을 보내자니, 검술원 주변이 실로 살풍경하여, 쉬이 발길을 하기가 어려웠다.

여전히 검술원 주변을 맴도는 건달패의 그림자가 의외의 방면에서 힘을 발휘하며 출입제한을 하고 있는 것이다.

게다가 검술원의 위치도 절묘했다. 빈민가에 한 다리 걸치고 있는 장소인지라, 어지간해서는 쉬이 발길이 가질 않았다.

그렇다고 빈민가에서 찾아가기도 애매했다. 그들에게 무슨 돈이 있어서 검술원에 등록을 하겠는가. 헌데, 여기서 반전이 일어났다.

학생을 받은 것이다.

'빈민가의 아이란 말이지.'

페른 자작이 턱을 쓸며 보고서의 내용을 한 차례 더 정독했다. 최근 들어 영지를 가장 달궈놓는 인물과 관련된 내용이며, 그의 흥미를 끄는 사내에 대한 이야기이기에, 혹여 놓친 부분이 없나 재차 확인한 것이다.

고개를 끄덕이며 보고서를 내려놓은 그가 연신 턱을 쓸면서 한 단어를 입안에 굴렸다.

"검술원이라… 검술원…."

은은하니 스며드는 미소에 눈과 입이 가볍게 휘어졌다.

❖ ✣ ❖

검술원에 자리를 잡고 어느새 일주일이라는 시간이 지났다. 에던의 광견 소환 약발이 제대로 먹힌 모양인지, 검술원에 발을 들이는 건달패들은 더 이상 없었다.

하지만 여전히 미련이 남은 까닭일까?

검술원 주변을 서성이는 이들만 많아졌고, 그로 인해 일반인도 선불리 접근하기 어려워지면서, 자연스레 에던이 원해오던 한적한 일과의 구도가 갖춰지고 있었다.

이런 의외의 반응으로 인해, 에던도 건달패가 주변을 서성이는 것까지는 막지 않았다.

'소란만 없다면야….'

저 정도 접근은 얼마든 허용해 줄 생각이었다.

일주일이라는 시간은 생각보다 길어서, 주변 분위기뿐만 아니라 검술원 내부의 흐름 역시도 대략적인 정리를 끝낼 수 있었다.

그 중심에는 리아가 있었다.

아이는 새벽 공기가 아직 발밑에 깔린 시간에 찾아와 해가 뜰 즈음까지 에던에게 가르침을 받았다.

이제 막 걸음마를 떼는 시기인지라, 아직은 기초적인 체력훈련을 중점적으로 단련했다.

이후 식사시간에 맞춰 빠르게 아침을 차린 뒤, 에던이 자리에 앉는 걸 보며 인사와 함께 검술원을 나간다. 함께 아침을 먹지는 않았는데, 그 이유가 조금 특별했다.

리아의 나이 올해로 겨우 8살.

어린 소녀는 놀랍게도 그 어린 나이에 벌써 한 집안의 가장이었다. 말인 즉, 챙겨야 할 가족이 있다는 의미였다. 때문에 에던의 식사만 차린 뒤 빠르게 집으로 돌아가는 것이다.

거동이 불편한 모친과 이제 겨우 젖을 뗀 남동생을 그 어린 몸으로 지켜가고 있었다.

부친에 대해서는 듣질 못했다.

'뭐… 표정으로 보아하니, 대충 짐작이 가긴 하네.'

삶과 죽음의 경계에서 발생하는 그리움 혹은 슬픔?

'그건 아니지.'

오히려 약간의 증오 혹은 원망?

이 같은 감정이 앳된 얼굴 한편에 차곡차곡 쌓여있음을 보았다.

'제 딴에는 감추고 싶었겠지만.'

뼛속 깊숙이 각인된 감정적인 격랑의 물결은 그 눈동자 깊은 곳에서부터 솟구쳐 오르더니, 결국 에던에게 그 잔재를 비추고야 말았다.

하지만 아이가 감추려는 마음을 이해하며 에던 역시도 모르쇠로 일관했다.

'굳이 들출 필요는 없겠지.'

그렇게 집으로 돌아간 아이가 다시 검술원으로 돌아오는 건, 해가 떨어지고 어둠이 밀려들 즈음이었다.

아침과는 반대로, 이번에는 먼저 저녁식사를 차리고, 그 이후에 수련을 했다.

아이의 거처가 검술원에서 멀지 않은 곳이기는 했으나, 그래도 어둠이 짙어지기 전에는 돌려보냈다. 배움에 대한 욕망이 강했던 것인지, 리아는 더 배우고자 했지만 에던은 거기까지는 허락하지 않았다.

그 대신 검술원에 있는 책을 몇 권 챙겨주는 것으로 아이의 열정을 식혀줬다.

다행이라고 해야 할까?

리아는 까막눈이 아니었고, 책은 훌륭한 안정제가 되어 아이의 밤길을 밝혀주었다. 에던 나름대로 숙제도 던져주니, 잠자리가 심심하지는 않을 터였다.

'고놈 참….'

이런 아이의 모습들은 에던으로 하여금 많은 생각들을 하게 만들었다.

그 때문일까?

에던은 아이에게 받았던 금반지를 다시금 돌려주었다.

"아침하고 저녁만 맡아라."

소녀의 요리 실력으로 등록비를 대신하기로 한 것이다. 사실, 첫 만남 당시에 이어졌던 시험을 시작으로, 리아가 아침과 저녁 식사를 차리는 구도가 완성되고 있었다.

"오랜 경험상 공짜는 뒤가 안 좋더라."

하지만 굳이 이 같은 이야기를 언급하며 작게나마 아이의 부담을 덜어 준 것이다.

또한, 주변을 서성이는 건달패들에게도 작게나마 경고를 보냈다.

[꼬맹이 건들면 아주 재미날 거야.]

누가?

[내가!]

당연히 건달패들에게는 재미없는 이야기일 터였다. 경고 섞인 그 말과 함께 미친개의 일면을 얼핏 비쳐주는 것으로써 리아를 향한 위협을 상당부분 걷어낼 수 있었다.

'그럭저럭 주변정리는 됐지만….'

아직 마무리가 남아있었다.

'슬슬 올 때가 됐는데.'

길거리를 청소했다. 바닥 풍경이 달라졌으니 위에서 시선을 보내는 건 당연한 수순이었다.

이런 그의 예상이 틀리지 않았던 것일까?

"비르프 기사단의 '베른 렐트'라고 한다."

땅의 주인이 그에게 사람을 보내왔다. 이미 나름대로 조사를 마친 까닭에, 상대의 신분도 정확히 파악할 수 있었다.

'베른 렐트… 부단장인가.'

아직 리아가 도착하지도 않은 새벽의 끝자락에, 홀로 은밀히 찾아온 자작의 기사를 보며 에던은 가만히 고개를 끄덕였다.

영주가 그를 어찌 생각하는지 짐작한 까닭이었다.

'크… 깽판 친 보람이 있네.'

그렇지 않고서야, 이런 빈민가 언저리에 자리한 검술원의 주인에게, 일반 단원도 아닌 부단장 급의 기사를 보낼 이유가 없지 않은가.

나름 제대로 판을 벌여놨다고는 하나, 그래도 결국 뒷골목에서 벌어지는 다툼이었다. 저들 같은 기사들의 눈에는 부족함이 먼저 보일 수밖에 없었다.

그럼에도 불구하고 부단장이 왔다. 그를 높게 평가한다는 의미였다. 상대의 정체를 알았다고 해서 굽힐 필요는 없었다.

"허… 이거야 원! 내가 아침잠이 좀 많은 편인데, 새벽부터 깨웠으니. 내 기분이 어떨 것 같수?"

뻥이었다. 용병 생활, 그 중에서도 전장을 중심으로 돌아가던 삶 덕분에, 오히려 아침잠이 적은 편이었다.

하지만 이 부분을 물고 늘어졌다.

애초에 그저 기사라고만 들었지, 부단장이라는 걸 직접 들은 것도 아니었다.

게다가 그의 평가가 높다는 것 역시 짐작하고 있는데다가, 이미 미친개로 악명을 떨치는 상황이기에, 과감히 이를 드러내는 것도 나쁘지 않다 여겼다.

"영주님의 전언을 가져왔다."

하지만 상대 역시 만만찮은 상대였던지, 페른 자작을 언급하며 에던의 기세를 꺾으려 들었다.

"그래서 뭐? 어쩌라고?"

하지만 에던은 미친개의 역할을 충실히 연기했다. 말투도 한층 거칠게 연출했다.

"소문 못 들었나 봐?"

그리고 이어지는 눈싸움과 함께 검술원의 공기가 무겁게 내려앉았다.

먼저 물러선 건 베른이었다. 영주의 명을 받고 온 길이니

만큼, 불필요한 마찰로 상황을 불편하게 만드는 건 피하는 게 좋았다.

"확실히… 아무 언질도 없이, 새벽부터 찾은 건 예의가 아닌 것 같군. 내 실수를 인정하지."

에던 역시도 순순히 그의 의도에 응해줬다. 여기서 끝까지 이를 드러내고 있었다가는 칼부림으로 번질 확률이 높았다. 상대는 기사였다. 그것도 한 영지를 대표하는 기사단의 부단장이었다.

너무 깊은 곳까지 이를 박으려 들었다가는 역으로 목을 물릴 수도 있었다. 게다가 그 역시 한 발 물러서는 모습을 보여줌으로써, 아무 생각도 없이 행동하는 대책 없는 미친개라는 이미지를 희석시킬 수도 있었다.

'생각도 하는 미친개!'

딱, 그 정도가 좋았다.

"그래. 그 전언이라는 게 뭔데?"

에던의 물음에 베른이 잠시 주저하는가 싶더니, 왠지 힘겨운 음성으로 페른 자작의 전언을 입에 담았다.

"큼… 듣자하니 아이를 한 명 가르친다고 하던데."

문득, 불길한 느낌이 들었다.

리아가 찾아왔던 날과 비슷한 감각이었다. 에던의 표정이 굳어지는 모습에 좋지 못한 예감을 받은 듯, 베른이 급하게 본론을 꺼내들었다.

"소영주님을 검술원에 등록시키려 하네."

이번만큼은 에던도 잠시 정신줄을 놔야만 했다. 일순 잘못 들은 건 아닐까 싶어, 저도 모르게 귀지를 파고 있었다.

한참 뒤적이다 베른의 표정을 본 뒤에야 착각이 아님을 알았고, 그제야 내용들을 다시 되새길 수 있었다.

"허…."

그럼에도 불구하고 반응은 여전히 넋을 담고 있지 않았다.

무거운 정적이 짙게 깔렸다.

페른 자작의 의도를 이해하기 어려운 베른은 당연히 입을 꾸욱 다물고 있었고, 갑작스레 한 방 먹은 에던은 입은 벌렸으나 말문이 막혀 침묵하고 있었다.

이 같은 에던의 모습은 베른을 더욱 불쾌하게 만들었다.

'실력 좋은 기사들도 많건만, 어찌 영주님께서는 이런 용병 따위를… 쯧!'

이미 에던에 대한 조사가 이뤄진 상태였고, 그로 인해서 에던이 용병이라는 것 정도는 파악이 끝난 상황이었다.

'암전이라고 해 봤자, 결국 뒷골목 건달패나 다를 게 없는 것을.'

미친개 헌트의 용병패가 3급이라는 걸 알기에, 더더욱 소영주의 교육을 이곳에 맡기는 걸 이해하기가 어려웠다.

물론, 일반적인 3급과는 다르단 것 정도는 알 수 있었다. 어쨌든 그도 이곳 영지의 기사였고, 그런 만큼 밤거리의 사정 역시도 적잖게 귀에 담고 있었다.

이곳 페른 자작령의 암전이 그 세가 약하다고는 하나, 겨우 3급 용병에게 당할 정도로 약하지는 않았다.

듣기로는 그 안에는 1급 용병도 포함된 것으로 알고 있었다. 때문에 에던의 용병패가 위장이라는 것 역시도 충분히 짐작 가능했다.

'그래 봤자. 용병일 뿐.'

게다가 신분도 불분명하지 않은가. 빈민가와 위장신분 그리고 용병, 거기다 태도까지 무례했다.

'도통 마음에 드는 구석이 없군.'

자작의 명을 이행하는 중이다 보니 이 같은 감정적인 불편함을 감추려 노력했지만, 뜨문뜨문 겉으로 드러나는 건 어쩔 수가 없었다.

그리고 이런 마음의 흔들림은 한 줌 기세를 흘리며 에던의 넋을 불러들였다.

정신을 차린 에던이 베른을 향해 시선을 보냈다. 딱딱하니 굳은 표정과 은은히 불타는 눈빛으로 그 감정의 편린을 엿볼 수 있었다.

악동적인 심리가 발동했다.

"등록비는 선불."

그러며 손을 내밀었다.

결국,

베른은 그 감정을 외부로 드러내야만 했다.

❖ ✣ ❖

놀랍다고 해야 할까?

'이건… 상상이상이군.'

새로이 날아든 보고서는 페른 자작을 깜짝 놀라게 만들기에 충분했다.

"그대 생각은 어떻소?"

때문에 기사단장인 '체루만 알바토'의 의견을 구할 수밖에 없었다.

"영주님께서도 아시겠지만, 베른 부단장의 경험과 실력은 명가의 선임기사와 비교하기에도 부족함이 없습니다."

평기사와 선임기사 그리고 고위기사!

대개 기사들은 이 3가지로 분류를 하는데, 각 영지나 왕국 그리고 가문마다 나름의 기준점이 달라서, 굳이 그 능력을 비교하고자 할 때는 명문의 검가들을 중심에 놓고 분류하고는 했다.

"그만큼 자존심이나 자부심 같은 게 남다른 친구이지요."

의미를 이해한 페른 자작이 고개를 끄덕였다.

"보고서에 쓴 내용이 거짓일 리가 없다?"

"예. 스스로를 깎아 내리면서까지 칭찬을 했다는 건, 그 실력이 진짜라는 의미일 것입니다."

흥미롭다는 듯, 페른 자작의 시선이 다시금 보고서로 향했다.

거기에는 그의 명을 수행하고자 빈민가의 검술원을 찾아가고, 이후에 나눴던 대화 그리고 결국 마지막에 빚어졌던 마찰까지 세세하게 적혀 있었는데, 그 내용이 참으로 놀라웠다.

'미친개 헌트… 베른 부단장과도 평수를 이룰 정도였단 말이지.'

둘 사이에 승부를 낸 건 아니라고 했다. 그저 감정적인 흔들림을 참지 못하고, 짧게 공방을 주고받은 정도였다.

하지만 그 잠깐의 교류 속에서 베른은 에던 헌트라는 용병의 실력이 그의 밑이 아님을 직감했다고 한다.

'특급 용병이란 말이지.'

입맛이 절로 다셔졌다.

비록 용병들을 업신여기며 폄하하는 이들이 많다고는 하나, 그 위치가 특급 용병까지 오르면 이야기가 달라지고는 했다.

실전과 같은 대련을 중점으로 돌아가는 기사들과 달리, 그들은 항시 실전 그 자체를 곁에 두고 살았다.

경험이라는 무기가 실력을 뒷받침하고 있는 것이다.

때문에 특급용병이라 분류되는 이들은 항시 귀족들의 유혹을 받기 마련이었다.

게다가 아카데미라 불리는 교육시설에서는 따로 은퇴한 특급용병에게 수업을 맡기는 경우도 있을 정도였다.

특별하기에 특급용병이라고도 불리는 그들이었다.

"등록비는 선불이라…."

보고서 한편에 왠지 휘갈기듯 적힌 내용에 입 꼬리를 띄운 페른 자작이 고개를 끄덕이며 보고서를 접었다.

"내 아들의 교육비인데, 수업료가 헐값일수는 없지."

소영주가 지닌 위치에 맞게, 아주 제대로 지불해 줄 생각이었다. 베른을 통해 그 실력을 확인한 만큼, 더더욱 미친개 헌트를 놓치기가 아까워졌다.

"아! 그리고 베른 부단장에게 한동안 아들 녀석의 호위를 부탁한다고 좀 말해주게."

"호위…입니까?"

"그렇다네. 호위지."

"알겠습니다."

물론, 호위 외에도 에던을 감시 및 관찰하기 위한 의미가 더 강했으나, 그들은 호위로써 의미를 통일할 뿐이었다.

❖ ❖ ❖

검술원에 도착했을 때, 리아는 주변 공기가 전날과 다르다는 걸 본능적으로 깨달았다.

'뭐지?'

이리저리 한참을 두리번거리다 그 이유를 깨달았다. 검술원 주변 곳곳에서 비치던 험악한 인상의 사내들이 거짓말처럼 사라진 것이다.

이른 아침에도 한 둘은 볼 수 있었는데, 어쩐 일인지 한 명도 비치질 않았다. 이 갑작스런 변화에 대한 이유는 검술원에 발을 들이고 나서야 알 수 있었다.

"오늘부터 네 동기다."

그리 말하며 에던이 한 아이를 소개하는데, 하마터면 비명을 지를 뻔 했다.

'소… 소영주님?'

지난해에 열렸던 풍년기원 축제에서 어렴풋하게나마 본 적이 있었다.

사실, 그 아스라한 기억으로 소영주에 대해 떠올리는 건 쉽지가 않았다. 하지만 곁에 붙어있는 사내의 얼굴을 통해, 기억은 힘을 더하고 의문은 확신을 얻었다.

'비르프 기사단의 부단장!'

비록 갑주도 입고 있지 않았고, 평복으로 최대한 위장을 하고 있는 듯 했으나, 그 얼굴은 분명 기억에 있었다.

소영주와 달리, 베른은 이리저리 오가며 본 적이 있었다. 몇 번은 가까운 거리에서 접하기도 했다. 나이의 제한을 넘어서는 돈벌이를 하고자 작은 기억도 꼼꼼히 챙겨왔고, 덕분에 베른은 확실히 머리에 담고 있었다.

영주의 검들 중에서도 손에 꼽히는 검이 직접 호위를 하고 있었다. 희미한 기억 속 소영주가 선명해지는 건 한순간이었다.

"동기…라니요?"

아무래도 상대의 신분을 짐작하고 있는 까닭인지, 내뱉는 음성에 옅은 떨림이 묻어나왔다.

"뭐긴 뭐야. 검술원에 등록한 학생이지."

딱딱하니 굳은 리아의 얼굴에 에던이 쓰게 웃었다. 표정을 통해 아이가 소영주를 알아봤다는 걸 짐작한 것이다. 일부러 동기니 학생이니 하며 정체를 숨겨 부담감을 없애주려 했건만, 상황이 의도대로 안 돌아갔다. 왠지, 입맛이 썼다.

이런 리아의 기색을 소영주도 읽은 듯, 목에 힘이 들어가는 게 보였다. 때문에 미리 선수를 쳤다.

"원래는 네가 먼저 등록을 했으니, 널 사형으로 해야겠지만, 솔직히 여기가 마법학교도 아니고, 전문 교육기관도 아닌데, 사형이니 사제니 하면서 구분하는 건 성격에 안 맞아서 관뒀다. 그러니 '같은' 동기생으로 잘 지내라."

그러며 말끝에 베른을 향해 시선을 보내는데, 이는 실질적으로는 소영주가 아닌 베른과 영주에게 건네는 이야기이기 때문이었다.

그 의미를 알아들은 베른이 표정을 굳혔다.

아이들을 언급하고 있었지만, 그 속뜻은 조금 달랐다. 이를 살피자면 리아와 소영주가 아닌, 에던과 영주를 세워두면 답이 나왔다.

에던의 이야기는 영주의 권위로 그와 검술원을 압박하지 말라는 '경고'를 내포하는 있던 것이다. 당연히 영주의 검인 베른의 눈가에 불이 들어올 수밖에 없었다.

태연히 그 눈빛을 무시한 에던이 리아를 바라보며 입을 열었다.

"이 녀석은 '루드 론' 이라고 한다. 나이는 너보다 두 살이 위지만, 그래도 어쨌든 동기니까 잘 지내도록 해라."

그 순간 소영주, 루드의 얼굴이 굳어졌다.

비록, 루드 론이라는 가명을 들고 이곳 검술원을 찾았다고는 하나, 그래도 에던이 그의 신분을 모르는 건 아니라고 들었다.

때문에 에던의 거침없는 말투에 일순 흔들릴 수밖에 없었다. 하지만 베른이 고개를 젓는 모습에 입술을 잘끈 깨물며 참아야만 했다.

그 순간 리아의 한 방이 터졌다.

"자… 잘… 부탁해요. 오…빠."

"쿨럭!"

뜻밖의 반전이라고 해야 할까?

'오빠? 여자라고?'

화들짝 놀랐다. 아니, 기겁을 했다는 표현이 더 정확했다.

'저 몰골로?'

충격에 잠시 리아를 바라보다, 오히려 그 지저분한 모양새 때문에 더욱 성별파악이 어려웠던 것이라는 결론을 내렸다.

"너도 이제는 알았겠지만, 여기 리아는 여자아이니까. 명심하고, 여동생 한 명 생겼다는 생각으로 잘 대해줘라. 꼭!"

에던은 또다시 말끝의 '꼭!' 이라는 부분에서 베른에게로 시선을 건넸다.

앞서가 경고를 의미한다면, 이번에는 잘 좀 부탁한다는 그 나름의 화해의 메시지였다. 물론, 듣는 사람이 어찌 듣느냐가 문제였는데, 여전히 굳어있는 베른의 표정으로 보아하니, 앞서 경고에 더해 '주의' 정도로는 여기는 것 같았다.

'쯧! 딱딱하기는….'

입맛을 다신 에던이 루드와 리아에게로 시선을 돌렸다.

"똥마렵냐? 표정들 하고는… 에휴! 귀찮지만 아침 일과나 시작해 보자."

서먹서먹한 두 아이의 분위기를 고려해, 후다닥 수업을 시작해야만 했다.

"뛰어!"

체력이 기본이고 실력의 밑거름이라는 주장으로, 아침 내내 기초체력 훈련만 줄기차게 이어졌다.

'똥 나오게 힘들면, 계급장이건 뭐건 신경 쓸 틈도 없을 거다. 큭….'

나름 아이들을 배려한 조치였다.

단지, 그 배려가 너무 깊어 토악질이 나올 정도라는 게 문제였지만, 어쨌든 두 아이는 서로의 신분에 대한 것도 잊은 채, 하늘이 노랗게 보일 정도로 미친 듯 뛰고 또 뛰어야만 했다.

❖ ✣ ❖

갑작스런 소영주의 등장과 함께 리아의 생활도 크게 변화해야만 했다.

"저 녀석은 하루 종일 수업을 듣는데, 선배가 돼서 질 수는 없잖아."

이런 이유를 들며, 리아에게 앞으로는 종일 검술원에 있을 것을 명한 것이다.

당연하게도 리아는 승낙할 수가 없었다. 모친과 동생을 생각해야 하는 까닭이었다. 하루 종일 발품을 팔아야 겨우 겨우 생활이 가능했다. 에던 덕분에 잠시 여유가 생겼다지만, 말 그대로 '잠시' 일 뿐이었다.

거기에 기대다가는 오래지 않아 예전의 생활로 돌아갈 것이기에, 하루도 쉴 틈이 없던 것이다.

헌데, 여기서 또 에던이 의외성을 보여줬다.

"쓸데없이 싸돌아다니지 말고, 여기 청소나 해."

그러며 일당을 준다는 것이 아닌가. 어찌나 갑작스러웠던지 당황스러울 정도였다.

"전에도 말했듯이, 난 공짜 별로 안 좋아한다."

이 역시 이해하기 어려웠다. 어찌 공짜란 말인가. 등록비를 대신하여 이미 식사를 차리고 있는 상황이었다.

"그러니까 청소를 하라고. 정리도 좀 하고."

하지만 납득할 수 없는 부분이었다.

이미 등록비 부분에서 에던의 호의를 받았다. 그게 동정에서 비롯되었을 거라 여기면서도, 스스로의 상황을 알기에 넙죽 삼켰다.

이번에도 그리 받아들이면 되겠으나, 너무 큰 호의가 오히려 동정과 연민이라는 감정을 직접적으로 느끼게 만들면서, 애써 외면하던 자존심을 건드렸다.

때문에 반대를 하려 했다.

"받아들여. 동정이나 연민 같은 거 아니니까. 그리도 또 그런 마음이면 좀 어때. 공짜로 주는 것도 아닌데. 청소하고 빨래하고 거기다 식사까지. 이 넓은 검술원의 일거리를 너 혼자 책임지는 거다. 오히려 나중에 불평이나 하지 마라."

그리고는 아이의 머리를 쓰다듬으며 한마디를 덧붙였다.

"게다가 삼촌으로 합의 봤잖냐. 조카한테 일자리 정도는 마련해 줄 수 있다."

이렇게까지 밀어붙이는데 더 이상 거절하는 것도 예의가 아니라고 여기며, 결국 리아는 에던의 호의를 받아들였다.

하지만 마음에 개운하진 않았던지, 슬쩍 물었다.

"이렇게까지 해 주는 진짜 이유가 뭐에요?"

그 물음에 에던은 쓰게 웃으며 답했다.

"뭐… 그냥, 옛날 생각이 나서 그런다고 치자."

여전히 이해 못 할 대답이었으나, 리아도 더는 묻지 않았다. 눈치 빠른 아이는 마지막 선을 지키고자 거기서 이야기를 마무리 지어야만 했다.

❖ ✣ ❖

페른 자작의 접근과 소영주의 등록을 끝으로, 에던은 대략적인 상황정리가 끝났다는 결론을 내렸다.

물론, 아직 모든 문제가 해결됐다는 의미는 아니었다. 그저 이곳에 자리 잡기 위해 치러야 할 굵직한 사건들을 마무리 지었다는 느낌이었다.

특히, 영주가 직접 그 후계자를 검술원에 들여보냄으로써, 그에 대한 호의를 짙게 내비쳤다는 부분이 중요했다. 모르긴 몰라도 더 이상 거리의 건달패들도 섣불리 그를 건들기가 어려울 터였다.

해체되어버린 암전에 대해서는 약간의 걱정이 있었지만, 지금 당장은 크게 신경 쓸 부분이 아니라고 여겼다.

경험으로 인해 그들의 습성을 잘 아는 까닭이었다.

'아귀 같은 놈들만 그득해서, 어지간하면 외부에 손을 빌리기가 쉽지 않겠지.'

그렇게 일단락되었다고 여겼다.

이제 남은 건 적당한 휴식과 마음의 평화 그리고 안락한 여가생활이라고 믿어 의심치 않았다.

하지만 그 같은 생각은 뜻밖의 방문자로 인해 깨져야만 했다.

“여기 검술원은 강사 안 뽑습니까?”

빈민가에 한 발 걸치고 있는 허름한 검술원으로써는 생각지도 못한 방문객이었다.

더군다나 학생이라고 해 봤자 겨우 둘 뿐이지 않던가. 그런 상황에 따로 강사를 고용한다? 에던이 양 미간 사이에 주름을 잡으며 강사지원자를 살폈다.

머리는 검었으나 자글자글한 얼굴의 주름이나 듬성듬성 빠져있는 이빨에서, 그 연령대가 하늘과 가깝다는 걸 짐작케 했다.

“헤일러 에일이라고 합니다. 이래봬도, 한 때는 검술원을 직접 경영한 적도 있습니다.”

자신을 한껏 어필하는 방문객, 헤일러의 모습에 에던이 짧게 조소하며 물었다.

“그 검술원이 빈민가에 붙어있진 않았습니까?”

“어허헛! 그랬던 것 같군요. 허헛! 가난한 아이들에게도 배울 기회를 주고자, 가장 낮은 곳에 자리를 잡았었지요.”

에던의 조소에 싸늘한 한기가 깃들었다.

“혹시, 베르만 에일이라는 분을 모르십니까?”

"허어… 어릴 적 헤어진 형님의 성함이 그랬던 것 같구려."

"하하하핫!"

순간, 에던이 폭소를 터트렸다. 그리고 이 웃음이 끝났을 때, 더 이상 입가에는 미소가 비치질 않았다. 차갑게 혹은 딱딱하게 굳은 얼굴로 헤일러를 바라보며, 한 마리 사나운 맹수처럼 으르렁 거리듯 읊조렸다.

"내가 호구로 보였나 보네."

그리고는 방문객을 향해 천천히 다가갔다.

"머리 좀 염색하고 이름 좀 바꾼다고 설마 내가 못 알아볼 거라 생각하는 건 아니지?"

"허헛… 뭔가 오해가 있나 본데, 난 자네를 오늘 처음 본다네."

"지랄!"

짧은 욕설과 함께 에던이 신형을 쏘아 보냈다.

"잘 만났다. 이 사기꾼 영감탱이!"

이전 검술원장의 등장에 이성이 날아가는 순간이었다.

4. 왈왈!

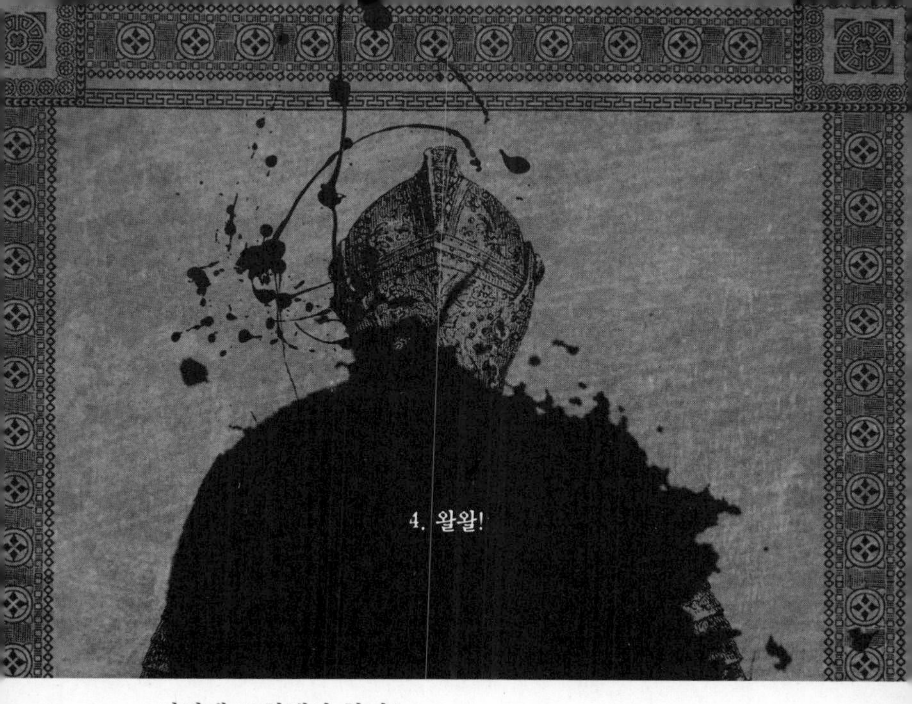

4. 왈왈!

어떻게 표현해야 할까?

'사자?'

드디어 떠날 시간이 온 줄 알았다.

'사신?'

그 때문에 저승에서 마중을 나온 거라 착각했다.

"싼 값에 부탁 좀 드리겠습니다."

'으잉?'

확실히 착각이었다. 사신이 가격 흥정을 한다는 부분에서 이미 노안을 고려하고 있었다.

'뭐지?'

그럼에도 불구하고 감각을 찔러 들어오는 이 오싹한

느낌을 부정하기는 어려웠다.

호기심이 일었다.

'허헛….'

그래서 지켜봤다.

과연, 예상대로 흥미로운 전개가 펼쳐졌다.

이 근방의 빈민가를 좀먹으며 제 뱃속을 채우려던 놈들이 있었다. 헌데, 그의 거처가 마침 빈민가를 삼키려면 지나야 하는 길목이었다.

그 때문일까?

수시로 찾아오며 방 빼라고 들쑤시고는 했는데, 그 방을 사신처럼 등장했던 사내에게 헐값에 넘기면서 주인은 바뀌었고, 그들은 '검술원' 의 새로운 주인과 실랑이를 벌여야만 했다.

'가격이 싸면 다 그런 이유가 있는 것이라네.'

턱수염을 쓸어내리며 느긋하니 사내의 대처를 지켜봤다. 그리고 아주 흥미로운 상황이 벌어졌다.

'허어… 암전을 홀로?'

뭔가가 있다고는 짐작했지만, 이건 예상을 넘어서는 반응이었다.

방을 빼라고 찾아오던 이들은 '암전' 의 일원들이었다.

음지에서 활동을 하기에 그 악명이 널리 퍼진 건 아니었지만, 아는 이들은 하나같이 손에 꼽는 위험한 집단이었다.

실지로는 점조직 형식으로, 그 개개의 지부가 별도로 움직인다고는 하나, 그럼에도 암전이라는 단체의 이름값은 결코 무시할 수 없는 무게감이 있었다.

헌데, 그 암전에 맨몸으로 쳐들어가는 것이 아닌가. 혹여 뭘 모르는 건가 싶어서, 만에 하나의 사태를 대비하고자 따라붙었더니, 몰라서가 아니라 오히려 잘 알아서 일을 벌이는 느낌이었다.

그리고 흥미로운 상황들이 본격적으로 전개되었다.

'저건 또 뭐지?'

멀찍이서 지켜보며 연신 감탄할 때, 진하게 스며드는 의문의 그림자가 있었다.

"오러가… 없나?"

짙어지는 의혹에 더욱 세심히 관찰했고 이내 깜짝 놀라야만 했다.

'맙소사! 오러홀이 없었을 줄이야.'

처음에는 그 경지가 남달라 내부의 흐름을 제어하며 감추는 거라 여겼다. 하지만 전투를 지켜보는 내내 오러의 흐름을 느끼지 못했고, 이내 그 진실에 닿았다.

'어떻게?'

호기심이 더욱 짙어지는 순간이었다. 그 순간부터 그의 일거수일투족을 전부 지켜봤다.

"미친개라… 허헛!"

슬쩍 웃음이 나왔다.

한 차례 폭소를 하기도 했다. 그도 그럴게 그 역시도 한 때는 미친개라 불리던 시절이 있었기 때문이었다.

검술원의 전 주인은 과거 미친개라 불렸고, 현 주인은 지금 미친개라 불린다.

"이거야 원. 내 집이 전통적인 개집이 될 줄이야."

오랜만에 배가 아플 정도로 웃었던 것 같았다.

특히 흥미로운 건, 사내의 본성은 미친개와 멀어 보인다는 점이었다. 과거의 그는 '진짜' 미친개였다. 하지만 사내는 미친개를 '연기' 하고 있을 뿐이었다.

그렇기 때문에 더욱 재미가 있었다.

"허헛…성격도 나쁘지 않은 것 같군."

처음에는 그저 잠시 쉬어가고자 검술원을 구한 것으로 알았다. 실제로도 그래 보였다. 그 때문인지 학생을 받을 생각도 없어 보였다.

헌데, 뜻밖에도 아이를 학생으로 받는 것이 아닌가. 그리고 이어지는 행동들이 하나 같이 의외였다.

이를 통해서 성격이 모나지 않음을 알 수 있었다.

그리고 이에 기대서 사내에 대한 호기심을 슬쩍 챙겨보고자 했고, 과감히 행동으로 옮겼다.

"여기 검술원은 강사 안 뽑습니까?"

혹시나 모를 마찰을 대비하여, 아이들이 전부 돌아간 늦은 밤에 그의 거처를 찾았다.

그리고 이어지는 짧은 대화.

'허헛….'

사내의 표정변화 속에서, 혹시나 했던 마찰을 직감했다.

"잘 만났다. 이 사기꾼 영감탱이!"

그리고 결국 사내가 폭발했다.

"뒈졌어!"

과거와 현재의 미친개가 격돌하며, 개싸움이 시작됐다.

※ ✣ ※

거리가 좁혀지고 간격을 확인하는 순간, 직감했다.

'강자!'

뜨겁게 타오르던 에던의 머리가 빠르게 가라앉았다. 그렇다고 식히는 건 아니었다. 오히려 가슴으로 밀어 넣으며, 전장을 뛰기 위한 동력으로 삼았다.

파앙!

과감히 주먹을 내질렀다. 한눈에 봐도 뼈마디가 앙상해 보이는 고령의 노인이었지만, 겉모습에 현혹되지 않았다.

이미 전장의 막은 열렸고, 배역들은 서로의 숨겨진 모습을 드러내야만 했다. 때문에 상대의 감춰졌던 광기를 인지할 수 있었다.

아니나 다를까.

파파파파파팡…

격렬히 이어지는 그의 권격들이 허무하게 허공만 치고 오는 게 보였다.

'빌어먹을!'

느낌이 좋질 않았다. 헤일러의 회피동작 속에서 흩날리는 여유를 본 까닭이었다. 등골이 오싹해지며 전율이 목 언저리까지 차올랐다.

짜릿한 긴장감에 동작이 굳었고, 그로 인해 연격의 흐름에 틈이 생겼다. 그 순간 헤일러의 반격이 뻗어 나왔다.

그 앙상한 팔뚝무게만큼 가벼운 손짓이었다.

'흡!'

하지만 각성으로 활성화된 에던의 감각은 격렬하게 경고를 보내오고 있었다.

절묘하다고 해야 할까?

그다지 빠른 공격도 아니건만, 피하기가 어려웠다. 그렇다면 각을 최대한으로 죽이며 막고 흘리는 것뿐이었다. 생각과 동시에 이미 몸은 행동하고 있었다.

꾸웅!

호흡이 턱 하니 막혔다. 분명 직격을 피하며 흘려보냈건만 이 뼛속을 파고드는 묵직함은 무어란 말인가.

"허억!"

신형이 부웅 떠올랐다. 그 상태로 쭈욱 밀려나더니, 최초 그가 서 있던 자리까지 날아와 버렸다.

파파팍!

그러고도 힘의 여운이 남았던지, 착지와 동시에 뒷걸음질을 이어야만 했다.

'이런… 미친!'

욕지거리가 목구멍을 맴돌았다. 공격을 막았던 오른팔에 감각이 없었다. 흘렸음에도 이 정도라는 게 충격이었다.

멀찍이서 헤일러가 히죽 웃었다.

"강사 실력에 이 정도면 합격이겠지?"

그 말에 에던의 표정이 와락 구겨졌다.

"썩을!"

결국, 욕설이 나와 버렸다.

'강사?'

웃기는 소리였다. 에던은 조금씩 감각이 회복되는 오른팔을 주무르며 헤일러에게 물었다.

"이런 곳이 아니라 성국에서 검을 드셔야 할 것 같은데요. 아닙니까?"

반격의 순간, 방어의 찰나, 섬전처럼 뿜어져 나왔던 청명한 향을 맡았다. 놀랍게도 그것은 성력이라고 불리는 것이었다.

"허헛! 안타깝게도 그 동네 기사들과 데면데면한 사이라서 그곳은 좀 불편하더군."

에던의 미간에 주름이 잡혔다.

'성기사를 꺼린다?'

문득, 떠오르는 얼굴이 있었다.

'프레이!'

그와 동시에 연상되는 단어가 하나.

'몽크!'

확실히 잠시간의 공방에서 보여줬던 몸놀림은 나름 달인이라 자부하는 그로써도 감히 경시하지 못할 수준으로써, 말 그대로 체술의 전문가라 여겨지는 몸짓이었다.

에던의 눈이 얇아졌다.

"어르신의 공부는 검술원과 안 맞을 것 같습니다만."

"걱정 말게나. 곁다리로 익힌 정도지만, 검도 제법 쓸 줄 안다네. 검술원의 수준에는 부족하지 않을 걸세."

그리고는 히쭉 웃으며 물어온다.

"어째, 시험이 좀 더 필요한가?"

"끄응…."

신음처럼 앓는 소리가 흘러나왔다.

'망할 영감탱이!'

욕지거리가 솟구쳤다. 하지만 애써 이를 삼켜냈다. 잠깐의 공방 속에서 헤일러의 진면목을 엿본 까닭이었다.

거칠어졌던 언사가 어느새 공손해진 이유도 거기에 있었다.

'루드말 영감….'

어째서인지 그의 얼굴이 떠올랐다.

'동급…이려나?'

눈앞의 상대에게서 그가 엿본 건, 별의 영역에 이른 초월자의 편린이었다. 상황이 이러하니 말투가 바뀔 수밖에 없었다.

'돌겠네!'

그의 위험목록에 여자 외에도 영감 혹은 노인 이라는 단어를 포함시키는 순간이었다.

'아니… 왜? 대체, 왜? 뭣 때문에?'

초월자가 이런 빈민가의 허름한 검술원에서 지낸단 말인가. 더욱 웃긴 건, 암전의 수작질에도 불구하고 능력을 감추고 있었다는 부분이었다.

애초에 헤일러 에일이라는 초월자는 들어본 적도 없었다. 이는 바꾸기 전의 이름인 베르만 역시 마찬가지였다.

성국 그리고 초인!

이 부분에서도 걸렸다. 그가 아는 한 성국은 초인이 존재하지 않았다. 그렇기에 더더욱 눈앞의 헤일러란 존재로 인해 머리가 아픈 것이기도 했다.

'알려지지 않은 초인이라는 건가.'

문득, 한 가지 의문이 들었다.

'…왜 나한테, 검술원을 판 거지?'

초월자라고 예상되는 존재였다. 그런 자가 암전을 피한다? 그저 아이들 재롱을 지켜보는 심정으로 간을 보고 있던 걸지도 몰랐다.

때문에 이 부분은 확실히 짚고 넘어가고 싶었다. 그래서 물었다.

"산다기에 팔았지. 허헛!"

헌데, 거기에 대한 답변이 골 때렸다.

"으드득…."

당장이라도 뛰어들고 싶었지만, 꾸욱 감정을 삼키며 걸음을 붙잡았다. 각성을 통해 특별함을 얻었다지만, 아직 불완전했고, 초월자를 상대로 하기에는 부족함 역시 느꼈다.

참아야 할 때였다.

"카아아악! 퉤!"

때문에 그저 가슴 속 울분을 게워내듯 뱉어내야만 했다. 이런 그의 모습에 히쭉히쭉 웃던 헤일러가 검술원 안쪽으로 걸음을 옮기며 물었다.

"숙식은 제공해 주는 거겠지?"

"이런, 염병!"

기어이 욕지거리가 입안을 탈출해 버렸다.

❖ ✣ ❖

이른 아침, 리아는 믿지 못할 광경을 봐야만 했다.

"베르만… 할아버지?"

사라졌던 전 검술원장이 에던과 나란히 서 있는 것이 아닌가. 아이의 큼지막한 눈이 더더욱 크게 확장되었다.

"앞으로는 헤일러라고 불러다오. 허헛!"

너털웃음과 함께 새로이 자신을 소개하는 그의 모습에, 에던이 소리 없는 욕지거리를 토해냈다.

이미 베르만이라는 게 밝혀졌음에도, 굳이 헤일러라는 신분을 고집하는 모습이 웃기지도 않은 까닭이었다.

때문에 괘씸죄가 더해지며, 에던으로 하여금 복수의 칼을 뽑아들게 만들었다.

'숙식제공? 해 드립죠. 얼마든지 제공해 드리겠습니다.'

이 즈음, 이미 에던은 눈이 돌아가 있었다.

'단, 세상에 공짜는 없다는 걸 아셔야 할 겁니다.'

그날부터 아이들의 교육은 철저하게 헤일러의 전담이 되어야만 했다.

"꼬우면 나가시던가."

어차피 막 나가기로 한 시점이었다. 막말도 서슴지 않는 에던의 모습에 헤일러도 슬쩍 한 발 물러나야만 했다.

'…너무 긁었나.'

다시금 미쳐버린 개들의 싸움을 해 볼까도 싶었지만, 노쇠한 육신은 잦은 마찰을 경계하고 있었다. 지난밤 벌어졌던 그 잠깐의 전투만으로도 뼈마디가 시린 상황이었다.

에던 때문일까?

미친개 혹은 투견이라 불리던 시절이 새삼 떠올랐다.

'이젠 뭐…똥개 밖에 안 되려나. 짖는 것도 쉽지가 않구만. 어허헛!'

순순히 물러나는 헤일러의 반응에 에던이 아쉽다는 표정으로 발길을 돌리는 게 보였다. 물론, 그냥 가지는 않았다.

"카아악, 퉤!"

이 거친 모습에 헤일러는 그저 웃을 뿐이었다.

"허헛!"

새삼스레 과거가 그리워졌다.

'허어… 그냥, 받아버려?'

❖ ✣ ❖

마샬탄 리불!

그는 페른 자작령의 암전을 다스리던 '전주' 였다. 비록 무수히 많은 암전의 세력들 중에서는 하위권에 속하는 수준이었으나, 그래도 나름의 자부심을 지니고는 있었다.

암전의 전주라는 위치가 그 정도로 특별하기 때문이었다.

이 같은 그의 자랑에 흠집이 나버렸다.

사실, 박살이 났다.

힘겹게 키워 온 세력이고 전력이건만, 그게 한 개인의 손에 전부 망가져버렸다.

암전의 전주로써, 더 이상 자존심을 지키기 어려운 위기의 순간이었다. 이미 그 지위 자체가 위태로웠다.

각오를 굳힐 수밖에 없었다.

'으드드득… 에던 헌트!'

치욕스런 결정과 결심 속에서, 복수의 불길이 타오르기 시작했다.

◈ ✣ ◈

마르센 왕국을 건너 중앙대륙 방향으로 조금 더 향하다 보면 페르베르멘 왕국이 나오는데, 페른 자작령은 그곳 페르베르멘 왕국의 서부지역에 자리한 영지였다.

대륙을 떠들썩하게 만드는 전쟁지역에서 그리 멀지 않은 장소라고 할 수 있었다. 하지만 에던은 그곳에 터를 잡았다. 오랜 도주경험을 토대로 과감한 결단을 내린 것이다.

이름도 절반만 가리고 은신지도 아슬아슬한 경계에 마련했다.

'등잔 밑이 어둡다…던가?'

저 멀리 어딘가의 격언을 떠올리고, 이를 실천에 옮긴 것이다.

등잔 밑이라 하면 마르센 왕국이 제격이 아닐까도 싶겠으나, 전쟁의 불길이 너무 거세서, 등잔 밑까지도 홀라당 타버릴 확률이 있는 탓에, 적당한 거리 정도는 두고자 페르베르멘 왕국으로 선택한 것이다.

덕분일까?

"마르센 왕국에서 한 방 먹였다던데."

"그냥 당하면 에벨린이 아니지."

"드라필만이 본격적으로 칼을 뽑았다더라."

바로 옆과 그 너머의 왕국인 마르센과 에벨린의 다양한 전쟁소식들이 제법 빠르게 날아들고는 했다.

물론, 일반 백성들 사이에 떠도는 소문이라고 해 봤자, 그 정보의 깊이가 얕고 부정확한 것들이 많을 터였다.

하지만 분명 그 안에는 '진실' 도 일부분 섞여있을 것이다. 에던은 이런 소문과 소식들을 이리저리 듣고 걸러내며, 나름대로 도주상황에 대한 판단을 내리고 있었다.

그가 머물던 진영이나 위치 그리고 본의 아닌 명성등을 생각한다면, 여러모로 신경이 쓰일 수밖에 없었기에, 이 같은 소식들에 민감히 귀를 기울여야만 했다.

특히, 원치 않던 명성인 '사신' 에 관한 이야기가 여전히 떠도는 건, 매번 그의 눈살을 찌푸리게 만들었다.

처음에는 잠잠해지려던 사건을 누군가 들쑤셨던 게 시작이었다.

하지만 시간이 흐른 지금에 와서는 너나 할 것 없이 사신을 연기하며, 전장에서 칼을 뽑아들며 소문을 키우고 있었다. 가짜들의 실력이 뛰어나건 부족하건, 이래저래 화젯거리가 될 수밖에 없는 것이다.

그 명성이 더해지나 깎이나 에던으로서는 맘에 들지 않는 상황일 터였다.

이처럼 전쟁의 소식에 귀를 기울이는 한편, 수시로 각성으로 인한 부작용을 제어하는데 집중하며 일과를 보냈다.

사실, 그가 등잔 밑이니 뭐니 하며 일찌감치 자리를 잡은 이유가 무엇이던가. 각성으로 인한 감각의 비틀림으로 인해 장거리 여행을 견디기가 어려웠던 까닭이지 않던가.

마침 아이들을 가르칠 강사까지 구해진 만큼, 그로써는 최대한 각성감각 적응에 전념할 수 있었다.

'뭐… 마음에는 안 들지만.'

감당할 수 없는 부하직원을 부리려니 골머리가 아프다고나 할까?

그 때문에 더더욱 스스로의 시간에 집중하려 노력했고, 나름의 성과를 얻으면서, 각성감각의 후유증을 일부 벗어날 수 있었다.

하지만 그렇다고 해서 완벽히 헤일러의 존재를 무시하기는 어려웠다. 아무래도 초월자로 추측되는 만큼, 저도 모르게 시선이 가고 귀가 기울여지는 건 어쩔 수가 없었다.

특히, 헤일러가 간혹 보여주는 행태 혹은 만행은 그로 하여금 외면을 할 수 없게 만들고는 했다.

그 대표적인 것 중 하나가 팻말 사건이었다.

[개조심!]

어느 날 문득, 외출을 하고 돌아오니 대뜸 검술원 입구에 그런 팻말이 붙어있는 것이 아닌가. 뭔가 싶어서 물어보니 대답이 가관이었다.

"미친개라며. 그러니 조심해야지."

열 받아서 냅다 들이받았다가 눈을 문지르며 물러나야만 했다.

게다가 식사 때마다 나오는 반찬투정은 진정 인내의 한계를 시험하게 만들기에 충분했다.

"이빨 안 보이나? 나처럼 이가 약한 노인네들은 부드러운 음식들로 챙겨줘야지."

그렇다면 고기를 그렇게 씹어대는 건 어찌 설명한단 말인가.

"이가 없으면 잇몸이랬네. 고기는 근성이지."

황당하다 못해 정신이 날아가 버릴 지경이었다. 그래서 또 달려들었고 정신과 함께 육신도 허공을 날아야만 했다.

그래도 초반에 검술원을 막 들어서던 무렵에는 어느 정도는 눈치도 봐 가며, 나름대로 양보도 해 주는 것 같더니만, 한 달여의 시간이 흐른 지금에 와서는 아주 대놓고 행세를 하고 있었다.

"염병! 강사를 쓰는 건지, 상전을 모시는 건지."

누가 원장이고 집주인인지 알 수가 없었다.

어쨌든 이런저런 사건 덕분에, 틈틈이 그에게로 시선을

줄 수밖에 없었고, 그 덕분에 한 가지 인상적인 광경을 볼 수 있었다.

'이것… 보게.'

과연, 그가 본 것이 사실인지 확인하고 싶었다.

"페른 자작하고 아는 사입니까?"

뜬금없는 내용에 헤일러가 너털웃음을 터트렸다.

"그리 보이나?"

"뭐… 영감님을 봐서는 모르겠지만, 그 부기사단장을 보고 있노라면 모를 수가 없던데요."

베른이 헤일러를 대하는 모습에서, 왠지 모를 조심스런 태도를 비쳤다. 때문에 페른 자작과의 관계에 의문을 느낀 것이다.

"허헛! 글쎄… 오다가다 인사 정도는 할 만한 사이라고 하면 되려나."

에던의 눈매가 얇아졌다. 한 달간의 동거 덕분인지, 헤일러는 굳이 말로써 묻지 않아도 의미를 읽을 수 있었다.

당장 숨기고 있는 걸 당잘 불라는 뜻이었다.

"자네는 오히려 나한테 감사해야 할 거야."

무슨 의미일까? 에던의 눈살이 찌푸려졌다.

"내 덕분에 여기 이 허름한 검술원이 명당자리가 된 것 아니겠나. 영주께서 그 자제분을 등록시킨 것도 전부 다 내가 터를 닦아놓은 덕분이라네."

"하…."

헛웃음이 절로 나왔다.

"거 참, 이상하네요. 제가 알기로는 여기 검술원은 헤일러 영감님이 아니라, 그 오래전에 헤어졌던 형제분이신 베르만이라는 분께서 터를 닦아놓은 걸로 아는데요."

"어허… 한 핏줄이니. 형님과 내가 다르지 않네."

"지랄!"

"어허허헛! 오랜만에 인성 교육이 필요한가 보군."

"끄응…."

에던이 앓는 소리를 내며 한 걸음 물러났다. 그런 그의 모습에 헤일러가 재차 웃음을 터트렸다.

"자네도 이상하긴 했나 보군."

"무슨 소립니까?"

"소영주 말일세."

굳이 긍정도 부정도 하질 않았다. 하지만 침묵만으로도 충분히 답이 되었던 듯, 헤일러가 이야기를 이었다.

"그 아이를 너무 밀어내진 말게. 어쨌든 루드 그 녀석도 자네 제자가 아닌가."

"쯧! 가르치는 것도 없는데, 제자는 무슨."

학생들의 교육은 헤일러가 전담하고 있는 만큼, 크게 틀린 이야기도 아니었다.

"아마도 페른 영주도 궁금했을 게야."

"뭐가 말입니까?"

"당연히 내 집을 '빼앗은' 자네지."

"……."

에던의 눈이 얇아졌다. 맞지 않는 단어를 들었기 때문이었다. 하지만 굳이 지적하지 않았다. 한 달여의 시간동안 헤일러의 이런 모습에 적응을 한 까닭이었다.

"알려나 모르겠지만, 페른 자작은 원래 이름깨나 날리던 상인집안의 자제였다네."

"뭐, 이래저래 듣기는 했습니다."

떠도는 내용 대부분이 돈으로 작위를 샀다거나 하는 이야기였다.

"그래서인지 제법 사람을 보는 눈이 있더란 말이지."

때문에 헤일러를 알아봤다. 크게 능력을 드러낸 것도 아니건만, 먼저 알아서 그를 조심하기 시작한 것이다.

"뻥치시네."

에던이 즉각 반응했다.

"보나마나 그 성격 못 참아서 사달을 냈겠지."

"……."

정곡이었을까? 헤일러가 슬쩍 시선을 피하며 턱을 쓸었다.

실제 사건은 이랬다.

10년여 전 즈음, 빈민가의 허름한 검술원을 무시하며, 몇몇 건달패가 시비를 걸어왔고, 옛 미친개의 혈기가 아직 남아있던 헤일러는 어둠이 짙던 밤, 홀로 그 무리를 찾아가 그대로 쓸어버렸다.

그리고 페른 자작령의 밤거리에 혼란이 찾아왔다.

해체되었던 패거리가 페른 자작령의 밤거리를 지배하는 절대적인 조직이었기 때문이었다.

지금처럼 구역을 나눠가며, 밤거리를 소란스럽게 만든 사건의 발단이 바로 그의 화풀이로 인한 것이었다.

헤일러 본인이야 나름대로 정체를 숨긴다고 했으나, 당시 조직원 중에서 몇몇이 그를 알아봤고, 이들을 통해 페른 자작에게 그 정보가 넘어간 것이다.

어찌 되었건 그의 영지 안에서 벌어진 일이고, 그의 거리에 기생하는 조직이었다. 알게 모르게 오가는 교류가 있을 수밖에 없었다.

하지만 10년도 더 지난 사건인지라, 이 내용은 이미 잊혀져버렸고, 헤일러의 존재도 더 이상 아는 이들이 없었다. 암전 역시도 그 같은 사실을 몰랐기 때문에, 감히 그 욕심을 채우고자 수시로 검술원을 들락거리며 헤일러를 귀찮게 한 것이었다.

"암전 놈들도 굳이 내가 아니었더라도, 결국에는 아주 작살을 내놨겠지. 몽크? 성직자? 수도사? 카악, 퉤!"

"크음. 큼…."

확실히 찔리는 게 있는지, 헤일러가 연신 헛기침을 하며 시선을 피했다.

"…쓸데없는 이야기는 그만 하고, 어쨌든 루드 그 아이도 제대로 살피란 말일세."

"말 돌리기는… 갑자기 그런 소리를 하는 이유가 뭡니까?"

"나보단 자네가 잘 알 것 같은데."

"알기는 뭘 압니까?"

"허헛! 자네가 리아 그 아이를 제법 아끼는 걸 알고 있네. 그러니 루드도 함께 살펴야 하지 않겠는가."

그제야 의미를 이해한 에던이 짧게 혀를 차며 고개를 돌렸다.

"걱정할 것 없네. 자네의 태도 덕분에 베른 그 친구나 루드는 눈치 채지 못했으니까. 나야 뭐, 워낙 눈치가 좋아서 알아냈지."

눈치라고 하기 보다는 에던의 일거수일투족을 살피다시피 한 덕분이었다. 한 달여의 시간을 함께하며 그리 보냈으니, 어찌 모를 수 있겠는가.

"그러니 내 앞에서는 감출 필요가 없네."

에던은 침묵을 지키는 것으로써 답을 회피했다. 그러거나 말거나 헤일러는 너털웃음과 함께 이야기를 이어나갔다.

"루드 그 아이라면 충분히 리아의 방패막이가 되어 줄 수 있을 걸세. 자네가 보기에는 건방진 귀족가의 자재처럼 보이겠지만, 한동안 살펴보니 그 아이도 마음씨는 곱더란 말이지."

"글쎄요."

"뭐, 여전히 고개를 빳빳이 세우면서, 리아와 거리를 둔 채 귀족으로써의 권위를 내세우려 하는 모습이 없진 않지만, 그것도 다 태생적인 보호본능 같은 거라네."

고개를 되돌린 에던이 헤일러와 시선을 맞췄다.

"나로 인해서기도 하지만, 그래도 가문의 후계자를 일개 용병의 검술원에 보내는 게 말이 된다고 생각하나?"

에던의 눈매가 얇아졌다. 앞서 헤일러가 이야기한 것 이상으로 중요한 뭔가가 있음을 느낀 것이다. 관심을 보여주는 에던의 태도에 만족한 듯, 입가에 넉넉한 미소를 그린 헤일러가 루드의 비밀을 풀어놓았다.

"세상에 알려지진 않았지만, 그 아이는 사실 본처의 아이가 아니라네."

"무슨 의미입니까?"

"말 그대로네. 귀족가의 분위기를 생각한다면, 오히려 최악이라고 해야겠지. 하녀에게서 난 아이거든."

서자라 하여도 그 혈통에 이름이 있다면 무시당하지는 않는다. 하지만 안타깝게도 루드는 그 같은 지원을 받기가 어려운 위치였다. 때문에 더욱 성격이 딱딱해졌고, 귀족가의 자재이자 소영주로써의 위치를 드러내려는 습관이 생긴 것이기도 했다.

"뭐, 작년까지는 본처도 그 아이를 어느 정도는 아꼈을 거야."

자작가의 단 한 명뿐인 아들이었던 까닭이었다. 하지만

그러던 것이 지난해를 기점으로 바뀌어버렸다.

본처에게서 아들을 본 것이다.

"그 덕분에 지난해에는 풍년기원 축제가 유난히 성대하게 열리기도 했었지."

상인으로써 금전적인 손해를 싫어하는 페른 자작이었건만, 둘째 아들의 탄생으로 인한 기쁜 때문이었을까? 자금을 아끼지 않고 축제의 규모를 키웠었다.

"아무래도 상가를 이끌다 힘들게 귀족계에 발을 들여서인지는 모르겠지만, 페른 자작은 혈통을 제법 중요하게 생각하는 것 같더라고."

말인 즉,

"소영주가 여기에 버려지기라도 했다는 겁니까?"

에던의 물음에 헤일러가 어깨를 으쓱였다.

"그거야 나도 모르지."

한껏 이야기를 풀어놓다가 마지막에 대뜸 의문으로 마무리 지어버리는 태도에, 에던의 얼굴이 와락 구겨졌다.

"만약, 그게 사실이라면 오히려 리아를 멀리해야겠군요."

그 순간 헤일러가 입 꼬리를 말아 올렸다.

"허허… 이거 어쩌나."

또 뭐가 남았기에 저러는 것일까?

"리아는 루드 그 녀석이 제법 마음에 든 것 같던데."

에던의 표정이 와락 구겨졌다.

"뭐, 루드 고녀석이 확실히 곱상하게 생기기는 했지."

"하아…그렇게 소영주가 신경이 쓰이면, 직접 가르치시면 될 것을, 굳이 저를 끌어들이려는 이유가 뭡니까?"

냉정히 평가한다면 에던은 결코 헤일러의 상대가 되지 못했다. 전통적인 몽크들의 공부를 그 몸에 온전히 재현해 놓은 헤일러가 아니던가.

각성을 통해 감각영역의 확장이 아니었더라면, 감히 눈도 마주치지 못할 상대였다. 그럼에도 굳이 에던에게 가르침을 요구하고 있었다.

"궁금해서 그러지."

"뭐가요?"

"자네라는 사람이."

그 말에 깨닫는 바가 있던 걸까?

에던이 슬그머니 물러나며 얼굴을 구겼다. 그 표정과 눈빛을 마주하는 순간, 오랜 수행을 해 온 수도자의 심상에 균열이 일었다.

"그거 아니다. 생각하는 그거 아니야. 이상한 상상 하지 마라. 그 눈깔 바로잡아라. 표정 안 고치면 뒤진다!"

처음으로 듣는 헤일러의 욕설은 끝을 모르고 이어졌다.

폭력은 거들뿐이었다.

❖ ✣ ❖

그가 머물고 있는 장소를 알았을 때, 착각인가 싶어 재차 확인을 했고, 이내 착각이 아님을 알고는 웃어버렸다.

결코, 유쾌한 웃음은 아니었다.

"…설마, 페른 영지일 줄이야."

세릴은 눈앞에 보이는 영지명을 연신 입에 올리며 그 안으로 들어갔다.

"페른… 페른이란 말이지."

그녀의 그림자, 여왕의 가시들이 구해왔던 옛 정보들이 머릿속을 떠돌았다.

왠지 입맛이 썼다.

대륙에는 일곱 개의 별이 존재한다.

7인의 초인!

허나, 그들이 전부라고 생각한다면 큰 오산이었다. 세상에는 그들 외에도 알려지지 않은 초월자들이 있었다.

대표적인 절대자가 바로 어둠의 지배자라고도 불리는 레드문의 주인, 밤의 여왕이었다.

오랜 세월 그 이름을 물려받으며 마치 그 능력도 함께 전해받기라도 하듯, 세상에 간혹 드러나던 밤의 여왕들은 하나같이 별의 영역에 이른 절대적 존재감을 과시하고는 했다.

그 때문에 드러나지 않는 초월자를 대변할 때, 항시 여왕을 대표 격으로 내세우는 것이었다.

이처럼 세상에는 알려지지 않은 초인들이 분명 여럿 존재했다.

굳이 그 존재를 드러내려 하지 않는 까닭에, 국가적인 정보력으로도 그들을 찾기란 어려웠다.

그저 몇몇 초인들끼리 우연찮게 서로의 영역을 침범하며, 서로를 인식하면서 작은 인연 정도만 간직하고 있는 게 전부였다.

같은 별의 영역에 들어서지 않고서는 그들의 능력을 온전히 알아보기가 어렵고, 그들끼리도 상대를 확실히 인지할 수 있는 게 아닌 까닭에, 반절가량은 우연 속에서 만들어지는 초인들만의 '정보'이기도 했다.

셰릴은 그들 중에서도 가장 많은 별들의 정보를 지녔다고 자부하고 있었다.

오랜 시간, 수많은 세월의 흐름 속에서 정보의 바다를 항해하며 살아남아온 집단이 바로 레드문이었다.

그곳의 수장들이 쌓아온 그 긴 '역사'를 온전히 물려받은 그녀가 아니던가. 더군다나 대대로 밤의 여왕은 초인으로 존재해왔다. 그 역사도 깊이도 남다를 수밖에 없는 것이다.

적어도 대륙에서 활동하고 있는 숫자만큼의 초월자가 숨어있다는 게, 여왕들의 정보력이 추려낸 결론이었다.

물론, 정확한 건 아니었다. 그들도 알아내지 못한 부분도 있었을 것이기 때문이었다. 그저 나름대로 내린 추측일 뿐이었다.

그런 의미에서 이곳 페른 자작령은 특별했다.

여왕의 정보망에는 이곳 페른 자작령이 특별하다고 나와 있는 까닭이었다.

'대법관!'

한때나마 저 성국의 성기사들과 어깨를 나란히 하며 성국의 방어를 책임지던 존재, 수도사 '몽크' 들의 최고수장이 머물고 있는 까닭이었다.

특히, 레드문과는 남다른 인연을 지니고 있기도 한 까닭에, 다른 초인들보다 더욱 특별하게 여겨지기도 했다.

그리고 이 같은 인연 때문에 만남이 꺼려지는 존재였다.

'하필이면 페른 자작령이라니.'

물론, 좋지 못한 인연은 아니었다. 오히려 긍정적인 관계였다. 하지만 그럼에도 불구하고 피하고 싶은 마음이 드는 건 어쩔 수가 없었다.

'아무래도 어려우니까.'

그녀의 스승, 전대의 여왕도 대법관 앞에서는 존대를 하며 예를 지키고는 했는데, 이유가 또 특별했다.

[내 체술의 기본은 저분을 통해서 완성되었다. 그러니 너도 감사한 마음으로 열심히 배우도록 해라.]

전대 여왕부터 그녀까지, 대법관에게 가르침을 받았던 경험이 있는 까닭이었다.

한 때, 대법관은 미친개라고 불렸던 적이 있었다고 스스로를 소개하며 정말 미친 가르침을 내렸고, 그 때문인지 당시의 가르침은 악몽처럼 남아있는 기억이기도 했다.

그래서일까?

'만나면 피곤해지는데.'

대법관의 존재가 껄끄러울 수밖에 없었다. 부디, 최악의 상황만은 면하기를 바라며, 이곳 페른 자작령의 레드문으로 향해 정보를 살폈다.

그리고 좌절하고야 말았다.

[에던 헌트!]

중점적으로 읽어 내리는 정보에는 그와 관련된 정보들이 나열되어 있었는데, 어쩌면 그가 '에던 운트' 일 확률이 높다는 결론을 내린 까닭이었다.

헌데, 이게 웬일?

'그 영감하고 같이 있다고?'

대법관과 동거중이라는 내용이 적혀있었다. 이름이 바뀌었지만, 애초에 그 신분증 대부분이 레드문에서 나오는 까닭에, 모를 수가 없었다.

"끄응…."

신음성마냥 앓는 소리가 늘어져 내렸다.

'그냥, 좀 더 내버려둘까?'

어차피 체취를 묻혀놓았으니, 반년이라는 시간만 지킨다면 언제든 찾아낼 수 있지 않은가.

주기적으로 여왕의 비법으로 체취를 묻힌다면 그 기간이

더 늘어날 수 있겠으나, 아직까지는 반년이라는 제한시간을 지켜야만 했다.

이번 여정은 어느새 그 시간이 절반가량 지나가고 있는 까닭에, 일찌감치 확인을 하러 온 것이었다.

하지만 뜻밖의 수문장이 지키고 있는 상황이었으니, 아무래도 갈등이 생길 수밖에 없었다.

'어쩐다….'

깊은 고민 속에서 밤은 깊어만 갔다.

❖ ✣ ❖

나름대로 이야기가 통했던 것일까?

"오늘부터는 본격적으로 가르쳐주마."

에던이 아이들과 마주하기 시작했다. 거기에는 리아 뿐만 아니라 루드 역시도 함께하고 있었고, 헤일러는 새삼 자신의 말발이 살아있음에 자찬했다.

하지만 오래지 않아 자신이 실수한 건 아닌지 고민해야만 했다.

"원래 겁 많은 개가 짖는 법이다. 진짜로 무서운 개는 짖기보단 그냥 물어버린다."

갖가지 자신의 경험들을 토대로 이런저런 설명들을 하는데, 그 내용들을 듣고 있자니 실로 가관이 아닐 수 없었다.

"그러니까 주둥이를 열심히 놀리는 놈이 있다면, 너는 짖어라 나는 문다! 이런 마음으로 먼저 달려들면 되는 거야. 원래, 이 바닥이 말보다는 행동이다."

호위의 목적으로 지켜보는 베른의 표정이 구겨지는 건 당연한 수순이었다. 이를 아는지 모르는지 에던의 가르침은 쉴 새 없이 이어졌다.

"상대가 나와 실력이 비슷하다. 그런데도 정면 대결을 고집하면, 어떻게 된다?"

"칼 맞는다!"

게다가 골치 아픈 건, 이 교육이 제법 아이들의 관심을 사고 있다는 점이었다.

귀족으로써의 체면을 중시하는 소영주 루드 마저도 아이로써의 호기심에 흔들리고 있을 정도니, 더 말해 무엇 하겠는가.

"실력이 비슷하다면 다양한 변수들로 승부를 조정해야 하는데, 그 중에서 제법 잘 먹히는 게 바로 이거다."

하지만 세상 경험이 풍부한 헤일러나 기사로써 정규교육을 밟아온 베른으로서는 도저히 봐주기가 힘든 것들뿐이었다.

"자아, 잘 보고 따라하는 거다. 퉤!"

대뜸 침을 뱉는 모습에 아이들이 깜짝 놀란다. 전투 중에 침이라니, 그 지저분함에 반응이 좋기는 어려워 보였다. 하지만 이어지는 설명이 그럴싸해 결국 아이들도 넘어가고는 했다.

"왜? 어떻게 전투 중에 침을 뱉는 거야? 뭐, 이런 생각들 했을 거라고 생각하는데, 바로, 그거다. 의외성. 변수라는 건 다르게 말하면 의외성이란 말이지. 당장 코앞에서 날아드는 침만큼 의외성 높은 변수가 어디 있겠냐. 당연히 상대 얼굴을 노리고 뱉으면 효과도 배가 될 거다."

눈살을 찌푸리며 얼굴을 구기던 아이들의 고개가 끄덕여지는 것이, 슬슬 그 말발에 넘어가고 있음을 알 수 있었다.

이런 아이들의 표정변화를 살피고 있노라면, 헤일러도 감탄을 하지 않을 수가 없었다.

'저 놈 저거….'

사기를 쳤더라도 크게 성공하진 않았을까?

그런 생각들이 수시로 들고는 했다. 젊을 적, 수도사로 대륙을 떠돌며 교리깨나 읊어본 경험자로써, 전문가적인 시점의 객관적 판단이었다.

"하지만 침 정도는 무시하고 이마로 받아버리는 놈들도 있다. 그렇기 때문에 피할 수밖에 없는 상황을 만들어야 한다. 자아, 폐부 깊숙한 곳에서부터 끌어올린다는 느낌으로 진한 놈을 뽑아내는 거다. 캬아아악!"

정말, 가관이었다.

하지만 그럼에도 말리지 않는 건, 저런 못 볼꼴이 길게 이어지는 건 아니기 때문이었다.

"자 그만, 쉬는 시간 끝이다."

오로지 잠깐의 휴식을 통해 이어지는 경험담이었다.

"간단하게 베르말식 연공법으로 몸을 데우고 시작하자."

그리고 이어지는 본격적인 수업은 헤일러도 작게 감탄을 터트릴 정도로 놀라웠다.

'용병 생활을 오래 했다고 하더니. 허허….'

이 같은 사실을 몰랐더라면 아카데미의 기사수업을 전문적으로 담당하는 교육자로 오해할 정도였다.

그도 그럴게 에던을 통해 펼쳐지고 전해지는 공부들의 수가 어마어마했던 까닭이었다.

'하나같이 기초적인 공부들뿐이지만.'

저 정도로 방대한 양이라면 아무리 급수가 낮더라도, 충분히 공부가 될 수밖에 없었다. 다양한 공부는 그만큼 다채로운 경험으로도 이어진다.

글을 읽음으로써 간접적인 체험을 한다고들 한다.

'검이나 체술도 다를 게 없지.'

그 체술의 형이나 흐름을 배움으로써 간접적인 체험을 하는 것이다.

'체계적으로 배운 건 아니야.'

독학의 느낌이 강했다. 하지만 어마어마할 정도로 많은 공부를 담아낸 까닭인지, 그 나름의 새로운 체계를 정립하고 있는 느낌이 강했다.

기본과 기초들로 다져진 까닭일까?

'정석은 아니되 사도라고 부르기도 어렵겠어.'

베른 역시도 이 같은 부분을 느끼고 있는 까닭인지, 에던의 교육을 방해하지 않으려 한 발 물러나 있었다.

어쩌면 자작부인이 별도의 지시를 내렸을지도 모른다는 생각도 들었지만, 그간 지켜봐온 베른의 성향은 정석적인 기사들의 것과 상당부분 닮아있었다.

루드가 아직 소영주로 있는 동안은, 결코 그에게 해가 될 행동을 하지 않을 거라 여겼다.

게다가 베른 역시도 에던의 가르침을 엿들으며 이래저래 배우는 게 있는 듯 보였다. 때문에 저처럼 침묵을 지키면서 에던의 수업을 방해하지 않으려 주의하는 것이다.

'허허… 그래도 가래는 좀… 크흠, 흠!'

너무했다 싶었다.

잠시간이나마 에던의 공부와 경험담 등을 들으며 새삼 느낀 게 있었다.

'미친개는 확실히 연기가 맞군.'

한 때, 나름대로 '개' 소리 좀 들어봤기에 확신할 수 있었다.

에던의 공부는 밑바닥에서부터 쌓아올린 것이다. 당연하게도 그 밑바닥의 땟구정물이 덕지덕지 묻어서 올라왔을 터였다.

그러한 구정물을 드러내는 것, 그게 에던이 연기하는 미친개였다.

'체계적으로 미친 게지. 허헛….'

본질은 그 땟물 너머에 숨어있음을 알았다.

그런 반면에 헤일러는 전혀 반대였다. 몽크의 전통적인 교육을 통해 완성된 상태에서, 광기를 드러낸 것이다.

말인 즉, 에던의 쌓아올린 광기와 달리, 그는 태생적으로 광기를 품고 있었다는 의미였다.

[넌 좀 굴려야 사람 노릇을 하겠다.]

오랜 과거, 그의 스승이 첫 만남에서 했던 그 한마디는 아득한 시절이 지난 지금도 선명히 기억에 남아있었다.

'타고난 살성이라고 했었던가. 허허….'

그 덕분인지 몽크의 전통교육이 더더욱 어렵고 고될 수밖에 없었다.

'뭐… 그래도 하다 보니 어찌어찌 되기는 했지.'

결국, 신을 가슴에 품었고 성력을 얻었으며, 몽크로써 그 스스로를 바로 세울 수 있었다.

그리고 이제 와서는 '대법관' 이라는 그들 수도사들을 대표하는 자리까지 올랐다. 문득, 그의 스승이 세상을 떠나기 전에 나눴던 대화가 생각났다.

[클클… 인간 승리다.]

[제가요?]

[아니. 내가. 너 같은 놈 사람 만들었으니. 그게 인간 승리지. 클클클…]

그리고 웃는 얼굴 그대로 눈을 감았다. 덕분에 일그러졌던 얼굴이 완창 구겨지며, 대성통곡을 터트렸던 게 떠올랐다.

"흘…."

오랜만에 그려보는 스승의 얼굴에 저도 모르게 눈시울이 붉어졌다.

에던은 전형적인 독학파였다. 나름대로 이리저리 간단한 배움을 받아본 적은 있지만, 그가 머물고 있는 검술원처럼 허름한 곳에서 기본적인 가르침만 받았을 뿐이었다.

때문에 마땅히 어떻게 가르쳐야 하는가에 대한 정의를 내리기가 어려웠다.

그래서 그냥 '막' 가르쳤다.

'어떻게든 되겠지.'

우선 기본은 연공법이었다.

마침, 체력도 제법 쌓인 상황이었다. 슬슬 연공법과 병행하는 게 괜찮겠다는 헤일러의 조언도 있었고 하니, 주저 없이 연공법을 가르쳤다.

'역시, 시작은 베르말식이 좋겠지.'

제 육신으로 겪어본 결과, 안정적인 면에서는 베르말식 연공법 만큼 완성도가 높은 게 없었다.

물론, 가장 오래 익혀서 독학임에도 나름 빠삭하다는 이유도 제법 컸다.

'거참… 나쁘진 않네.'

가르치면서 배운다는 말을 어디선가 배우기는 했다. 아직까지는 무언가 깨닫는다고 할 수준은 아니었지만, 그래도 가르친다는 행위가 생각보다 재미있다는 것 정도는 깨닫고 있는 것 같았다.

그래서일까?

휴식 시간마다 경험담이니 뭐니 하면서, 웃기지도 않는 이야기들을 늘어놓고는 했다.

언제나 잠자리에서 이불을 차게 만드는 가르침이었지만, 웃기는 건 다음날이면 또 잊어버렸다는 것 마냥, 아이들에게 경험담을 늘어놓는다는 것이다.

'쯧!'

오늘도 여지없이 똑같은 행동을 했다는 걸 떠올린 에던이 짧게 혀를 찼다. 어쩐지 잠자리에서 생각날 것 같았다.

'침은 안 뱉는 건데.'

후회는 아무리 빨라도 늦다더니,

'가래라도 참을 걸….'

딱, 그 짝이었다.

아이들의 교육은 동일하게 진행되었다. 이 부분은 에던으로서도 상당히 의외라고 할 수 있었다.

루드는 귀족가의 자제였다. 그것도 무려 자작령의 후계자로써 자라온 만큼 일반적인 귀족자재보다 조금은 특별한 위치에 있는 것이다.

그럼에도 불구하고 리아와 진도가 크게 다르지 않았다.

'루드가… 서자라서?'

알게 모르게 본부인이나 가문 자체적인 압박이 있었던

것일까? 아니면 본래 상인 가문에서 작위를 얻은 까닭에, 검보다 상재를 중요시 하는 것일까?

실로 기초적이라 할 법한 공부들 외에는 루드가 지닌 지식이 많질 않았다.

물론, 귀족가의 자재로써 검에 대해서 아예 모르는 건 아니었다. 하지만 그 지식은 너무 얕았고, 배움도 생각 이상으로 부족했다.

'그나마 체력은 좀 괜찮은 것 같은데.'

이마저도 소영주라는 위치에 빗대어 본다면, 합격점을 주기에는 모자랐다.

덕분에 그의 수업에 한층 열성적으로 귀를 기울였고, 그 때문인지 루드에게도 제법 가르치는 재미를 붙이고 있는 중이었다.

'거 참….'

그로써는 생각지도 못한 흐름이었다.

분명, 리아와 루드는 서로 다른 환경에서 자라왔다. 하지만 어째서인지 두 아이는 공통되게 부족함을 느끼며 성장했고, 그로 인해서 꼭 같은 마음으로 배움을 갈구하고 있었다.

어린 나이에 세상에 나와 밑바닥과 진창을 구르던 시절, 에던 역시도 느낀바 있던 감정이었기에, 더더욱 아이들의 마음에 공감이 갔고, 그래서 괜스레 말이 많아지는 걸지도 몰랐다.

'…그래도 경험담은 되도록 자재해야지.'

반성은 하고 있으나, 실천에 옮길 수 있을지는 미지수였다.

베르말식 연공법으로 아이들의 몸을 데우고 나면, 바로 체술로 넘어가는데, 아직까지는 아이들에게 검을 잡는 걸 허락하지 않았다.

물론, 진검이 아닌 목검을 이야기하는 것이지만, 그마저도 일정 훈련이 되기 전에는 허락하지 않을 생각이었다.

'먼저 제 몸 하나는 감당할 줄 알아야겠지.'

그 이전에 목검을 들었다가는 호되게 사달이 날 수도 있었다.

쇠가 아닌 나무로 만들었다고는 하나, 그건 생각보다 무겁고 딱딱하여, 아이들에게도 충분히 위협이 될 수 있는 까닭이었다.

이 부분은 혹시나 하는 조언을 위해 헤일러에게까지 상의를 마치고 내린 결정이었다.

'체술도 그냥 가르치면 재미없지.'

아무래도 배움에 대한 정석적 지식이 부족하기에, 그저 그가 행했던 것들 중, 가장 괜찮았다 싶은 방법을 고스란히 가져와 전할 뿐이었다.

체술이면서 동시에 연공의 법을 담고 있는 걸 중점적으로 수련 과정에 집어넣었다.

그 때문에 베르말식 연공법이 중요했다.

'어쨌든 연공법이니까.'

오러홀이 파괴된 그로써는 알 수가 없는 부분이 많기에, 안정감 부분에 있어서는 최고라고 할 수 있는 베르말식 연공법을 통해, 수시로 내부의 불균형을 조정하고자 한 것이다.

'안정감만큼은 원형보다 나으니까.'

원형인 라-베르말 연공법이 효율은 더 좋다고 하나, 오러홀이 없는 그로써는 거기까지 확인하기가 어려웠다.

대신, 몸으로 깨달은 부분으로 베르말식의 안정감을 조금 더 위로 놓은 것이다. 이 같은 그의 경험을 바탕으로, 수련의 시작과 마무리에는 꼭 베르말식으로 균형을 잡아주었다.

'오러홀이 없는 게… 여러모로 불편하기는 하네.'

그저 경험을 바탕으로, 그가 느끼기에 별 문제가 없었던 것들을 중심으로 훈련계획을 세웠다.

연공법을 담은 체술이라고는 하나, 그것도 하나같이 안정적이다 싶은 것들로만 꾸몄다.

한때나마 명성을 날렸다고 '소문'이 났던 종류들로써, 그 소문의 반, 아니 그 절반의 절반만이라도 진실이라면, 충분히 아이들에게 득이 될 거라 여겼다.

'뭐… 결국은 삼류지만.'

싼값에 구한 것들로만 나열되어 있는 까닭에, 무어라

확신을 가지기는 어려웠다.

'그나마 쓸 만한 건….'

드라필만에서 얻은 것들이었는데, 이는 아직 풀 때가 아니라고 여겼다.

'음?'

아이들의 수련에 집중하고 있던 에던의 시야에 헤일러가 부르는 손짓이 보였다. 슬쩍 베른에게 아이들의 감시를 부탁 한 뒤, 그곳으로 향했다.

"뭡니까? 수업 중에는 귀찮게 하지 않기로 했으면서."

아이들의 교육 중 아침은 에던이 오후는 헤일러가. 이렇게 나눠서 맡기로 되어있었고, 그 중에는 서로가 서로에게 간섭하지 않는 게, 에던이 내건 조건이었다.

"허헛! 나도 어지간하면 안 부르려고 했는데, 아무래도 손님이 온 것 같아서 말이야."

"손님이요?"

에던이 눈살을 찌푸리며 입구 쪽을 바라봤다. 하지만 여전히 문은 닫혀있었고, 사람 그림자는 비치지도 않았다.

"지금 오는 길이라네."

그리고는 히쭉 웃어 보이는데, 왠지 모르게 에던을 불편하게 만드는 표정이었다.

물론, 그 내용을 의심하지는 않았다. 그도 초인의 감각은 특별하다는 것 정도는 알고 있는 까닭이었다.

그래도 혹시나 하는 마음에 물었다.

"정말, 여기로 오는 손님 맞습니까?"

"그 부분은 장담하지."

헌데, 굳이 이렇게 에던을 불러 언급을 할 필요까지 있었을까? 의문을 느끼는 찰나, 헤일러의 이야기가 이어졌다.

"처음에는 내 손님인가도 싶었지만, 생각해보니 옛 경험 때문인지 어지간하면 나와 만나는 걸 꺼려하는 아이라서, 이렇게 찾아 올 이유가 없단 말이지. 허허…그렇다고 아쉬운 소리를 할 만한 아이도 아니고."

그렇다면 결론은 에던이라는 소리였는데, 말도 안 된다고 여기면서도, 왠지 그의 느낌은 에던이 정답이라고 외치고 있었다.

때문에 궁금한 것이다.

'대체 자네와 그 아이가 무슨 관계가 있는 건지…허헛!'

새삼스럽지만 에던에 대한 흥미가 오르는 순간이었다. 이런 헤일러의 웃음과 표정에서 무언가를 읽은 듯, 에던의 눈살을 구기며 슬쩍 물러났다.

"관심은 사절입니다."

그 반응에 헤일러의 얼굴도 구겨졌다.

지난 번, '성' 적 오해에서 비롯되었던 마찰의 여파가 아직 남아있음을 느낀 까닭이었다.

주먹을 불끈 쥐는 순간, 검술관의 입구가 열렸다. 기다리던 손님의 등장에 에던과 헤일러의 시선이 동시에 돌아갔다.

그리고,

"으음…."

"허허…."

상반된 반응을 보여주는 그들이었는데, 이는 방문객의 정체를 잘 알기에 벌어지는 현상이었다.

헤일러는 에던의 신음성에 방문객과 에던이 아는 사이가 맞다는 확신을 내릴 수 있었다. 그 순간, 에던이 그를 경악하게 만드는 한 마디를 내뱉었다.

"으으음… 셰릴… 끄응…."

신음성 속에 섞여서 흐릿하니 흘러나온 그 이름에 눈을 크게 뜰 수밖에 없었다.

'허어….'

레드문의 주인이라는 밤의 여왕을 본명으로 부를 줄이야. 이것만큼은 그 역시도 예상치 못한 부분이었다.

생각 이상으로 그들 남녀의 관계가 가까울지도 모른다는 직감이 들었다.

'허어, 이거 어쩌면… 허헛!'

지켜보던 헤일러의 눈 꼬리가 휘어졌다.

갑작스럽게 검술원을 찾아왔던 손님, 밤의 여왕 셰릴이 에던을 지긋이 응시하다가 헤일러에게로 시선을 건네며 다가왔다.

거리가 가까워지자 정중하게 허리를 숙여 보이며 인사를 올려왔다.

"오랜만에 뵙습니다. 대… 어르신."

대법관이라 부르려다 에던이 곁에 있음을 깨닫고는 호칭을 바꿔야만 했다. 이런 그녀의 의도를 알았음인지 한 차례 고개를 끄덕인 헤일러가 특유의 너털웃음과 함께 입을 열었다.

"허헛! 그래. 오랜만이군. 오랜만이야. 설마하니 자네가 나를 찾아 올 줄은 생각지도 못했네. 허허헛!"

그 대화 안에 숨겨진 의미를 아는 까닭에, 셰릴은 쓰게 웃어야만 했다.

"그래. 자네 스승은 잘 지내나?"

"아직은 좀 더 휴식이 필요하신 듯합니다."

"그런가… 그래. 어쩔 수 없겠지."

알 수 없는 그들의 대화에 에던은 그저 멀뚱하니 허공만 응시할 뿐이었다. 이런 그의 모습을 뒤늦게 발견한 듯, 헤일러가 가볍게 실소하며 셰릴에게 물었다.

"아무래도 오늘은 나를 만나러 온 게 아닌 것 같은데. 맞나?"

직접적인 그의 물음에 잠시 고민하는가 싶던 셰릴이 작게 고개를 끄덕였다. 앞서 입구에 들어서던 당시, 에던이 그녀를 부르는 소리를 들은 까닭이었다.

하필, 그녀의 본명을 언급하는 바람에, 헤일러에게 감추기가 어렵다는 걸 직감했다.

그것도 무려 스승이 물려준 여왕으로써의 이름이 아닌, 그녀가 어릴 적 사용하던 본명을 입에 올렸으니, 이미 숨기거나 속이는 건 불가능하다 여겼다.

"그래. 허헛! 에덴 이 친구와는 무슨 관계일꼬?"

헤일러는 혼잣말처럼 중얼거리고 있었으나, 가르침을 받으며 잠시간 그를 겪어봤던 세릴은 돌려서 질문을 하고 있음을 잘 알았다.

잠시 주저하던 그녀가 이내 호쾌하게 입을 열었다.

"약혼자입니다!"

"쿨럭!"

"…허…허…허."

에던이 헛기침을 토하고, 헤일러는 헛웃음을 흘렸다. 둘 모두 생각지도 못한 대답에, 일순간 넋을 놓아버린 것이다.

"……."

일순간 그들 사이로 기묘한 침묵이 맴돌았다. 저 멀리 아이들이 내지르는 기합소리만이 정적 속에 뛰어들 뿐이었다.

❖ ✣ ❖

암전은 비록 하나의 이름으로 모여 있으나, 용병길드와 마찬가지로 각자가 별도의 세력이라고 할 수 있었다.

허나, 그럼에도 불구하고 그들 나름대로의 중심점이

있었다. 기본적으로 각 왕국마다 가장 세력이 큰 암전과 그 전주가 중심역할을 하고는 했는데, 페르베르멘 왕국에도 이 같은 암전의 심장부라 할 만한 위치가 있었다.

베르첼린 공작가!

실질적으로 왕국을 다스린다고 해도 과언이 아닌, 페르베르멘 귀족들의 정점이 머물고 있는 장소였다.

그처럼 강대한 터에 자리를 잡으려면 거기에 합당한 힘과 세력이 필요한 법이었다.

당연하게도 그곳의 암전과 전주는 그 정도의 특별함을 지니고 있었다. 최소한 페르베르멘 왕국의 암전들은 그를 경시하지 못했다.

이만한 세력은 암전 전체적인 전력에서도 상위에 꼽히는 탓에, 타국의 암전들도 무시할 수 없는 힘이 있었다.

그리고 이는 각국의 대표 격인 암전과 전주들에게는 공통되게 작용되는 부분이기도 했다.

그런 베르첼린 공작가의 암전에 흥미로운 소식이 날아들었다.

"하… 암전의 전주라는 놈이 도움을 요청하다니."

웃음이 나왔다.

베르첼린 영지의 암전 전주인 '마탄 젠'은 비릿한 미소와 함께 페른 자작령의 요청을 떠올렸다. 한 개인에게 암전이 통째로 해체되었다는 소식과 더불어 타 전주인 그에게 손까지 벌려왔다.

아마도 이번 사건과 행동들을 통해, 페른 자작령의 암전주는 전주로써의 지위를 박탈당하게 될 확률이 높았다.

그들이 비록 별도 세력이라고는 하나, 그래도 하나의 이름 아래서 활동하는 만큼, 나름의 규칙 정도는 정해놓고 있었다.

또한, 이를 적절히 지도 관찰하기 위한 '원로회'도 별도로 존재했다.

고개를 절레절레 흔들던 마탄은 그림자들에게 명했다.

"원로회에 사냥개가 필요하다고 전해라."

그들 암전이 자랑하는 최고의 전력을 움직일 것이다. 한 왕국의 중심에 있다는 건, 이 정도는 충분히 움직일 수 있는 힘과 권력도 지녔다는 의미이기도 했다.

그 같은 특별함은 암전의 심판자라고 불리는 이들을 움직일 수 있는 권한까지도 부여해줬다.

워낙 작은 규모의 암전이라 고민의 시간이 필요했지만, 이내 손을 잡아주기로 결정한 것이다.

"내 사람들로 암전주를 채울 기회는 놓치면 안 되겠지."

비릿한 미소와 함께 페른 자작령 관련 보고서들을 읽어 내렸다.

"미친개 헌트라."

내심 궁금해졌다. 아무리 그 세가 약했다고는 하나, 그래도 어쨌든 암전이었다.

비록, 그 전주는 수완에 비해 실력이 부족하여 1급에 그쳤다고는 하나, 그래도 전력상에는 1급 용병도 수두룩했고, 특급이라 불리는 용병들도 있었다.

하지만 그 같은 암전을 홀로 해체시켰다. 호기심이 일지 않을 수가 없었다.

"미친개와 사냥개의 개싸움이라. 기대되는군."

물론, 당연하게도 그는 사냥개 쪽에 판돈을 걸 터였다. 아무래도 팔은 안으로 굽기 마련이 아니던가.

'뭐, 그게 아니더라도….'

암전의 사냥개는 그만큼 특별한 이들이었다. 판돈을 잃을 걱정 따위가 없는 믿고 쓰는 비수였다.

5. 램!

5. 램!

날아갔던 정신이 돌아오는 시간은 그리 오래 걸리지 않았다.

"누가, 네 남편… 컥!"

셰릴에게 반박하려 목소리를 높이던 에던이 옆구리를 부여잡으며 주저앉았다. 어느새 곁으로 온 셰릴의 팔꿈치가 매섭게 파고든 까닭이었다. 숨이 턱 막혀오는 아찔한 한방이었다.

각성으로 활성화 된 감각에도 옆구리를 내어준 것이다. 그만큼 전심전력으로 움직였다는 의미였다.

"오랜만에 달링을 만나서, 그이와 따로 이야기를 좀 나눴으면 하는데, 괜찮을까요?"

"허… 허허… 허흠! 그… 그럴까."

헤일러는 아직 온전히 제정신을 차린 건 아닌지, 헛기침과 웃음을 섞어내며 아이들에게로 향했다.

그제야 겨우 단둘이 남게 된, 셰릴이 에던을 향해 시선을 보냈다.

"꼬라지 하고는."

"쿨럭…."

비수처럼 찔러오는 한마디에, 고통으로 신음하던 에던이 헛기침을 토해냈다. 그러는 한편 이리저리 고개를 돌려대며 그녀의 눈길을 피해야만 했다.

"그게 위장이라고 한 거야?"

뜨끔했던지 에던이 바삐 머리를 손질했다. 나름대로 머리를 이리저리 헝클어트리며 더벅머리를 만들고, 거기에 수염도 지저분하게 기르며 얼굴을 가렸다.

위장 신분에 맞게 나름대로 변장을 한 것이다.

"게다가 염색은 왜 안 했는데?"

그녀의 타박 섞인 물음에 에던이 나직하니 읊조렸다.

"마법시약이 머리에 안 좋다기에…."

관에 들어가는 마지막 그 순간까지도 머리 뚜껑은 덮어놓고 싶었다. 탈모만큼은 극구 반대였다.

물론, 비싼 가격의 고급재료로 만든 건 이야기가 달랐다.

'그래도 대가리에 금덩이를 처바르고 다니는 건 좀….'

뼛속깊이 3급 용병인 에던에게 그런 사치는 무리였다.

게다가 어설프게 염색을 하느니, 그냥 내버려 두는 게 더 낫다는 생각도 있었다.

"그래도 거지꼴은 아니잖아."

"……."

"몰골 참… 가관이다."

변명의 여지가 없는 에던으로서는 그저 합죽이가 될 뿐이었다.

이런 그의 모습을 잠시 지켜보던 셰릴이 나직한 한숨과 함께 물었다.

"암전은 왜 건드렸어?"

조금 뜻밖이라고 해야 할까? 설마하니 그녀의 입에서 암전과 관련된 이야기가 나올 줄은 몰랐던 탓에, 결국 그녀와 시선을 맞춰야만 했다.

"아무래도 그놈들이 사냥개를 풀 모양이더라."

"으음…."

딱딱하니 굳어버리는 에던의 표정에, 셰릴이 고개를 끄덕였다. 그의 속마음을 짐작한 까닭이었다.

'한때나마 몸담고 있던 곳이니까.'

아는 만큼 보인다고 했다.

'…사냥개를 불렀다고?'

에던의 표정은 아는 만큼 굳어갔다.

레드문의 정보를 통해, 에던의 과거를 상당부분 파악하고 있었고, 그 안에는 에던과 사냥개의 관계도 일부 끄적이

듯 쓰여 있었다.

물론, 전부를 아는 건 아니었다.

"왜? 이제야 실수했다 싶니?"

그녀의 물음에도 에던은 그저 안색을 굳히고만 있을 뿐이었다.

딱딱해진 그의 얼굴 위로, 시리도록 차가운 한기가 내려앉고 있었다. 하지만 그와 반대로 두 눈만은 뜨겁게 타오르는 중이었다.

자세한 속사정까지는 알지 못하는 셰릴이 보기에도, 결코 긍정적인 감정은 아니라고 여겼다.

"사냥개란 말이지…."

나직한 중얼거림에서 왠지 모를 음산한 한기가 새나오는 것 같았다.

문득, 에던의 시선이 셰릴에게로 향했다.

'…정체가 뭘까?'

암전을 아는 부분부터 이미 의문이었다. 보통은 그들의 존재 자체도 모르는 까닭이었다. 암전과 제법 관계가 깊다는 용병들도 그들 '심판자'의 존재를 모르는 이들이 제법 많았다.

헌데, 셰릴은 암전의 정체를 아는 것뿐만 아니라, 그 안에서도 극비에 속하는 사냥개의 존재까지 알고 있었다. 어지간한 위치에 있지 않고서야 알 수 없는 정보였다.

'정보라….'

그 만한 정보력을 지닌 단체가 과연 어디일까? 하는 의문에 어째선지 떠오르는 단어가 있었다.

'레드문?'

아무래도 그녀와의 첫 만남이 그곳에서 비롯되었기 때문이리라.

그게 아니더라도 10년이 넘는 세월을 용병계에 담고 있다 보면, 나름대로 다양한 경험을 할 수 있고, 그만큼 많은 이야기도 귀담아 들을 수 있었다.

'그러고 보니 레드문도 정보력으로는 손에 꼽혔지.'

의심스러운 마음에 눈매가 얇아지는데, 이를 다르게 오해한 듯, 셰릴이 슬쩍 질문을 던져왔다.

"도망가게?"

"…끄응!"

이 타이밍에 왜 저런 걸 묻는 것인지, 일순 기운이 쭉 빠졌다.

생각해보면 평소 그의 습성대로라면 이 즈음에서 몸을 숨겼을 것이기에, 마땅한 반박의 말이 떠오르지도 않았다.

'사냥개라….'

잠시, 옆길로 샜던 그의 사고가 원점으로 돌아왔다. 동시에 입안이 까끌까끌해지는 기분이 들었다.

암전의 심판자들과 함께 하던 시절을 떠올린 까닭이었다.

'함께…인가?'

분명히 그건 동료라는 형식의 의미와는 달랐다.

'수하?'

혹은 노예라고 불러도 될 것이다.

사냥개들이 심판을 할 수 있도록 분위기를 만드는 '몰이꾼' 이 바로 그가 맡았던 역할이기 때문이다.

그들과 같은 공간에 머물렀지만, 눈높이는 하늘과 땅이었다.

'쯧!'

3급 용병의 한계를 벗어나고자 발버둥을 치다, 그만 암전 깊숙한 어둠에 발을 디뎠고, 그러다 심판자들의 뒤처리를 하는 자리까지 흘러들어간 것이었다.

아는 이들은 죄다 인정할 정도로 암전의 활동 영역과 방식들은 그야말로 악랄하다 할 수 있었다. 그리고 심판자들이 하는 일들은 그 안에서도 최악이라 할 법한 것들로만 이뤄져 있었다.

가장 기본적인 것들을 예로 들자면, 도망 노예들의 뒤처리를 맡는 것이다.

그곳에서 몰이꾼으로 활동을 하며 살아가려면, 눈과 귀를 닫아야만 했으나, 어쩌다 보니 몇몇 상황들을 눈에 담고 귀로 받아들였고, 덕분에 노예들 대부분이 몰락 귀족들로 구성되어 있음을 알 수 있었다.

'…왕족도 끼어있었지.'

물론, 확인한 건 아니었다. 그저 몰이를 하다 우연찮게

들은 '사냥감' 들의 대화를 토대로 추리한 것뿐이었다.

그리고 이 사건이 그의 목을 옥죄는 계기가 되어 암전에서 도망쳐 나온 것이기도 했다.

'한 발만 늦었어도.'

실로 오싹한 순간이었다.

'생각해보면….'

그 때에도 각성감각의 도움을 받았던 것 같았다. 그렇지 않고서야 암전의 그 기묘한 공기를 어찌 읽어냈겠는가.

어쨌든 그 덕분에 무사히 생환하기는 했지만, 분명한 건 사냥개들의 지저분함이 만만치가 않단 점이었고, 거기에 더해 저들의 실력 역시도 특별하다는 부분이었다.

'특급 용병으로만 구성된 똥개들!'

게다가 암전의 심판자답게 암살에도 특화되어 있었다.

'결국, 본질은 용병이지만.'

그것도 아주 거칠고 험악한 투견들이었다. 덕분에 몰이꾼들은 수시로 그들의 맞상대를 해 줘야만 했다. 그들에게는 가벼운 몸 풀기였지만, 몰이꾼에게는 생명을 건 실전이나 다를 게 없었다.

이래저래 좋지 못한 기억들이 수두룩한 게 바로 사냥개와의 생활이었다. 때문에 그들이 언급되는 순간 언짢은 표정이 된 것이기도 했다.

암전을 건드리는 순간, 이미 그들에게서 어느 정도의 조치가 이어질 거란 예상은 하고 있었다.

단지, 암전의 깊은 곳까지 발을 디뎌봤고, 덕분에 저들의 습성을 어느 정도는 이해하고 있는 까닭에, 그 시기가 이처럼 빠를 것이라고는 생각지 못했다.

거기에 더해 설마하니 사냥개까지 동원할 줄이야.

'재미없게 됐군.'

문득, 셰릴이 했던 질문이 떠올랐다.

[도망가게?]

확실히 고려해 볼만한 선택지였다.

'그래도….'

이번만큼은 왠지 선뜻 물러나고 싶진 않았다. 거기까지 생각하던 에던이 입가에 희미하니 미소를 띄웠다.

'각성 때문이려나.'

예전과 다른 그의 결정과 마음가짐에서 변화를 느낀 것이다. 이곳에 머무는 동안만큼은 그 답지 않게 연기하려고 생각했고, 그렇게 행하고 있었다. 하지만 과연 이게 정말로 연기일까?

'모르겠군.'

하지만 왠지 나쁜 기분은 아니었다.

홀로 생각에 빠져든 채 고심하는 에던의 모습에 셰릴은 조용히 미소 지었다.

'제법 감이 좋단 말이야.'

일순간 돌변하던 에던의 눈빛과 눈매에서, 그가 무언가

를 눈치 챘다는 걸 느끼고는 급히 화제를 언급하며 신경을 돌린 것이다.

'뭐… 굳이 숨길 생각은 아니지만.'

그래도 기왕이면 좀 더 이대로 지내고 싶은 생각이었다.

밤의 여왕!

초월적 존재로써 대륙의 어둠에 거하는 이들이라면 누구나 경외하는 절대자였다.

특히, 여왕은 그 이름을 대대로 계승하며 오래토록 밤거리 가장 높은 곳에서 달처럼 빛을 비추던 존재였다.

그 역사를 알고 영역을 인정하게, 각국의 주인들마저도 그녀가 '여왕' 이라는 단어를 사용한 걸 묵인하는 것이기도 했다.

'조금만 더….'

지금 이 상황들을 즐기고 싶었다.

'뭐, 들키면 어쩔 수 없지만.'

머지않아 발각될 거란 예감에 이런 식으로 일찌감치 마음을 추스를 뿐이었다.

'그나저나….'

셰릴의 시선이 검술원을 쭈욱 훑었다.

외부에서 봤던 것보다는 제법 모양새나 나왔다. 허름한 부분들이야 어쩔 수 없다지만, 정리가 잘 되어있는 느낌에 크게 나쁘지는 않아보였다.

게다가 검술원답게 공간 자체도 제법 컸다.

'이 정도면 신혼집으로 아주 나쁘지는… 흐흥!'

잠시 생각이 옆으로 새나갔지만, 다시금 정신을 차리고는 내부를 훑어나갔다. 그렇게 살피던 시선이 저 멀리 중앙에서 열심히 수련 중인 두 아이에게로 향했다.

'저 아이가 소영주인가.'

이미 이곳에 대한 정보는 숙지하고 온 상태였다. 덕분에 루드의 정체에 대해서도 전부 파악하고 있었다.

'이제 겨우 기본기라….'

확실히 자작가의 후계자답지는 않다고 여겼다.

'그 정도로 견제가 심한 거겠지.'

자작부인에게 아무런 아이도 없었다면 모를까. 이미 두 딸이 있었다. 온전한 애정을 쏟아주기에는 무리가 있었을 것이다.

게다가 이제 아들까지 낳았으니, 루드가 뒷전으로 밀려나는 건 시간문제라고 여겼다. 이 허름한 검술원에 발을 들인 것 역시도 이를 위한 절차이리라.

'뭐… 기회일지도 모르지만.'

페른 자작은 헤일러의 존재를 작게나마 인지하고 있다고 들었다. 이런 부분을 생각해 본다면, 일말의 가능성 정도는 허락한 건 아닐까 하는 의문도 들었다.

'뭐… 내가 상관할 바는 아니지만.'

생각보다 가벼운 결론과 함께, 그 옆으로 시선을 돌렸다.

'저 아이가 리아인가.'

관심이 절로 갔다. 특히, 에던으로 하여금 이곳에 자리를 잡게 만든 장본인이기에, 신경이 안 쓰일 수가 없었다.

'덕분에 암전하고도 한 판 붙었지.'

지켜보던 셰릴의 눈 꼬리가 휘었다. 레드문을 통해 들은 정보들 중 하나가 떠오른 까닭이었다.

'삼촌이라 부른단 말이지.'

재미있다는 생각이 들었다.

에던이 이곳에 머무는 이유라면 여러 가지가 있을 것이다. 하지만 셰릴 만큼은 그 대부분이 거짓이라고 단언할 수 있었다.

오로지 하나!

단, 하나의 이유만이 그를 이곳에 붙잡고 있는 것이리라.

'리아… 램!'

아이를 바라보던 시선이 에던에게로 돌아왔다.

'삼촌이란 말이지. 후훗!'

새나오려는 웃음 한 자락에 혓바닥이 간질거렸다.

◈ ✣ ◈

대륙의 평균적인 가족관계에서 볼 때, 대부분은 집안의 기둥이라 할 수 있는 부친의 성을 따르는 게 보통이었다.

하지만 아이는 신기하게도 모친의 성을 이어받았다.

'웃기지도 않는 이유였지.'

부친의 바람기 때문이었다.

모친 역시도 이 같은 이유로 남편의 성을 허락받지 못했다고 한다. 평생 총각이니 뭐니 하는 황당한 이유로 자신과 같은 성씨를 쓰는 걸 허락하지 않은 것이다.

그런 까닭에 아이는 모친의 성을 따를 수밖에 없었다.

애당초 모친과의 혼인 자체도 확인하기가 어려웠다. 그저 부친이고 모친일 뿐, 함께하는 모습을 볼 수도 없었던 까닭에 그들 두 사람이 부부라고 여겨지지도 않았다.

'이 정도쯤 되면….'

그냥 남이라고 해도 믿을 정도였다.

게다가 간혹 찾아올 때마저도 좋은 모습을 보기란 어려웠다. 대부분 술에 취해서 들어오기 일쑤였고, 기본적으로 없는 살림을 더욱 헤집으러 오는 경우가 허다했기 때문이었다.

이를 거부라도 할라치면 즉각 손이 나왔고, 그런 이유로 아이는 부친의 존재 자체를 부정해버렸다.

하지만 그 와중에도 모친은 아이를 아끼고 사랑했으며, 애정을 한껏 쏟아주었다. 그 덕분인지 힘겨운 삶 속에서도 삐뚤어지지 않고 한 줌 웃음을 입안에 머금는 법을 알았다.

그렇지만 이 같은 아이의 성정을 크게 흔드는 사건이 지난해에 발생했다. 부친의 손찌검이 모친을 크게 위협한 것이다.

강하게 힘을 쓴 건 아니었으나, 넘어지는 방향이나 각도가 잘못 되었던 걸까? 그날부터 모친은 거동이 불편해졌고, 아이는 어린 나이에 세상으로 뛰어들어야만 했다.

'제대로 된 치료사를 찾아갈 수만 있었어도.'

분명, 문제는 금세 해결되었을 것이다.

하지만 치료에 사용해야 할 돈을 부친이 들고 사라져버렸다. 뒤늦게 아이의 조막만한 손으로 돈을 모아 치료사를 찾았지만, 모친의 건강은 어느새 악화되어 이제는 신관에게 가야 할 수준이 되어있었다.

거기다 어린 남동생까지 생각한다면, 아이의 부담은 더더욱 커질 수밖에 없었다.

'이제 겨우 8살…이랬나.'

열 살도 되지 않은 자그마한 아이의 육신으로는 감당할 수 없는 무게가 어깨를 짓누르고 있었다.

그럼에도 불구하고 아이는 꿋꿋이 하루를 살아갔고, 저 작은 몸으로 가족들의 생계를 유지해나갔다.

'기특하다고 해야 하나.'

아니면 안쓰럽다고 해야 할까?

흠칫!

상념을 깨우는 오한에 셰릴이 깜짝 놀라 아이, 리아에게 향하던 시선을 거둬들였다.

어느새 생각을 거둔 듯, 에던이 그를 응시하고 있었는데, 어쩐 일인지 그 눈빛 가득 한기를 뿜어내고 있는 것이 아닌가.

짧은 순간, 셰릴은 그것이 리아에 대한 관심으로 인한 것임을 깨달았다.

'확실하네.'

그녀는 에던이 모든 걸 알고 있음을 직감했다.

"한 가지만 묻자."

문득, 에던의 말투가 변했음을 알았다.

호되게 당했던 과거 때문일까? 그동안 상당부분 존대가 섞인 어투와 정중함을 고수하고는 해 왔었는데, 지금은 그런 모습을 전혀 보이질 않고 있었다.

"누구냐, 너?"

이에 셰릴이 가볍게 코웃음을 치며 되물었다.

"짐작되는 게 전혀 없어?"

순간, 에던의 눈가에 옅은 경련이 일었다. 생각하는 그게 정말이라면 눈앞의 여인은 실로 말이 안 되는 존재인 까닭이었다.

'…초인이라고?'

지금, 그는 레드문의 주인을 떠올리고 있었다.

밤의 여왕!

최초에는 어둔 길목 사이사이에 솟아있다는 '여왕의 가시' 정도로 생각했었으나, 루드말에 이어 헤일러와의 본의 아닌 동거까지 겪으면서, 그 나름대로 초월자를 보는 눈이 단련되어버렸다.

때문에 과거에는 볼 수 없었던 부분까지도 확실히 인지

할 수 있었다.

그래서 믿기 어려웠다.

'저 나이에?'

그가 알기로는 셰릴의 나이는 그리 많질 않았다. 과거, 레드문에서 함께하던 시절에 겨우 20대 초반이라는 이야기를 들었다.

자세한 나이까지는 듣지 못했지만, 그 이야기에 거짓은 없다고 여겼었다. 실제 외형에서도 믿음이 가기도 했다.

말인 즉, 지금 그녀의 나이는 아무리 많이 쳐줘도 30대 초반이라는 것이다.

고개를 절레절레 저었다.

'30대 초인?'

대륙의 역사 어디를 살펴봐도 들어본 적이 없는 이야기였다. 그가 알기로 빠르다고 여겨졌던 이들도 대부분이 40대 초반 정도가 평균이었다.

그마저도 한 손에 꼽을 정도의 역사적 천재들이라고 생각해본다면, 셰릴의 존재 자체는 그야말로 불가해한 영역에 닿아있었다.

마른침을 삼킨 에던이 확실한 답을 구하기 위해 물었다.

"정말… 여왕이십니까?"

인정하고 싶지 않았으나, 상대의 정체가 진정 그 같은 존재라면 말투를 되돌릴 수밖에 없었다. 밤의 여왕은 각국의 왕들도 인정하는 밤거리의 가장 높은 달빛이기 때문이다.

하지만 그렇다고 해서 경계의 눈빛을 지우지는 않았다. 그녀는 지금 이 순간 그의 역린을 건드리려 하고 있던 까닭이었다.

그를 찾아온 것까지는 이해해 줄 수 있다. 하지만 조금 전 그녀의 시선에서 생각하지 싫은 가정을 떠올려버렸다.

'아무리 호의적인 모습을 보여준다고 해도….'

넘지 말아야 할 경계선이라는 게 있었다.

"의심하는 거야?"

셰릴이 또 다시 질문으로 응수해왔다. 하지만 그 안에는 앞서 물음에 대한 대답도 담겨있기에, 에던은 입술을 잘근 깨물 수밖에 없었다.

레드문!

상대의 덩치가 너무 크다는 걸 떠올린 까닭이었다. 하지만 그 와중에도 솟구치는 호기심에, 한 가지만 더 묻고 싶었다.

"저와 만났을 당시에도… 입니까?"

당혹감에 질문이 약간 꼬여버렸지만 셰릴은 충분히 내용이 이해했다. 첫 만남 당시에도 과연 여왕의 자리에 있었는지에 대한 질문이라는 걸 알았고, 거기에 가벼운 끄덕임을 던져줬다.

"으음…."

에던의 신음성이 짙어졌다.

30대?

아니다. 그녀의 이야기대로라면 셰릴은 역사상 전무후무한 천재일지도 몰랐다.

'…20대에 초인이라고?'

한층, 말도 안 되는 상황에 슬그머니 머리를 드는 의문이 있었다. 연달아 터져 버린 충격 때문일까? 결코 해서는 안 되는 질문을 던져버렸다.

"정말… 30대 초반입니까?"

빠악!

지금껏 웃으며 응수하던 셰릴의 미소가 사라지고, 주먹이 뻗어왔다.

"아직까진 20대야!"

아찔한 두개골의 통증 속에서, 여성에게 나이 질문은 자제하라던 격언을 뒤늦게 떠올렸다.

그녀의 성난 음성을 통해, 나이 역시도 진실일 확률이 높다는 걸 깨달았다. 그럼에도 불구하고 믿기 어려운 건 어쩔 수 없었다.

하지만 이미 그의 본능은 '진실' 로 기울어지고 있었다.

"내 비밀만 들키고 끝내자니, 억울해서 안 되겠네."

아무래도 조금 전 질문이 성질을 자극한 모양인 듯, 셰릴이 두 눈 가득 불꽃을 피우며 질문을 던져왔다.

"아이 모친은 아직 만나지 않았다며?"

그 순간 에던의 눈가에도 불꽃이 튀었다. 그녀가 언급한 아이가 리아라는 걸 아는 까닭이었다. 설마 했던 불길한 가정이 다시금 꼬리를 드러냈음을 알았다.

그 모습이 재미있다는 듯, 셰릴이 한쪽 입 꼬리를 말아 올리며 재차 물었다.

“그러면서도 삼촌 소리는 듣고 싶었니?”

에던이 셰릴을 향해 손을 뻗었다. 무언가를 하겠다는 목적은 아니고, 그저 그녀의 말문을 막기 위한 행동으로 보였다.

“그만! 거기까지. 더 이상은 당신이 여왕이라고 해도 용납하지 않을 겁니다.”

하지만 셰릴은 그 정도에 물러날 생각이 없었다. 이왕 내친걸음이었다. 뱉은 겸에 끝까지 토해낼 마음으로 거침없이 이야기를 이었다.

“당당해도 되잖아. 너는 나름대로 평생을 헌신해 왔어. 어린 나이에 제 몸을 팔았던 순간부터….”

“그만하라고!”

에던이 버럭 목청을 높이며 셰릴을 향해 달려들었다. 그간 노력을 아끼지 않았음인지, 전에 마주했던 당시보다 한층 매서워진 권격에 셰릴이 눈을 빛내며 몸을 빼냈다.

파파파팡!

어느 하나 제대로 들어간 공격이 없었으나, 신경 쓰지 않으며 에던은 주저 없이 신형을 내던졌다.

과감히 파고들어오는 에던의 몸짓에 셰릴이 좀 더 거리를 벌릴 겸, 손을 뻗어 반격을 하는데, 그 순간 에던의 몸놀림이 달라졌다.

마치 기다렸다는 듯, 셰릴의 손목을 낚아채오는 것이 아닌가. 마치 먹이를 사냥하는 매의 발톱마냥 억세게 쥐어오는 손길에서 심상찮은 기색을 느낀 듯, 셰릴은 급히 궤도를 비틀었다.

그 순간 이게 진짜라는 듯, 그녀의 손이 빠진 자리를 향해 에던이 파고들었다. 움켜쥐던 손톱을 쭈욱 뻗더니 창처럼 그 날을 세웠다. 매의 발톱이 부리가 되어 찔러 들어오는 모습에 셰릴의 눈빛에서 여유가 사라졌다.

동시에 초인의 진면목이 드러났다.

감히 눈으로 따를 수 없는 몸놀림으로 에던의 손끝을 피하며 그와 동시에 발끝을 뻗어 에던의 복부를 차 올린 것이다.

압도적인 신체능력이었건만 이 역시 읽었다는 듯, 에던은 이미 몸을 비틀며 발끝의 궤적에서 빠져나오고 있었다.

각성감각의 발현이었다.

하지만 온전히 피하기란 어려웠던 것일까? 옆구리에 그 여파를 감당해야만 했다.

"크읍…."

나직한 신음성과 함께 에던이 물러났다. 짧은 공방이었으나 그들 두 남녀를 가열시키기에는 충분했던 듯, 어느새 뜨겁게 달아오른 둘 사이의 공기가 본격적인 전장의 분위기를 연출하기 시작했다.

"허헛!"

그 순간 끼어드는 웃음소리가 있었다. 어느새 다가온 것인지 헤일러가 그들 사이로 파고들었다.

"벌써부터 부부싸움인가."

그리고 이어지는 황당한 한마디는 달궈진 열기를 환기시키기에 충분했다.

"쿨럭! 그 무슨…."

"어멋! 부부… 흐으으응!"

각자 상반된 반응을 보여주는 그들의 모습에 한 차례 더 웃음을 터트린 헤일러가 이야기를 이었다.

"허헛! 좋을 때네. 그래도 기왕이면 아이들도 보고 있으니, 다투는 건 좀 자제했으면 좋겠군."

그 말에 에던과 셰릴이 약속이나 한 듯, 동시에 고개를 돌렸다.

헤일러의 말처럼 어느새 수련을 멈춘 리아와 루드가 그들에게로 시선을 던져 보내고 있었다.

하지만 그들은 헤일러가 두 아이보다 그 옆에 있는 사내, 베른을 경계하라는 의미로써 끼어들어 이야기를 건넨 것임을 알았다. 그는 페른 자작과의 연결고리인 까닭이었다.

이에 에던과 셰릴이 서로를 잠시 바라보다, 동시에 고개를 끄덕이며 물러났다.

"흐음… 나도 모르게 흥분해버렸네."

그 말과 함께 셰릴이 에던을 지긋이 응시했다.

'장난 아닌데.'

찰나의 순간 그녀로 하여금 위협을 느끼게 한 것도 모자라 진심이 되게 만들었다. 그럼에도 불구하고 그녀의 반격은 목표를 놓쳤다.

'사신이라….'

그저 소문으로 듣던 것과 직접 몸으로 겪은 차이를 새삼 실감했다.

'확실히 뭔가 얻기는 얻은 모양이네.'

분명, 드라필만에서의 경험이 도움이 되었을 거라 여겼다.

"…그만, 돌아가 주셨으면 좋겠군요."

하지만 에던은 아직 화가 다 풀리지 않은 듯, 짧은 대답과 함께 휙 하니 몸을 돌려버리고 있었다.

그 뒷모습에 셰릴이 눈살을 찌푸리는가 싶더니 이내 몽롱하게 눈가를 물들이더니, 입맛을 다시며 에던의 뒷모습을 응시했다.

그녀를 무시하는 것 같은 태도에 짜증이 났지만, 그와 동시에 밤의 여왕이라는 사실을 알고서도 보여주는 당당함에 매력을 느낀 까닭에, 상반되는 감정이 순차적으로 이어진 것이다.

"허헛!"

그 순간 헤일러의 웃음소리가 귓속을 파고들었다. 왠지 느낌이 이상해 그를 바라보니, 묘하게 웃음기 섞인 눈빛으로 그녀를 응시하고 있는 것이 아닌가.

"왠지… 기분이 나쁘네요."

"그런가? 허헛! 그냥. 조금 우스워서 그렇다네."

"…뭐가요?"

"설마하니 자네가 더 약자일 줄은 몰랐으이."

"끄응!"

단박에 이해했다. 더 좋아하는 측이 약자라는 어딘가의 격언을 상기한 것이다. 와락 구겨지는 세릴의 얼굴을 보며 헤일러는 즐겁다는 듯이 유쾌한 웃음을 터트릴 뿐이었다.

❖ ✣ ❖

따뜻한 가정이었다. 하지만 행복하다고 확신하기란 어려웠다.

가난이란 그렇게 무서웠다.

특히, 없는 살림에 다섯이나 되는 남매들의 존재란 엄청난 압박이었을 것이다. 때문에 부부는 쉴 틈 없이 일을 나가야만 했고, 그런 이유로 남매들은 장남이 책임질 수밖에 없었다.

다행이라고 해야 할까? 생각보다 장남은 아이들을 잘 돌봤고, 아이들은 장남을 너무나 잘 따랐다. 덕분에 가족들은 그럭저럭 그 화목함을 유지하는 게 가능했다.

부부는 장남과 아이들의 웃음 덕분에 일을 마치고 돌아

왔을 때, 집안의 온기에 맘 놓고 몸을 뉘일 수 있었다.

하지만 가난이란 결국 그 힘겹게 버텨가던 균형을 크게 흔들어버렸다. 무너트려버렸다.

가뭄으로 시작된 대흉년이 문제였다.

일을 구하기도 어려웠지만, 그보다 배를 채우기는 더 힘겨웠다. 언제나 그렇듯 돈이 문제였다. 가난은 가족을 아사시키고 있었다.

그래서일까?

장남은 결국 집을 나가버렸다. 일 때문에 바쁜 부친과 모친 대신에 아빠이며 엄마였던 장남이 사라지자 아이들은 엉엉 울었다.

슬퍼했고 괴로워했다. 그리고,

'원망했었지….'

여인은 옛 기억을 떠올리며 저도 모르게 눈시울을 붉혔다. 거동조차 어려운 몸 상태 때문일까? 나약해진 마음이 가슴을 들쑤시는 모양인지, 자꾸만 어린 시절 추억들이 머릿속을 맴돌고는 했다.

아무래도 유년기 대부분을 그 든든한 등에 기대어 컸던 까닭일까? 좋건 나쁘건 떠나버렸던 오라비에 대한 잔상들이 자꾸만 눈앞을 스쳐갔다.

'생각해보면….'

조금 이상한 점들이 있었다. 이제야 떠올린 것이지만, 오라비가 사라지고 난 뒤, 잠시나마 배를 곯는 일이 사라졌었다는 점이었다. 물론, 오래지 않아 다시 굶주림에 허덕였으나, 그 잠깐의 여유로 인해 어찌어찌 그 한해도 넘겼던 것 같았다.

'설마….'

아니겠지 싶었지만 그래도 혹시나 하는 의혹을 감추기가 어려웠다.

당시뿐만 아니라. 지금도 자주 발생하는 사건사고 중에는 아이들이 노예로 팔려가는 일들이 허다한 까닭이었다.

대륙적으로 노예제도를 폐지하려고 하나, 그럼에도 불구하고 여전히 노예가 합법인 국가들이 있었고, 이를 불법으로 지정한 왕국에서도 은연중에 노예들을 구해 싼값으로 노동력을 채우는 귀족들이 더러 존재했다.

부친의 성품을 떠올리며 고개를 흔들었다. 아무리 힘들어도 제 자식을 팔아서까지 배를 채우실 분이 아니라 여긴 것이다.

'오히려 제 살을 잘라내실 분이시지.'

모친 역시도 마찬가지였다.

'그럼, 대체….'

당시의 그 기이한 상황변화는 어떻게 된 것일까? 그저 오라비의 부재로 인해 어린마음에 울고불고 원망만 하느라, 제대로 상황을 살피지 못했던 게 아닌지, 뒤늦게 후회가 밀려왔다.

"쿨럭…."

생각은 길게 이어지지 못했다. 지난겨울 상해버린 폐가 고통에 울부짖는 걸 느낀 까닭이었다. 언뜻 핏물이 섞여 나오는 걸 확인한 여인의 얼굴이 굳어졌다.

어떻게든 그녀를 살려보겠다고 이리저리 뛰어다니는 딸아이를 떠올린 까닭이었다.

'리아….'

기어이 참아왔던 눈물이 밖으로 새버렸다. 이대로라면 아이에게 피해만 입히다 좋지 못한 모습으로 마지막을 마무리할지도 모른다는 생각에 두렵기만 했다.

어쩌면 이 같은 약한 마음이 오라비를 자꾸 떠올리게 하는 것 같았다. 어딘가 기대고 싶단 마음이 아직은 나약해도 되었던 유년기를 그리게 만든 것이리라.

그녀 역시도 가난을 피해 도망치듯 고향을 떠나왔기에, 더욱 지금 상황에서 오라비가 그리운 걸지도 몰랐다.

"하아…."

무거운 한숨이 차가운 대지 한편으로 먹먹히 스며들어갔다.

❖ ❖ ❖

아이들이 돌아가고 난 뒤에도 마음이 풀리질 않았다. 어쩔 수 없었다.

"아직 안 가셨습니까?"

셰릴이 여태껏 검술원을 떠나지 않은 까닭이었다. 에던은 눈살을 찌푸리며 헤일러와 차를 마시고 있는 그녀를 바라봤다.

"너무 그렇게 경계하지 마. 자꾸 그러면 내가 마음이 상해서 무슨 짓을 할지도 모르잖아."

"…으득!"

힘으로 어찌 하기는 어렵다는 걸 알기에, 에던은 이를 악물고만 있을 뿐이었다.

"게다가 내가 달링에게 해로운 일을 할 것 같아? 내가 곁에 있는 게 오히려 득이 되면 되었지. 해가 되진 않을 걸."

분명, 그녀의 호의를 느끼고는 있었다. 때문에 매몰차게 내치질 못하는 것이기도 했다. 물론, 힘으로 안 된다는 부분이 큰 것도 사실이었다.

"이래봬도 내가 리아에게는 은인이나 마찬가지야."

뜻밖의 이야기에 에던의 눈가에 의문의 빛이 일었다.

"무슨…뜻입니까?"

"저 조막만한 꼬맹이가 무슨 재주가 있어서, 제 가족을 먹여 살리겠어."

알게 모르게 레드문의 도움이 있었다는 것이다.

"물고기를 잡기서 주기보다 잡는 방법을 가르쳐주는 게, 우리들의 방식이라서. 저 꼬맹이뿐만 아니라 아이 엄마도 제법 도움을 받았다고."

여기서 화를 내야 할까? 아니면 참아야 할까?

'레드문….'

그 방대한 정보력을 통해, 이미 그의 과거를 조사하고 거기서 더 나아가 접근까지 했음을 알았으니, 경계심이 짙어지는 건 어쩔 수가 없었다.

"걱정 마. 어떤 문제도 없도록 다 조치를 해 놨으니까."

밤의 여왕이 관심을 가지는 게 알려지면, 문제가 될 확률이 높았다. 때문에 그저 레드문의 지원사업의 일환으로써 아이와 모친을 도운 것뿐이었다.

단지 찔리는 게 있다면, 대충 지시만 내려놓고 관심을 두지 않았다는 점이었다. 그 때문에 아이의 모친은 크게 화를 입었으니, 일말의 양심이 거리끼는 것이다.

게다가 다른 문제도 있었다.

"맘 같아서는 좀 더 제대로 해결을 해 주고 싶지만, 그러기가 쉽질 않더라고."

리아의 부친이 문제였다. 에던 역시도 궁금했던 부분이었던 까닭에, 이번만큼은 침묵을 지키며 귀를 기울였다.

"정말이지. 달링은 나 같은 내조의 여왕을 만난 걸 하늘에 감사해야 할 거야."

에던은 쓸데없는 소리 말고 당장 본론이나 말하라며 외치고 싶었지만, 애써 감정을 추스르며 셰릴의 이야기에 집중했다.

"그게 말이야. 암전 놈들하고 엮여있더라고."

"…으득!"

충분했다. 그 단어 하나만으로도 많은 이야기를 유추해 낼 수 있었다.

암전의 사기꾼들 중 한 놈이리라.

"잘 알잖아. 뭣 모르는 여자애들 꼬여서 등골 빼먹는 놈들. 그래도 제 아이를 가졌다고, 마지막까지는 안 간 모양이던데."

일찌감치 리아를 가진데다가, 리아의 모친을 제법 마음에 들어 했던 것인지, 최악의 상황까지는 끌고 가지 않은 것이다.

레드문이 비록 대륙의 밤거리를 지배하고 있다고는 하나, 그들이 모든 유흥 거리를 통솔하고 있는 건 아니었다.

암전 역시도 그들 나름의 어둔 거리가 있었고, 리아의 모친은 그곳으로 끌려갈 위험도 있었다는 의미였다.

"그쪽 녀석들은 우리 아이들처럼 대우가 좋진 않으니까."

악질이라고 불리는 암전의 용병들을 상대하는 일이었다. 단명 하는 여인들이 많다고 할 정도로 암전의 환락가는 위험했다.

"게다가 리아의 부친이라는 사기꾼 놈, 암전에서도 제법 지위가 있는 자와 인연이 깊더라고."

이를 빌미로 이런저런 패악은 다 부린다는 것이다. 가만히 듣고만 있던 에던이 이해할 수 없다는 듯 물었다.

"그 정도라면 굳이… 아이 엄마를 건드릴 필요는 없었을 것 같습니다만."

"뭐… 다른 의미로 최악이지. 현지처…라고 해야 하려나."

대륙 각지에 이와 비슷한 여인들이 있다는 소리였다.

"후우… 후… 후우우우…."

에던은 숨이 가빠지려 하는 걸 애써 다스리며 재차 질문을 던졌다.

"그런 사실을 내게 알려주는 이유가 뭐지?"

호흡은 다스렸으나 마음은 아직 흔들리고 있음인지 말투가 크게 변해있었다.

"뭐, 달링을 위해서지."

그것만으로는 설명이 부족했다. 에던이 지긋이 응시하고 있자, 셰릴이 어깨를 으쓱이며 부연설명을 했다.

"달링을 만나기 전에는 암전과의 마찰을 말릴 생각이었는데, 지금 보니까 물러날 생각이 없어 보이기도 하고, 굳이 그럴 필요가 없는 것 같기도 해서."

그렇다면 차라리 이참에 제대로 붙여볼 생각이었다.

"제법 자극이 됐어?"

충분하다 못해 넘쳤다. 에던이 두 눈 가득 불꽃을 태우며 자리에서 일어났다. 그러더니 대뜸 밖으로 향하는 것이 아닌가.

"어디가?"

그의 갑작스런 행동에 셰릴이 외쳐 물었다. 이에 슬쩍 걸음을 멈춘 에던이 그녀를 돌아보며 답했다.

"원하는 대로 제대로 붙어 볼 생각이오."

마침, 암전의 사냥개들이 직접 찾아와 준다고 한다.

말인 즉, 이미 무대는 마련되어 있단 소리였다. 이곳 페른 자작가라는 고지를 먼저 선점하고 있는 만큼, 제대로 된 영역표시를 해 놓는 게 중요했다.

앞전까지만 해도 적당히 상대를 하며 물러날 수 있는 여지를 마련하고자 했다. 하지만 셰릴의 이야기를 들은 지금, 마음이 바뀌어버렸다.

'철저하게!'

박살을 내줄 생각이었다.

검술원의 입구가 거칠게 닫히고, 잠시 침묵이 찾아들 즈음, 헤일러가 찻물을 시원하게 들이키며 입을 열었다.

"너무 긁은 거 아니냐?"

"달링이 워낙 소심해서, 저 정도는 해 줘야 돼요."

"허헛!"

한 차례 웃음을 터트린 헤일러가 재차 찻물을 따르면서 그들 남녀의 대화를 되새겼다. 굳이 따로 물어보진 않았으나, 대략적인 그림정도는 충분히 그려졌다.

"그렇군. 리아 그 아이와 그런 사이였어. 허어… 설마설마 했거늘."

이에 셰릴이 의아한 얼굴로 물었다.

"아시는 바가 있으세요?"

"허헛! 뭐, 그들 사제 간에 흐르는 기류가 묘하게 비슷하기에, 혹시 싶었다."

"기류…라고요?"

"흐음! 혈연이나 친인들 사이에서 느껴지는 동질감이라고 해야 하려나. 그 비슷한 거. 그런 거."

"설마… 혈연을 한눈에 알아본다거나, 뭐 그런 겁니까?"

"허헛! 그래. 그런 거."

'…그게 가능하다고?'

말도 안 된다고 여겼다. 하지만 눈앞의 노인이 어떤 존재인지 아는 까닭에 완전히 부정하기도 어려웠다.

"허헛! 한 십여 년 전부터 그 비슷한 게 느껴지더구나."

'…10년 전?'

"생각해보면 그 때까지는 아직 청춘이었지. 허헛!"

셰릴의 두 눈이 얇아졌다. 그 눈빛과 표정에서 무슨 생각을 하는지 짐작한 헤일러가 재차 웃으며 말했다.

"어째 그리 보누? 백세까지는 그래도 청춘 아니냐."

여기서는 차라리 침묵을 지키는 게 낫다는 결론을 내리며, 셰릴은 그저 찻물만 들이킬 뿐이었다.

'하! 청춘 참 길기도 하네요.'

이렇게 이죽거리고 싶은 마음이 굴뚝같았으나, 꾸욱 눌러 참아야 했다.

❖ ✣ ❖

아이를 처음 만났을 때, 정말이지 경악스러울 정도로 놀라야만 했다.

너무나도 그리운 추억 속 얼굴을 떠올리게 만든 까닭이었다. 그래서 저도 모르게 아이와 대화를 나눠버린 걸지도 몰랐다.

그리고 또 한 번 놀라야만 했다.

'램! 램이라고?'

아이의 성이 기억 속 아련한 그림자를 끌어낸 까닭이었다. 하지만 놀랄 일은 거기서 끝이 아니었다.

'아빠가 아니라 엄마?'

부친이 아닌 모친의 성을 따른다는 기가 막힌 사실에 또 다시 놀랐고, 이내 아이의 사정을 간단하게나마 듣고는 결국 이곳에 발목을 잡혀야만 했다.

[등잔 밑이 어둡다!]

웃기지도 않는 변명거리를 스스로에게 주장해가며, 자신을 속이고 합리화를 시켰다.

'램….'

너무도 그리운 성이었다.

'…으득!'

그런 이유에서 암전과의 마찰은 이제 필연과도 같았다.

'사냥이 끝난 개는 삶는다고 했었지.'

격언 하나를 떠올렸다.

'일찌감치 끓는 물에 담가주마!'

시퍼런 안광을 번뜩이며, 에던의 신형이 영지의 어둠 속으로 녹아들었다.

그리고 일주일 뒤,

영지 한편에서 몰이꾼의 신호가 발견되었다.

기다리고 기다리던 사냥개의 등장이었다.

6. 개판!

6. 개판!

찾아든 몰이꾼을 숫자를 확인했을 때, 설마설마 싶었다. 하지만 뒤이어 도착한 사냥개들을 보고 난 뒤, 불길한 예감이 들어맞았다는 걸 깨달았다.

'열 명이면 충분한 것을….'

마샬탄은 그가 상상했던 것 이상의 사냥개가 찾아온 것을 확인하고는 이를 악물었다. 베르첼린 공작가의 암전주마탄의 의도가 한눈에 보인 까닭이었다.

'자리를 내놓으라는 것인가.'

어느 정도는 예상하고 있던 상황이었다. 하지만 그 개인적인 연줄들을 이용한다면, 어찌어찌 자리는 지켜낼 수 있을거라 여겼다.

하지만 찾아든 사냥개들의 숫자가 너무 많았다. 그만큼 큰 것을 내어줘야 한다는 의미이기도 했다.

냉정하게 분석했을 때, 저들 사냥개의 실력을 생각한다면, 이곳 페른 자작령의 암전 같은 경우 열 명이 아니라 그 절반의 숫자만으로도 해체시키기에 충분할 터였다.

저들은 용병길드에서도 가장 높은 자리에 꼽힐 수 있는 특급용병들이기 때문이다.

실제로 몇몇 대외활동을 하는 사냥개들의 경우에는, 그 이름만으로도 어지간한 귀족들은 한 수 접어줄 정도의 명성을 지니고 있었다.

그런 실력자들을 이 작은 영지의 암전을 위해 우르르 보낸 것이다.

'젠장!'

저만한 숫자와 파워라면 그의 연줄만으로는 더 이상 감당하기가 어렵다는 걸 알았다. 여기서 선택지는 두 가지였다.

이곳 암전주의 자리를 순순히 내어주는 것과 마지막까지 발악을 하는 것이다. 하지만 후자를 선택하는 건 자살행위나 다름없었다.

'저놈들은 거기까지 계산하고 보낸 거겠지.'

혹여, 그가 딴생각을 품을 것 같으면 '처리' 하기 위함이리라.

그렇다면 결국 자리를 내어주는 것뿐이었는데, 차후를

도모하기 위해서라도 그게 최선이라 여겼다.

'추천을 원하는 거겠지!'

서로 좋은 형태로 마무리를 짓기 위해서라도, 전재 암전주의 추천은 원로회에도 큰 발언권을 지닐 터였다.

억세게 이를 악 물었다.

'에던 헌트!'

풀 데 없는 분노를 그에게라도 쏟아내야 할 것 같았다.

'뿌드드득!'

으스러져라 이를 갈아 마시는 그의 뒤로 암전의 사냥개들이 광기를 번뜩이며 따라붙었다.

❖ ✣ ❖

언어의 체계라는 건 간단히 바꿀 수 있는 게 아니었다. 그것이 비록 간단한 신호체계 정도라 할지언정, 쉬이 교체한다는 건 말도 안 됐다.

물론, 천부적인 머리를 타고난 이들이라면, 이 불가능에 선뜻 도전하며 길을 제시할 것이다.

하지만 이 체계는 온전히 쓰이기는 어려울 터였다.

'만드는 놈이 천재여도, 쓰는 놈들이 돌대가리니까.'

아주 간단한 이유였다.

에던은 페른 자작령의 어둠 속에서 몰이꾼들이 새겨놓은 신호체계를 접하고는 고개를 끄덕였다.

확실히 비밀스런 활동을 하는 만큼, 그 체계가 과거와 같지는 않았다. 하지만 옛 잔재가 남아있다는 건 분명했다.

암전에서야 이런저런 공을 들여가며 체계를 자체를 바꾸고 싶었겠지만, 이를 사용하는 건 전형적인 용병들이었다.

몸 쓰는 건 모르겠지만, 머리 쓰는 것까지 장담하기는 어려운 이들이 대부분이었다. 때문에 작은 틀까지는 모르겠지만, 전체적인 부분을 손대기는 어려웠다.

덕분에 힘겹게나마 그 흔적을 보았고, 떠듬떠듬 읽어나갈 수 있었다.

제대로 시간을 두고 공부를 한다면, 이를 토대로 정보교란까지도 도전해 볼 수 있을지도 몰랐다.

'아니면 말고.'

그 역시도 스스로의 머리를 알기에 선뜻 확신을 갖지는 않았다.

그래도 일반적인 용병들과 달리 머리도 쓸 줄 알아야 한다는 가치관으로, 한때나마 전략 전술과 관련된 서적들도 읽었던 시절이 있었다.

'뭐… 결국 취침용으로 변했지만.'

최초의 의지와 달리 몇 장 넘기기도 전에 수면욕을 자극하던 활자들의 향연은 지금 생각해도 오싹했다.

'그래도… 절반 정도는 읽었으니까.'

어디 가서 자랑도 못할 결론이었다. 잠시 쓸데없는 생각으로 머리를 환기시킨 그의 시선이 전방으로 향했다.

골목길 한편으로 사라지는 사내가 보였다.

'몰이꾼.'

별달리 특별한 점이 느껴지지 않는 복장이었으나, 에던은 단번에 상대의 정체를 읽어냈다. 그가 골목 한편에 새로이 신호를 새겨 넣는 걸 이미 봤던 까닭이었다.

한 때 몰이꾼이던 경험을 통해, 일찌감치 신호를 새겨놓을 만한 자리들을 선점하고 있었고, 그 덕분에 뒤를 잡는 기회도 얻을 수 있었다.

지금은 조용히 그 뒤를 밟는 중이었다.

'여긴….'

그러다 눈에 익은 장소를 하나 발견해냈다. 그로 인해 해체되었던 암전의 거처였다.

이곳 암전의 전주가 요청을 한 만큼, 그들의 옛 거주지에서부터 사냥을 시작하려는 모양이었다.

'몇이나 모였을까나.'

몰이꾼이 그 안쪽으로 들어가는 걸 확인한 에던은 찬찬히 그 주변을 살피며, 전력을 살피고자 머리를 굴렸다.

'열? 스물?'

아무리 많게 쳐줘도 10명 안팎이라고 여겼으나, 그래도 한 영지의 암전이 해체되는 상황이니만큼, 조금쯤은 더 지원이 왔을 수도 있다는 결론 아래에, 20명까지 계산에 뒀다.

용병길드에 소속된 특급용병들 중에서도 상급이상으로 꼽히는 이들이 바로 암전의 사냥개들이었다.

충분히 선임기사들과도 비교하기에 부족함이 없는 실력자들인 것이다.

짧은 갈등 끝에서 그의 발길이 전방으로 향했다.

'선빵필승!'

저들은 그가 사냥개의 존재를 알고 있다는 걸 모르기에, 아직까진 특별한 대응도 하지 않고 있을 것이다. 때문에 그 효과는 더더욱 특별해질 터였다.

과연, 가까이 다가가자 몇몇 익숙한 얼굴들이 보였다. 그로 인해서 여기저기 흩어졌던 기존의 암전 소속 용병들이 하나 둘 모여들도 있는 모양이었다.

그래봤자 대부분은 거동도 하기 어렵게 망가트려놨으니, 결국 그 전력도 얼마 되진 않을 거라고 여겼다. 정비는커녕 준비 자체도 어려우리라.

실제로 이곳으로 향하는 도중에 이렇다 할 시선을 느끼지 못했으니, 그의 예상은 틀리지 않을 것이다. 겨우 거처 주변만 지키는 게 저들 전력의 전부일 터였다.

'중요한 건 사냥개들이 얼마나 왔느냐인데.'

아직 해가 떠 있는 까닭에 골목길의 어둠 속에 몸을 숨기는 건 쉽지 않았다. 아쉬움이 남았으나 결정을 내린 이상 물러서긴 싫었다.

게다가 암전의 사냥개가 몇 명이 있건, 당장 그의 경험이 등을 떠밀어줬다.

검가 드라필만!

그곳에서 보냈던 시간들 중에서, 특히 기사들과 겨루던 나날은 그로 하여금 자신감을 가지게 해 줬다.

'후우….'

숨을 고르며 골목길을 벗어나 정면으로 걸어갔다.

"너…너는!"

마침 상대편에서도 그를 알아본 듯, 당황한 얼굴과 높아지는 목소리가 들렸다. 그 순간 소매를 털었다.

파팍!

암기가 정확히 그를 알아본 용병의 옆구리로 파고들었다. 펄럭거리는 소매에 눈길이 팔려 그 아래 숨겨진 암기를 놓친 것이다.

"크읍!"

신음하며 주저앉는 그를 향해 냅다 뛰어들었다.

빠악!

거칠게 발을 차올리며 머리를 걷어버렸고, 정신을 놓게 만들기에는 그 한방이면 충분했다. 마무리로 암기가 박힌 자리를 꾸욱 눌러줌으로써, 완벽한 전투불능으로 만들어줬다.

허나 주변에는 그 혼자만 있는 게 아니었다. 갑작스런 습격자를 확인한 이들이 하나같이 목청을 높이며 달려들었다.

"미친개다!"

"미친개가 나타났다."

헌데, 그 내용이 왠지 거슬렸다.

'하필이면 개가 뭐야.'

게다가 '미친' 이라는 단어까지 더해져있어서, 청각적인 피해 누적속도가 남달랐다.

요상해지는 기분을 그대로 주먹에 담아 내질렀다.

빠바박!

그 와중에도 외침은 이어졌다.

"죽어라! 미친개!"

"이런 개쉐끼!"

결국, 에던의 얼굴이 와락 구겨졌다.

"썩을!"

욕지거리를 토해내는 그의 몸짓이 한층 거칠고 사납게 변해갔다.

얼핏, 정면 돌파를 시도할 듯 보였지만, 에던은 정확히 입구 부근을 박살내고 그의 존재만 알린 뒤 재빨리 발길을 돌렸다.

'선빵도 눈치껏! 쳤으면 빠져야지.'

그리고는 다시금 골목길 한편의 어둠속으로 몸을 숨긴 채, 차분히 암전의 거처를 응시했다.

안에서부터 우르르 쏟아져 나오는 인원들이 보였다. 그리고 이들을 확인한 순간, 에던의 눈이 빛났다.

'사냥개인가.'

한눈에 봐도 남다른 기세의 사내들이 입구부근을 살피고

있었는데, 단번에 그들의 암전의 심판자라는 걸 알 수 있었다. 몰이꾼으로 보이는 숫자는 그리 많지 않았다. 몰이를 위한 영지조사를 나간 것으로 여겨졌다.

단지, 의외라고 해야 할까?

'너무 많은데….'

기껏해야 스물 정도까지가 계산에 뒀던 인원이었다. 하지만 저기 입구를 서성이는 사내들의 숫자는 충분히 서른 명은 되어 보였다.

찬찬히 그들을 주시하던 에던은 저들이 대응하던 속도에 일말의 텀이 있었던 걸 통해, 저들이 안쪽에서 휴식을 취하고 있었다는 것까지 파악해낼 수 있었다.

오랜 여정의 피로를 털어내기 위한 휴식이었을 것이다. 아마 대부분이 거나하게 곯아 떨어져 있었을 거라 예상되었다.

그리고 밤이 깊었을 때, 본격적으로 움직였을 거라는 점까지 짐작해냈다.

몰이꾼으로써의 짧지 않은 경험이 저들의 습성을 파악하는데 좋은 정보가 됐다.

'그렇다면 아직 여독이 덜 풀렸다는 소리겠지.'

문득, 그가 몸담고 있는 어둠을 향해 시선을 던지는 사내가 있었다. 사냥개가 아닌 몰이꾼으로 보였는데, 찰나 간에 둘 사이의 시선이 닿았다고 여겼고, 에던의 소매가 움직였다.

쉭…

“끄륵….”

목을 부여잡은 채 쓰러지는 몰이꾼과 함께, 사냥개들이 일제히 몸을 날렸다. 암기가 날아드는 순간, 이미 그들의 청각은 반응했고 육신은 움직이고 있었다.

정확히 에던이 숨어있는 장소였다.

‘역시!’

드라필만의 선임기사들을 상대한다는 각오가 필요했다.

만만치가 않다는 생각을 하며, 에던이 바삐 몸을 빼냈다. 하지만 아직 대낮이었고 태양은 밝았다. 한 차례 드러난 그의 행적을 다시금 놓치기에는 사냥개들의 실력이 너무 좋았다.

이미 몰이꾼들 역시도 동료의 죽음을 뒤로한 채, 바쁘게 사냥감을 쫓아 움직이고 있었다.

암전의 정보력으로 몰이꾼들은 이미 페른 자작령의 지도를 머릿속에 담고 있을 것이다. 하지만 그저 정보로써 담아둔 것인지라, 오차가 생기는 건 어쩔 수 없었다.

에던은 바로 그 같은 부분을 노리며 골목길을 헤집었다.

삐이이이…

마치, 아이들이 장난스럽게 부는 풀피리소리가 귓전을 파고들었다.

몰이꾼들의 신호 중 하나였다. 영지조사를 위해 나가있는 이들을 불러들이고 있는 것이다.

어렴풋이 귓전을 스쳐가는 것 마냥, 그리 크지 않은 소리였다. 하지만 실제로는 이곳 영지 정도는 충분히 커버할 수 있을 정도로 넓게 퍼지는 특징을 가지고 있었다.

귀에 부담을 주지 않는 수준의 소음인지라, 경비원들도 이상한 점을 느끼지 못한 채 지나칠 확률이 높았고, 그 덕분에 몰이꾼들은 주저 없이 활개를 칠 수 있을 터였다.

파팟!

소리에 집중하는 한편, 등 뒤의 사냥개들과 거리를 벌리기 위한 수단으로 쉴 새 없이 암기를 뿌리는 것도 잊지 않았다.

'제대로 맞는 게 없네. 쯧!'

그가 아무리 작은 암기들로만 무장을 했다지만, 그래도 감당할 수 있는 한계라는 게 있었고, 지금처럼 낭비하듯 암기를 뿌려대다가는 금세 바닥을 드러낼 수밖에 없었다.

암전의 심판자들 역시 이 같은 부분을 상기하며 적당한 거리를 유지한 채 뒤를 쫓고 있었다.

그리고 과연 그 같은 예상이 들어맞은 듯, 에던의 암기세례가 어느 순간부터 멎었고, 심판자들은 기다렸다는 듯 거리를 좁혀왔다.

그 순간 에던의 소매가 다시 펄럭였고, 놀랍게도 또 다시 암기가 쏟아지기 시작했다.

생각지 못한 상황이었으나, 어느 정도는 경계를 하고 있던 까닭일까? 심판자들의 피해는 크지 않았다.

'역시… 노련하다는 건가.'

저들 개개인이 모두 특급용병에 달하는 실력과 경험을 지니고 있다는 걸 알기에, 에던은 아쉬움을 빠르게 떨쳐낼 수 있었다.

'벌써, 떨어졌나.'

소매가 가벼워지는 느낌에, 에던이 바삐 방향을 틀었다. 그는 지난 일주일간 페른 영지 곳곳에 암기들을 숨겨놓은 상태였다.

상대가 상대인 만큼, 단기결전으로 승부가 나지 않을 것이라는 결론아래, 나름대로 대비를 갖춰 놓은 것이다.

'피를 말려주마!'

당연히 목표는 승리 그리고 말살이었다.

❖ ✣ ❖

어릴 적, 서커스단에 몸을 담았던 시절이 있었다.

나쁘지 않은 시기였다.

대륙 곳곳을 여행하며 다양한 문화를 접하고, 흥미로운 이야기들을 주워 담던 그 시절의 기억은 분명 유쾌했던 기억들이 제법 많았다.

물론, 나이가 어린 만큼 서커스단의 막내로써 힘겹던 일도 적잖게 있었지만, 그래도 배곯을 일은 없었기에 나쁘지 않다 여겼다.

생각해보면 이 당시에 암기술의 기초를 배워놨던 것도 같았다. 단검으로 묘기를 부리던 고참 단원에게 제법 귀여움을 받았기 때문이다. 이래저래 나쁘지 않은 나날이었다.

하지만 그 생활은 오래가지 못했다.

산적!

대흉년이라 불리던 시기였고, 아무래도 각처에서 산적들이 들끓는 건 어쩔 수 없는 수순이었다.

서커스단은 제법 유명세를 타고 있었고, 그만큼 대흉년의 마수에서도 한 걸음 벗어날만한 장사수완을 보여줬다.

덕분에 산적들의 표적이 되어버린 것이다.

'지금 생각해보면….'

당시의 산적들은 생각보다 전문적이었다는 느낌이 들었다.

'혹시….'

어쩌면 암전이 아니었을까?

'…충분히 가능한 일이지.'

에던은 암전에서 활동을 해 봤기 때문에, 대륙 각처에 존재하는 산채들 중 상당수가 암전과 관련되어 있음을 알고 있었다.

물론, 그저 거래대상일 뿐인 산채도 있었지만, 암전이 자체적으로 운영하는 산채도 적지 않았다.

'더러운 쪽으로는 남다른 놈들이니까.'

갑작스레 옛 기억을 떠올리며 연신 스스로를 자극하는 이유는 별 것 아니었다.

'아… 쫄리네.'

나름대로 한 판 제대로 붙어보겠다고 각오를 다졌지만, 그럼에도 불구하고 암전이라는 거대한 덩치를 떠올리니 저도 모르게 오금이 저리는 건 어쩔 수가 없었다.

예상했던 걸 훨씬 웃도는 사냥개의 숫자 때문인지, 자꾸만 심장이 널을 뛰는 이유도 있었다.

'염병! 뭔 좋은 게 있다고, 저렇게 개떼처럼 몰려온 거야.'

때문에 스스로를 다독이고 조금이라도 더 독기와 투기를 일으키기 위한 자극제로써, 이런저런 기억들을 앞세우고 있는 것이다.

사냥개와의 전투는 일반적인 암전과의 다툼과는 달랐다.

'전면전!'

저 암전의 가장 깊숙한 곳에 싸움을 거는 것과 같았다.

'…그래도 물러설 순 없지!'

수시로 다양한 기억들을 되새기며, 나약해지려는 스스로를 긁으며 투지를 일깨워갔다.

'여기서!'

골목길을 꺾어 들어가는 순간, 에던의 발이 벽을 박찼다. 지난 일주일 사이 봐 놓았던 불뚝한 벽면을 차고, 또 차며 훌쩍 튀어 오르니, 금세 그의 신형이 골목길에서 사라졌다.

"어디로 갔어?"

한 박자 늦게 따라 들어온 사냥개들의 외침소리에, 건물 꼭대기에 납작 엎드려있던 에딘이 하얗게 이를 드러내며 웃었다.

이리저리 흔적을 찾는 그들의 뒤로 어느새 따라붙은 몰이꾼이 다가들었다. 그러더니 빠르게 골목길을 훑어나갔다.

과연 전문가라고 해야 할까?

단박에 벽면의 흔적을 읽어내더니 시선을 위로 던져오는 것이 아닌가. 빠르게 고개를 밀어 넣으며 얼굴을 감췄지만, 이미 그들은 일제히 건물 옥상을 주시하고 있었다.

'쯧!'

짧게 혀를 차며 물러났다. 그러며 소매 안의 암기를 죄다 뿌렸다. 아직 적은 보이질 않는다. 하지만 던졌다. 그러자 마치 그의 암기가 건물 끝자락에 닿기를 기다렸다는 듯, 사냥개들이 얼굴을 드러내는 것이 아닌가.

퍼퍼퍼퍽!

시야 밖에서 설계된 상황이었던 까닭일까? 결국 옥상에 발을 딛지 못한 채, 두 명이 추락하는 게 보였다.

날린 암기의 숫자를 생각한다면 실망스런 결과지만, 이번에도 역시 신경 쓰진 않았다.

등 뒤로 느껴지는 분노에 떠밀리듯, 에딘의 신형이 옆 건물로 훌쩍 넘어갔다.

제법 높이가 있는 건물들을 중심으로 뛰어넘고, 앞전처럼 봐 놓았던 벽면들을 차고 밟고 올라서는 등, 아직 영지에 적응하지 못한 몰이꾼들로써는 쉬이 따라잡기 어려운 경로를 타고 움직였다.

쉴 새 없이 울려 퍼지는 은은한 피리소리가 저들의 당혹감을 생생히 전해줬다.

이를 통해서 실질적으로 사냥꾼들과 그들을 따르는 몰이꾼만이 추격자의 전부라는 걸 알 수 있었다.

'좋았어!'

이 정도면 충분히 성공적이었다. 몰이꾼들이 비록 사냥개들에 비해 실력이 부족하다고는 하나, 저들도 각자 경험깨나 있는 용병들이었다.

대개 심판자 1명당 몰이꾼 2~5명을 기본으로 배치하는 걸 생각한다면, 특히 더 저들의 합류를 막는 게 중요했다.

'최소로 잡아도 일백인가.'

1대 100이라니.

괜스레 속이 쓰렸다.

저들 개개인의 실력을 드라필만의 선임기사 수준으로 놓고 본다면, 정면대결은 사실 미친 짓이었다.

때문에 우선은 수를 줄이는 게 중요했다.

'젠장!'

하지만 저들과의 기본적인 육체능력차이 때문일까?

어느새 거리가 좁혀지고 결국 뒤를 잡혀버렸다. 암기가 없다는 걸 알자마자 과감히 접근해 온 것이다.

"흣!"

짧게 숨을 삼키며 배를 접었다. 등 뒤를 스쳐가는 날카로운 예기를 느낄 틈도 없이 전방으로 신형을 굴려야만 했다.

카카카칵!

바닥을 긁고 지나가는 칼질소리가 뒤따랐다. 소매에 숨겨져 있던 마지막 보루인 단검을 꺼내들었다. 암기를 전부 소진한 상황에서 근접전을 위해 준비한 것이나, 상대와의 간격이 제법 멀다는 걸 확인하자마자 과감히 단검을 내던졌다.

카캉!

암전의 사냥개답게 날랜 몸놀림으로 쳐내는 게 보였다. 애초에 통할거란 생각도 안 했다. 그저 단검으로 만들어낸 잠시의 틈을 노리며 달려드는 게 목적이었다.

'빠르게!'

뒤를 잡혔다고는 하나, 전부가 쫓아온 건 아니었다. 가장 발이 빠른 이들이 먼저 그를 따라잡았을 뿐, 대부분은 저 뒤편의 건물 옥상을 타넘고 있었다.

'셋인가.'

가장 가까운 사내의 품 안으로 파고들며 짧게 주먹을 쳐냈다.

파파파팡!

찰나 간에 이뤄진 공방에서 진한 살기가 넘실거렸다. 간격을 좁히는 순간, 칼을 놓은 채 응수하는데, 하나같이 급소만 노리는 정확도가 실로 살벌했다. 치고받는 연격에서 에던은 생각 이상으로 상대의 박투술이 뛰어남을 느꼈다.

한 호흡 만에 제압하려던 계획과 달리 어느새 숨을 세 번이나 골라야만 했다. 게다가 함께 따라붙은 사내들도 손을 거들어오면서, 생각 이상으로 호흡이 길어지려했다.

'할 수 없나.'

에던에게는 각성으로 활성화된 감각이 있었다.

빡!

'크흡! 맞고….'

빠악!

'…친다!'

날 선 감각을 최대한 활용해, 아슬아슬하니 살을 주고 뼈를 발랐다.

"끄륵!"

기괴한 방향으로 목을 꺾으며 전방의 사내가 무너졌다. 그 순간 양옆을 치고 들어오는 예기가 있었다.

촤촤촤악!

'쯧!'

살을 줄 생각이었으나, 이건 너무 뭉텅이로 뜯겨나가는 것 같았다.

"썩을! 살을 쨌으면, 값을 치러야지!"

에던이 버럭 목청을 높이며 양쪽을 향해 손을 뻗었다. 자연스레 물러나는 그들의 반응을 기다렸다는 듯, 앞으로 쏠렸던 에던의 신형이 급격하게 되돌아갔다.

그제야 속았다는 걸 눈치 챈 그들이 급히 뒤를 쫓았지만, 잠깐의 여유를 통해 거리는 제법 벌어져 있었다.

'…조금만 더.'

보급을 위한 장소가 가까웠다. 훌쩍 건물 하나를 더 넘고 나자 드디어 기다렸던 물품이 보였다.

쑤시듯 물건들을 소매에 집어넣는 한편, 가까워지는 후미의 두 명에게도 착실히 암기를 던져줬다.

완벽하게 암기를 소진했다고 여긴 상황에서 날아든 까닭일까? 아니면 너무 가까웠던 거리 때문일까? 둘 다 제대로 막지 못한 채 피를 봐야만 했다.

"크흡!"

하지만 치명타는 아닌 듯, 속도를 늦추지 않은 채 달려오고 있었다.

저 둘을 떨쳐내지 않으면 결국 따라잡혀 상황이 어려워질 것이란 생각에, 에던의 신형이 휙 하니 반전을 일으켰다.

"헛!"

그러자 자연 그들의 간격이 급속도로 좁혀들고, 의외의 상황에 놀란 듯 눈을 동그랗게 뜨는 둘의 얼굴이 가까워지기 시작했다.

역시 노련하다고 해야 할까?

놀라는 와중에도 그들의 육신은 착실히 검격을 날려 오고 있었다. 앞서의 격전과 이번 격전으로 저 뒤편의 인원과의 거리가 한층 가까워진 상황이었다.

'젠장!'

이번에도 살과 뼈를 교환해야 할 때였다.

푸푹!

과감히 칼을 몸으로 받았다. 스스로의 회복력을 믿고 벌인 짓이었지만, 이를 모르는 두 사내는 그저 눈을 부릅뜨며 경악할 뿐이었다. 에던의 행동이 의도적이라는 걸 느낀 까닭이리라.

다급히 몸을 빼내려는 둘의 손목을 칼과 함께 붙잡으며, 그대로 들이받았다. 동시에 비틀고 꺾으며 마무리로 암기까지 직접 쑤셔 넣었다.

"끄르륵…."

숨넘어가는 소리와 함께 둘의 신형이 무너지는 게 보였다. 이를 채 확인하기도 전에 에던이 건물 아래로 몸을 날렸다.

무려 5층 높이에서 바닥을 향해 뛰어내리는 것이니 만큼, 그 충격이 만만찮을 것이건만, 에던은 크게 개의치 않았다.

푸욱…

이곳에 일찌감치 짚더미를 제법 넉넉하게 깔아놨기 때문이었다.

'오러홀만 있었어도.'

그 특별한 괴력의 도움이 있었더라면, 이 정도 높이는 별다른 도움 없이도 충분히 뛰어내릴 수 있었을 터였다. 잠시 아쉬움도 털어낼 겸, 화풀이도 할 겸, 옥상에서 내려다보는 이들을 향해 오른손을 들어 그 가운데 손가락을 올려주었다.

"저 새끼가!"

"잡아!"

당연하게도 그의 도발에 성난 사냥개들이 몸을 던져왔다. 충분히 뛰어내릴만한 높이였으나, 기왕이면 짚더미를 통해 조금이라도 충격을 덜려는 듯, 그곳으로 정확히 떨어져 내리고 있었다.

푸푸푸푹!

그리고 이어지는 핏빛 향연.

정확하게 에던이 떨어졌던 자리 외에는 전부 죽창이 박혀있었다. 짚더미를 쌓아놓은 것도 이를 가리기 위한 위장이었다.

그 때문일까?

추격에 제동이 걸렸다. 위로 올라설 때 2명 정면으로 3명 그리고 죽창에 3명. 한순간에 8명이 당한 것이다.

죽창에 꿰인 이들은 그 위기 속에서도 제 한 목숨들은 건진 것 같았으나, 진하게 흘러내리는 핏물과 거칠어진 호흡으로 봐서는 당장 전력으로 쓰기에는 무리가 있어 보였다.

저 앞에서 에던이 재차 가운데 손가락을 세웠다.

"으드득!"

"죽여 버린다!"

성난 그들의 외침에 에던이 활짝 웃으며 나머지 손도 들어 양쪽 가운데 손가락을 올려줬다. 그리고는 휘적휘적 골목 한편으로 사라져갔다.

"에던-헌트!"

"으아아아아아-!"

그들의 성난 외침이 하늘 높이 울려 퍼졌다.

❖ ✣ ❖

벅벅벅벅…

조금 과하다 싶을 정도로 귀지를 파는 헤일러의 모습에 셰릴이 눈살을 찌푸리며 물었다.

"왜 그러십니까?"

"동네 여기저기서 짖어대니, 귀가 간지러워서 살 수가 있나."

의아한 듯 고개를 갸웃거리는 셰릴의 모습에, 헤일러가 히쭉 웃었다.

"아무래도 자네 남편감이 판을 벌인 모양이네."

그 즉시 말뜻을 이해한 셰릴이 눈살을 찌푸렸다.

"사냥개입니까?"

"그런 모양이야. 오전부터 어쩐지 영 주변 공기가 텁텁하더라고. 똥개들이 들어와서 그랬나보이."

그 말에 셰릴이 묘한 눈으로 헤일러를 바라봤다. 그녀로써는 뭔가 이렇다 할 이상을 느끼지 못한 까닭이었다.

별의 영역에 들어다 해도, 그 높이가 같지는 않다는 걸 새삼 깨닫는 순간이었다.

잠시간 헤일러를 바라보던 셰릴이 자리에서 일어났다.

"허헛! 도와주려고?"

"에~이. 설마요. 아시잖아요. 싸움 구경은?"

"불구경만큼 재밌지."

헤일러도 자리를 털고 일어났다. 그 모습을 보며 셰릴이 슬쩍 미소 지었다.

'겸사겸사 도울 일 있으면 돕고.'

최근 들어서 본의 아니게 검술원 강사직은 겸임하고 있는 베른만이 벙찐 얼굴로 그들의 뒷모습을 바라 볼 뿐이었다.

"선생님 이렇게 하면 되는 건가요?"

이미 아이들의 호칭도 변해있었다.

'끄응….'

작은 위안이라면, 생각보다 체질에 맞는다는 점일까?

'아니. 그래도 이건 아닌 것 같은데.'

그저 홀로 속앓이만 할 뿐이었다.

❖ ✣ ❖

대개 급수가 낮은 용병일수록 여기저기 기웃거리는 상황이 많다. 의뢰를 받기 위해서도 그렇고, 실력을 늘리기 위해서도 마찬가지였다.

그런 의미로써, 에던은 그 시작부터 끝까지, 지금도 여전히 3급 용병이라는 업계 바닥을 살아왔다.

덕분이랄까?

'잡식성이 이런 거려나.'

활도 제법 다룰 줄 알았다.

시위를 몇 차례 당겨본 에던은 그 손맛을 가볍게 음미했다.

'비싼 값은 하겠네.'

원거리의 저격을 위해 구입한 것이니 만큼, 손끝에 전해지는 강도가 남달랐다. 아플 정도라고 해야 할까?

몇 차례 더 시위를 퉁기다, 이내 활을 든 왼손의 손가락 사이사이에 화살을 끼워 넣었다. 마지막으로 입에도 하나 문 뒤, 오른손으로 화살을 시위에 걸며 중얼거렸다.

"우물우물… 사냥의 꽃이라면 역시 활이지!"

그리고 놨다.

싶은 순간 당겼다. 입에 물고 있던 화살이 정확히 그 시위 끝에 닿았고, 또 놓았다. 그리고 왼손에 끼워져 있던 화살들이 순차적으로 시위로 옮겨갔다.

그야말로 찰나라고 할 법한 순간에, 여섯 대의 화살이 허공을 가르며 한 방향으로 날았다.

"우선 한 놈!"

상당히 먼 거리였으나, 그의 두 눈은 목표물을 놓치지 않고 정확히 포착했고, 그 마지막까지 확인했다.

"쓸데없이 귀찮게 하기는."

과연, 사냥개의 실력은 만만치가 않았던지, 앞서 두발의 화살로 호흡을 흩트리고 뒤의 두발로 동작을 흩트려서야 겨우 생사를 조율할 수 있었다.

다섯 번째 화살이 삶을 거두고 여섯 번째가 죽음을 확인했다.

그리고 앞서와 같은 동작이 연달아 이어졌다. 그야말로 찰나라 할 법한 순간에, 사각에서 여섯 발의 화살이 연달아 쏟아지는 만큼, 누구하나 무사한 이들은 없었다.

특히, 시위를 당길 때마다 길이를 늘려가며 속도까지 조절했으니, 당하는 입장에선 그 압박감도 남달랐을 것이다.

"세 명이 끝인가."

하지만 목숨을 거두는 건, 딱 거기까지였다. 함께하는 몰이꾼들이 신호를 준 것인지, 이리저리 흩어져있던 사냥개들이 일제히 거북이마냥 방어태세를 갖추면서, 대부분은 적당한 부상정도가 끝이었다.

그 대신이라고 하긴 뭐하지만, 그들을 따르던 몰이꾼들은 필히 저격을 해 줬다. 저들의 실질적인 눈과 귀 역할을 하는 게 바로 몰이꾼이기 때문이다.

아마 새로운 몰이꾼이 합류하기 전까지는 섣불리 움직이지 못할 터였다.

'적당히 꿀 빨았으니….'

슬슬 자리를 옮겨야 할 모양이었다. 거기까지 생각하던 에던이 급히 암기를 들어 옆으로 던졌다.

카카카캉!

저격을 위해 숨어있던 시계탑으로 어느새 사냥개가 쫓아온 것이다.

'다섯이라.'

탑을 오른 사냥개의 수가 생각보다 많았다. 고민은 길지 않았다. 한 차례 더 암기를 날려 시간을 번 뒤, 그대로 탑 아래로 몸을 던졌다.

"미친!"

사냥개들이 깜짝 놀라서 외치는 소리가 들렸다. 마땅히 층간의 구분을 지어놓지 않아서 그렇지, 굳이 나누자면 충분히 10층에 가까운 위치였다.

오러의 괴력으로도 감당하기 힘든 높이인 것이다.

'제 놈이 초인이라면 모를까.'

그들은 꼭 같은 생각을 하며 일제히 에던이 뛰어내린 곳으로 향했다.

퍼퍼퍼퍽!

그리고 두 명이 그대로 무너져 내렸다. 또 다시 사각에서부터 날아온 공격으로써, 앞서 옥상에서 당했던 암기보다 한층 매섭고 공격적인 화살의 암격이었다. 세 명도 무사하진 못했다. 각각 한 팔에 화살을 꿰뚫린 채 신음해야만 했다.

마치 그들의 행동을 예상했다는 듯한 공격이었다.

"빌어먹을!"

"말쿤! 미넨! 눈 떠, 정신 차려. 정신 차리라고!"

욕지거리와 함께 동료의 이름을 외치던 그들이 반응 없는 동료의 모습에, 잠시 호흡을 가다듬었다. 이내 미련을 떨치듯 동료를 내려놓은 그들이 조심스레 고개를 내밀어 탑 아래를 살폈다. 그러다 벽면에 걸려있는 밧줄과 매듭을 볼 수 있었다.

"으득!"

완벽히 상대의 노림수에 당했다는 생각에, 그들의 머리가 뜨겁게 달아올랐다.

"에던-헌트!"

사나운 그들의 외침소리가 시계탑 가득 울려 퍼졌다.

❖ ✣ ❖

탑을 내려온 에던은 그 즉시 거리로 나갔다. 활은 미리 봐 놨던 자리에 숨겨놓은 뒤였다.

화살은 마지막 순간 한꺼번에 시위에 걸어서 쐈던 까닭에, 더 이상 남아있는 게 없었다.

핏물에 젖었던 옷도 갈아입은 덕분일까? 사람들 사이로 들어가니 전투가 한창인 용병으로는 보이질 않았다.

저들이 바라는 건, 사람들의 눈과 귀를 피할 수 있는 야간전투였겠지만, 에던은 의도적으로 벌건 대낮에 사건을 벌였다.

아무래도 암전의 사냥개답게 그 특성상 어둠 속에서 일을 벌이는 게 익숙하고 또 능숙하기에, 저들이 원치 않는 상황으로 유도한 것이다.

애초에 그들의 모습이나 기세 역시도 대낮에 활동하기에 어울리는 몰골은 아니었다. 어지간한 산적패거리도 한 수 물려줄 정도라고 할까?

'당장 경비대가 쫓아와도 이상하지 않을 정도지.'

때문에 에던은 거리로 나온 것이다.

'기왕이면 판을 제대로 흔들어 놔야겠지.'

그렇게 길을 걷는 한편, 차분히 상황을 정리해봤다. 시계탑이라는 고지대에 올라 넓은 시야를 갖고 전체를 살피니, 생각이상으로 영지에 들어온 사냥개들의 수가 많았다.

'서른이 끝인 줄 알았더니.'

일찌감치 휴식을 마친 뒤, 영지구경이라도 하고 있었던 듯, 십여명의 인원이 추가적으로 더해졌다.

'마흔이라… 제정신인가? 이런 코딱지만한 영지에 뭐

볼 게 있다고.'

그 정도 숫자라면, 한 왕국에서 보유할 수 있는 사냥개 대부분을 쏟아 부었다고 봐도 과언이 아니었다.

에던의 머릿속이 빠르게 계산에 들어갔다.

'무슨 생각인지는 모르겠지만, 아주 판을 크게 벌렸단 말이지.'

군침이 돌았다.

'이 놈들을 씹어 먹으면, 여기 페르베르멘의 제 1 암전주 놈도 같이 물을 먹일 수 있다는 건데….'

그 즈음에서 생각이 잠시 멈췄다.

과연, 몰이꾼의 후각은 특별하다고 해야 할까? 저 앞으로 왠지 조금은 남다른 행색의 사내가 눈을 번뜩이며 거리를 뒤적이는 게 보였는데, 사내의 목에 걸린 피리가 눈에 익었다. 언제고 그도 사용한 적 있었던 신호용 피리로써, 사내가 몰이꾼이라는 걸 확인시켜줬다.

한때나마 길거리를 헤매던 시절에 익혔던 손재주를 발휘해, 지나는 행인의 모자를 슬쩍 낚아챈 뒤, 마치 제 것인냥 뒤집어쓰며, 사람들 사이로 파고들었다.

갑작스런 도둑질에 놀란 듯, 그를 찾는 목소리가 들렸다. 소란은 자연스레 시선을 끌어 모았고, 이는 몰이꾼 역시 예외가 아니었다.

그 틈에 다가든 에던이 지나치며 소매를 털었다. 깜짝 놀란 몰이꾼이 동공을 부릅뜨며 시선을 마주쳐 왔지만, 무시하며 그저 지나칠 뿐이었다. 마치 일상을 지나치는 행인처럼, 그렇게 무심히 걸었다.

"꺄아아악!"

뒤늦게 울려 퍼지는 비명소리가 사건을 부르짖고 있었다. 영지의 경계가 강화되는 건 이제 시간문제이리라.

판을 제대로 벌린 뒤 경비병이 움직이는 것이니만큼, 암전의 사냥개들도 쉬이 발을 빼기란 어려울 터였다.

게다가 에던은 여기서 멈출 생각은 없었다.

'리발튼 패거리 놈들도 이 참에 좀 조져놔야지.'

페른 영지를 장악하고 있는 조직들 중 하나로써, 암전에 버금갈 정도로 악질적인 놈들인지라, 특히 벼르고 있던 이들이었다.

저들의 영역에 들어가서 헤집고 다니다 보면, 알아서 몰이꾼과 마찰이 생기고 사냥개의 목줄을 채우려 들 터였다.

'뭐니뭐니해도 판은 개판이 최고지!'

그리고 마무리는 깽판이었다.

입맛을 다시는 에던의 발걸음이 남쪽으로 향했다. 리발튼 패거리가 머무는 곳이었다.

❈ ✣ ❈

페른 자작은 눈살을 찌푸리며 새로이 올라온 소식을 되뇌었다.

'살인이라.'

대낮에 영지 한 복판에서 뜬금없이 핏물이 배어나왔다. 느낌이 좋질 않았다. 난감한 건, 그가 어쩌면 이 사건의 발단을 짐작하고 있을 확률이 높다는 점이었다.

'암전주….'

지난 밤, 한때나마 그의 영지 한복판에 기생하던 이들의 머리로부터 소식이 왔었고, 침묵으로써 이를 허락했다.

어차피 저들의 일처리라는 게, 한 밤중에 사람들의 눈과 귀가 잠든 시각에 벌어지는 게 대부분인 까닭이었다.

'골치 아프게 됐군.'

만약 이 사건이 정말로 암전과 관련된 일이라면, 일찌감치 발을 빼는 게 좋았다. 암전이 해체되고 이를 보복하기 위해 벌어지는 사건이었다.

그가 이곳 영지의 주인이라지만, 상인의 개념으로 자라왔던 까닭인지, 암전에 대한 위험성을 특히 잘 알고 있었다.

때문에 저들과의 마찰을 최대한 자제해 온 것이 아니겠는가.

하지만 이미 경비대는 출동했다. 선 조치 후 보고의 형식이었다. 기사단에서도 이미 관심을 기울이며 몇몇 외부활동 중인 이들이 투입되었다고 소식이 왔다.

벌써 판은 벌어졌다. 물리자면 지금이라도 물릴 수 있는 상황이지만, 속속들이 날아드는 소식들 때문에 선뜻 발을 빼기도 어려웠다.

일찌감치 움직인 경비대가 골목길 사이사이에서 시체를 발견했다는 소식을 전해온 까닭이었다.

'쯧! 골치 아프게 됐어.'

특히, 이 판이 남의 잔치라는 게 더욱 속을 쓰리게 했다. 결정적인 이득이 없는데 판돈을 걸어 뭐한단 말인가. 하지만 귀족이기에 영주이기에 뒷짐만 지고 있을 수 없다는 게 함정이랄까?

"후우…."

나직한 한숨과 함께 머리를 싸맬 뿐이었다.

철저하게 이득을 따르던 상인시절이 그리울 때가 있었고, 지금이 딱 그런 시기였다.

❖ ✣ ❖

어디서부터 뭐가 잘못된 것일까?

마샬탄은 사냥개들과 몰이꾼이 역으로 당하는 장면에서부터 무언가가 꼬이고 있다는 걸 직감했다.

비록, 그 실력은 1급 용병 수준을 넘지 못하지만, 남다른 눈썰미와 수완 덕분에 암전의 전주까지 하고 있는 만큼, 상황의 혼잡함을 빠르게 잡아낼 수 있었다.

하지만 그럼에도 불구하고 한 박자 늦었던 것일까?

이미 판은 어그러졌고, 판돈은 회수가 불가능해 보였다.

'경비대도 골치 아프건만….'

각 구역의 조직들도 하나 둘 끼어들고 있었다.

'망했군!'

그는 더 이상 재기가 어려울 것이다. 거기에 더해 이 판을 벌였던 페르베르멘 왕국의 제 1 암전주 마탄 역시도 원로회의 문책을 피하기 어려울 터였다.

'크….'

그래서일까? 저도 모르게 실소가 나왔다. 마탄이 이번 작전을 통해서 목표한 바를 짐작하는 까닭이었다.

그의 자리를 원하는 것 외에도 주변의 다른 암전주들을 향한 경고의 의미까지, 다양한 노림수를 가지고서 일을 꾸몄다는 것 정도는 짐작할 수 있었다.

그렇지 않고서야 이토록 많은 사냥개를 지원할 이유가 없었다.

'크크크크….'

분명, 그 내용은 무거울지언정, 마음만은 가볍게 일을 꾸몄을 것이다.

페른 자작령의 규모를 생각한다면 당연한 일이었다. 사냥개들에게 적당한 먹잇감을 던져주며, 동시에 일도 꾸민다는 조금은 안일한 생각이었을 것이다.

'실패 따위는 예상도 못했겠지!'

사냥개들의 숫자를 생각하면 그 역시 생각할 수 없었다. 하지만 지금 희생된 사냥개들의 수를 헤아려 본다면, 성공해도 질타를 피하기란 어려워 보였다.

"크하하하-!"

결국, 시원하니 폭소가 터져 버렸다.

❖ ✣ ❖

판을 어그러트리려고 계획하기는 했다.

'하지만… 설마 이렇게 잘 될 줄이야.'

의도했던 리발튼 패거리뿐만 아니라, 다른 구역의 조직들도 슬금슬금 고개를 들이밀고 있었다.

갑작스럽게 끼어든 경비대의 등장에 당황한 듯, 몰이꾼의 움직임이 한층 요란해졌고, 벌써 열셋의 동료가 당한 사냥개들은 더욱 사납게 날뛰고 있었다.

당연한 수순으로 그들은 영지 곳곳을 이리저리 들쑤셨고, 그 같은 행동들이 각 구역 조직들의 눈살을 찌푸리게 만든 것이다.

생각을 한참 웃돌다 못해 충격적인 사냥개들의 숫자에, 연달아 당황하던 에던으로서는 그야말로 희소식이 아닐 수 없었다.

'판이 제대로 망가졌으니.'

이제는 본격적으로 깽판을 칠 때였다.

그 시작은 몰이꾼이었다.

'먼저, 눈과 귀를 제거해야겠지.'

최소로 잡아도 일백이고, 많게는 그 배에 달하는 숫자

까지도 헤아려야 하는 만큼, 오늘 하루는 손이 마를 틈도 없으리라 여겨졌다.

날이 저물어가는 듯, 저 멀리 붉은 빛 노을이 비쳐들고 있었다.

저들이 바라던 시간이 찾아드는 것이다.

'밤놀이라면 나도 환영이지!'

그 역시 몰이꾼으로 살던 시절이 있었다. 눈과 귀를 제거한다면, 무대의 주역은 오히려 그의 것이 될 터였다.

하늘의 어둔 그늘을 타고,

학살의 막이 오르고 있었다.

7. 나는 문다.

7. 나는 묻다.

몰이꾼은 기본적으로 팀으로 움직이고는 했다. 사냥개를 따라다니며 눈과 귀의 역할을 하는 이들도 실제로는 사냥개와 한 팀이라고 볼 수 있었다.

에던은 그들 중 몰이꾼끼리 별도로 움직이는 팀들만 집중적으로 노리고 움직였다.

팀이라는 건, 한명을 찾으면 그 주변에 적어도 두엇 정도는 더 있다는 의미이기도 했다.

'한 놈만 찾으면, 나머지는 뭐….'

유난스런 독기로 무장된 사냥개들과 달리, 몰이꾼은 암전소속이라는 걸 구분하기 어렵다는 점이 있었지만, 어둠이 찾아들면서 그들을 찾아내는 건 생각보다 쉬웠다.

우선, 거리에 행인들의 숫자가 줄어들어 일단 유난스러울 정도로 돌아다니는 사람을 중점적으로 파악하면 됐다.

거기에 더해 수시로 지형지물을 파악하며 신호라던가 체크를 하는 이들을 먼저 골라잡으면 되는데, 이는 몰이꾼의 습성과도 같은 것으로써, 이는 정보로써 알고 있는 지형의 특이점과 주의점을 일일이 체크하여 동료 몰이꾼들의 이해를 돕는 행동이었다.

게다가 굳이 이런 부분이 아니더라도 손쉽게 이들을 파악해내는 방법도 있었다.

삐이이이…

앞서, 길거리에서 처리했던 몰이꾼의 목에 걸려 있던 피리가 그의 길잡이 역할을 해줬다.

사건을 벌이던 당시, 날랜 손놀림으로 무심한 듯 태연히 지나치면서 이미 그의 손은 몰이꾼의 피리를 낚아챈 뒤였다.

어린 시절 겪었던 3년여의 비렁뱅이 생활에서, 일찌감치 사회생활은 기술이라는 가치관을 확립하며 얻은 손재주는 여러모로 쓸모가 많았다.

'피리도 기술이지.'

저들 몰이꾼이 팀을 이루는 이유 중 하나가 바로 이 피리에 있었다. 제법 재주가 있어야 이를 통해서 신호를 주고받을 수 있건만, 몰이꾼들 전부에게서 이 같은 재주를 바라는 건 어려웠다.

때문에 기본적으로 3인에서 5인까지 팀을 이뤄서, 그 중 한명은 피리를 불 수 있는 이들로 잡아, 피리소리로 소통하며 몰이꾼의 역할에 충실하도록 만든 것이다.

그런 의미로써, 에던 역시도 피리를 사용할 줄 알았다. 덕분에 같은 몰이꾼들 중에서도 조금 더 고급인력으로 구분 되고는 했다.

'그래서 쓸데없이 사냥개들과 엮이는 일도 많았지.'

벌이는 더 좋았지만, 마음은 불편한 그런 위치였다.

'설마, 이걸 또 불게 될 줄은 몰랐지만. 뭐… 어쨌든 사용할 수 있는 건 전부 사용해 줘야지.'

용병으로 살며, 이 바닥에서 살아남기 위해 깨우친 그 나름의 진리였다.

당연하게도 에던이 피리를 구했을 때도, 그 주변에 몰이꾼의 팀원이 있어야 했으나, 일찌감치 에던이 흔들어 놓은 덕분인지, 다른 몰이꾼은 보이지 않았었다.

'뭐… 워낙 사람이 많아서, 못 찾은 걸지도 모르지만.'

지나간 일에 미련을 두진 않았다. 피리를 구한 것만으로도 충분히 만족스런 결과였다.

나직하게 울려 퍼지는 피리소리가 저들의 신호체계에 작은 혼선을 줄 터였다.

물론, 그가 사용하는 방식은 워낙 오래전에 사용하던 체계인지라, 오래지 않아 발각될 것이지만, 크게 상관없었다.

'오히려 그걸 미끼로 사용하면 되니까.'

이 소리를 듣고 찾아오는 몰이꾼들을 역으로 낚을 생각이었다.

과거, 그 역시 몰이꾼을 해 봤기에 잘 안다.

'사냥개나 몰이꾼이나. 그놈이 그놈이지.'

자비를 베풀기에는 암전이라는 세상자체가 너무 악질적이었고, 그 깊숙한 곳에 머무는 사냥개의 터전은 구린내가 진동을 했다.

"그러니까. 억울해 마라."

에던은 그 말을 속삭이며 살며시 손을 뻗었다. 그를 눈치채지 못한 듯 전방을 지나치는 몰이꾼의 뒷목이 잡혔다. 뒤늦게 반응을 하려는 움직임을 보였지만, 그때는 이미 늦었다.

뿌득!

간단히 죽음을 선사한 뒤, 그대로 몸을 돌렸다. 팀원의 죽음을 알아채지 못한 듯, 다른 방향을 주시하며 살피는 몰이꾼 두 명이 보였다.

훌쩍 뛰어들며 한명을 잡고 꺾었다.

"끄윽!"

짤막한 비명성에 다른 한명이 돌아봤을 때, 그는 에던과 동료가 아닌 시꺼먼 철 쪼가리를 봐야만 했다. 한명은 직접 나머지 한명은 암기로 노린 에던의 연격이었다.

푸푹!

그걸로 끝이었다.

"후우…."

마치 손끝에 묻어난 죽음의 잔재를 털어내듯, 에던이 나직한 한숨과 함께 양 손을 털었다.

'서른아홉? 마흔이었나?'

붉은 빛 태양의 잔재가 어둠에 떠밀리는 사이, 그가 처리한 몰이꾼의 숫자였다.

정확한 숫자가 애매해질 정도로 바쁘게 돌아다니며 손을 썼다. 그 덕분인지 이미 전신은 땀으로 흠뻑 젖어있었다.

'슬슬, 갈아입어야겠네.'

몰이꾼은 후각도 남달랐다. 너무 심한 땀 냄새는 저들의 이목을 끌 확률이 높았다.

잠시 쓰러진 이들을 바라보던 에던이 가장 그와 체격이 비슷해 보이는 사내의 옷을 벗기기 시작했다.

"저승길 선물이라고 생각해."

그러면서 땀에 흠뻑 젖어서 질척한 그의 옷을 꾸역꾸역 입혀주는데, 자세히 보면 제대로 입힌 것도 아니었다.

"이건, 노잣돈."

미안했던 걸까? 한 푼 쥐어주는데, 중요한 건 그것도 결국 쓰러진 사내의 품에서 나온 것이라는 부분이었다.

"제대로 좀 쉬고 싶은데…."

그리 중얼거린 그가 말과는 달리 바쁘게 자리를 벗어났다.

'그나저나… 경비대의 움직임이 둔하단 말이지.'

대충 짐작되는 게 있었다.

'암전주 녀석이 손을 쓴 거겠지.'

페른 자작의 직접적인 개입이라면 저들 경비대의 행동이 이해가 됐다.

완전히 발을 빼지 않는다는 건, 영주로써 영지의 수호라는 임무도 수행해야 하기 때문이리라.

'그렇다면야… 불씨를 제대로 지펴 드려야지.'

잠시 쉬어가기도 할 겸, 이번 목표는 경비대로 잡을 생각이었다. 이미 괜찮은 불씨도 봐 놨다.

'한 두엇 건드려 놓으면 충분하려나.'

지를 땐 '파이어 볼' 이어도 터질 땐 '헬 파이어' 일 것이다.

❖ ✣ ❖

경비대의 대장인 '레벤 아탄' 은 이해할 수 없는 지시에도 불구하고 착실히 그 명을 이행했다.

'경계는 하되 주의하지 말고, 자세는 잡되 뽑지 말라고?'

영지 내에서 사건이 발생하고 있건만, 제대로 움직이지 말라는 것이다. 영주에게서 내려온 명령이기에 납득할 수 없음에도 따랐다.

작게나마 짐작 가는 게 있는 까닭이다.

'영주님께서 얽혀 있는 것인가.'

그 때문에 깊이 파고들지 않을 생각이었다.

하지만 이게 웬일?

"누가 당해?"

수하가 가져온 보고가 그를 자극했다.

"에트람이 치료실에 실려 갔다고 합니다."

"왜?"

"그게…."

알 수가 없다는 것이다.

그저 골목길 한편에 쓰러져 있었다고 한다. 처음에는 취객이라 여겼지만, 이내 경비대의 복장인 걸 알고서는 바삐 확인했고, 경비대의 막내들 중 한명인 에트람이라는 걸 알게 되었다.

레벤의 얼굴이 벌겋게 달아올랐다. 에트람의 성이 '아탄' 인 까닭이었다. 말인 즉, 그와 혈연관계에 있다는 의미였는데, 정확히는 그의 조카였다.

"부상 정도는?"

"복부에 칼을 맞은 것 같은데. 다행히 깊진 않습니다."

"으음…."

그나마 다행이었다. 안도의 한숨을 쉬고 있을 때, 기다렸다는 듯 새로운 소식이 날아들었다.

"밀트넌이 치료실에?"

또 다시 경비대의 대원이 당했다는 내용이었다. 그리고 이번에도 레벤과 인연이 깊은 대원이었다. 혈연관계는 아니지만 오히려 그보다 더 깊은 사이였다.

절친한 친우의 아이로써, 재능이 제법 괜찮아 직접 가르치다시피 한 뒤, 경비대로 이끈 대원이었다. 제자나 다를 게 없는 아이였다.

우연일까? 아니면 의도적인 것일까?

'뭐가 됐건 상관없지.'

이렇게까지 긁어주는데 움직이지 않으면 경비대의 자존심이 무너질 터였다.

영주의 명령을 지켜야 하겠지만, 그들은 경비대였다.

'우리에게는 영지의 안정도 중요하다!'

레벤이 칼을 뽑았고, 경비대가 주의를 기울이기 시작했다.

❖ ✣ ❖

각성으로 인한 감각의 활성화 덕분이라고 해야 할까?

'확실히 변하긴 변했네.'

에던은 몰이꾼들을 처리하며 새삼 스스로의 발전을 깨달았다. 특히, 그들 중에는 1급 용병패를 지닌 이들도 제법 있었는데, 그 같은 실력자들도 손을 서너번 이상 쓸 필요가 없었다.

일단 간격만 잡아도 죽음으로 이르는 그림이 그려졌다.

덕분이라고 해야 할까?

체력적인 손실을 최소화 할 수 있었다. 아무리 각성을

통해 남다른 영역에 올랐다고는 하나, 그의 육체적인 능력 자체는 아직 2급 용병 수준을 크게 벗어나지 못했다.

그나마 다행스러운 건, 스스로도 놀라울 정도의 회복력이었다.

잠시간의 휴식만으로도 금세 활력이 샘솟을 정도였다. 덕분에 짧은 시간 안에 다양한 일들을 수행할 수 있었다.

슬쩍, 옷가지를 들춰 옥상에서 살과 뼈를 나누던 당시의 부상을 살폈다. 제법 상처가 깊었건만, 더 이상 피가 배어 나오지는 않았다.

'포션을 바르기는 했지만.'

벌써, 이 정도로 회복되었다는 건, 확실히 불가해한 부분이 있었다. 포션을 썼다고는 하나 그 비싼 가격을 생각하며, 살짝만 찍어 바른 정도였다. 그럼에도 이 정도의 회복력은 분명 육체적 부족함을 충분히 메워주고도 남을 거라 여겼다.

[자네는 분명 연공을 하고 있군.]

문득, 검술원에서 각성의 후유증을 벗어나고자 한참 허덕이고 있을 때, 헤일러가 지나가듯 던졌던 이야기가 떠올랐다.

[오러홀은 파괴되었지만, 자네는 분명 연공을 하고 있군.]

말인 즉, 그가 오러를 받아들이고 있다는 의미였다. 하지만 내부 어디에서도 오러가 쌓인 흔적을 찾아보기가 어려웠다.

이에 대한 의문을 제기하니 헤일러는 그저 웃을 뿐이었다. 재촉 끝에 받아낸 대답도 별 것 없었다.

[본인이 가장 잘 알겠지. 허헛!]

드라필만에서 루드말이 했던 이야기가 연이어 떠올랐다.

'몸으로 간다고 했던가?'

오러홀이 없으니 육신이 이를 대신 받아들이고 있다고 했었다. 이 같은 남다른 회복력은 아마도 거기에서 기인한 것이리라.

헤일러의 말처럼, 이 같은 변화들이야 말로 연공의 결과물들이 아니겠는가.

'확실히….'

그 자신이 가장 잘 알아야 하는 부분이었다. 고개를 끄덕이며 작게 주먹을 쥐어보였다.

[자신을 알게나.]

언제나 지나가듯 던지는 헤일러의 한마디였다. 어쩌면 이처럼 그 스스로도 지나치고 있던 부분들을 놓치지 말란 의미로써 한 이야기는 아닐까?

그렇게 잠시간 육체를 점검하며 이런저런 생각들로 휴식을 취하던 에던이 작게 숨을 고르며 자리에서 일어났다.

"이제부터가 진짜인가."

피리소리로 낚을 수 있는 몰이꾼들을 전부 처리했다. 정확히 세진 못했지만, 어렴풋이 그 수가 세 자릿수에 가까워졌던 것 같았다.

본의 아니게 판에 들어선 조직들에 의해서 쓰러진 몰이꾼도 제법 많기도 했다. 의도적으로 피리를 불어 그쪽으로 유인했기 때문에, 그들 사이의 마찰은 피하기가 어려웠다.

멀찍이서 결과를 지켜보기도 했다.

'대충 정리는 된 것 같네.'

휴식을 취하는 동안, 더 이상 피리소리가 들리지 않았던 걸 떠올리며 결론을 내렸다.

어쩌면 그의 피리소리를 경계한 것일 수도 있겠지만, 그보다는 몰이꾼이 전멸에 가까운 타격을 입었기 때문에 소리가 사라졌을 확률이 더 높았다.

'남은 건 사냥개인가.'

지금까지는 충분히 나쁘지 않은 흐름이었다. 하지만 여기까지 몰아붙인 이상, 저들이 최악의 선택을 할 수도 있었다.

'아무래도 최악이라면… 검술원이려나.'

사실, 그를 목표로 움직인다면 그곳을 가장 먼저 노리는 게 정상이었다. 하지만 에던이 먼저 움직여 선공을 함으로써, 저들의 시선을 바깥으로 돌렸고, 그로 인해 검술원은 자연스레 제외대상이 될 수밖에 없었다.

게다가 이런 이유가 아니더라도 검술원을 선뜻 건드리기란 어려웠을 것이다.

소영주!

그의 학생으로 있는 루드와 영지의 부기사단장인 베른의 존재가 그들로써는 지켜야 할 마지막 '선'이었을 터였다.

이는 영주와 그의 기사단을 동시에 건드리는 행동으로 이어질 수 있었기 때문에, 암전으로써도 선뜻 건들기가 어려웠을 것이다.

하지만 상황이 최악으로 치닫고 있는 이 순간, 그들도 더 이상 눈에 뵈는 게 없다는 듯 행동할 것이고, 자연스레 검술원으로 시선이 향할 수밖에 없었다.

인질이라는 미끼로써 숨어있는 에던을 낚아내려는 것이다.

영주와 기사단?

'상황이 막장인데, 굳이 신경 쓸 이유가 없겠지.'

물론, 헤일러와 셰릴이 있는 검술원이 위험할리는 없었다. 하지만 그는 이 전투를 순수하게 그 개인이 감당하고자 했다.

'리아….'

조금이라도 아이에게 피해가 가지 않도록 하기 위해서라도 그는 이 전투, 아니 전쟁을 홀로 마무리 지을 생각이었다.

❖ ✣ ❖

"검술원으로 간다!"

마살탄은 사냥개들의 결정에 그저 그러려니 하며 고개를 끄덕였다. 암전주라는 위치에 있으나, 이미 그의 터전은 사라졌고, 자리도 곧 박탈될 위기였다.

그의 발언권이 별다른 위력을 발휘하지 못하는 것이다. 뿐만 아니라 애초부터 사냥개에게는 암전주의 입김이 크게 미치지 않았다.

'내가 1전주쯤 된다면 모를까.'

때문에 저들의 결정에 따를 뿐이었다. 게다가 지금 상황은 그가 생각하기에도 심각한 수준이었다.

사냥개들이 당하던 무렵부터 느낌이 좋지 않았건만, 이미 몰이꾼은 전멸에 이르렀고, 사냥꾼도 절반에 가까운 숫자가 목적을 이루지 못한 채, 싸늘한 시체가 되어 있었다.

이대로라면 그의 최후가 결코 곱지 않으리란 것 정도는 짐작 가능했다.

'페른 자작과의 약속을 어기는 게 되겠지만.'

그에게 전하기를 '자작의 영역'은 건드리지 않겠다고 했다. 이는 영지를 뜻하는 게 아닌, 그의 사람들을 뜻하는 것으로써, 거기에는 검술원에 자리한 소영주 역시 포함되는 이야기였다.

'저쪽이 먼저 약속을 깨트렸으니.'

경비대가 움직이며 그들의 행동에 제약이 걸렸다. 물론, 저들이 떠드는 소리를 통해, 사건에 대한 유추가 가능하긴 했다.

[감히, 경비대를 건드려!]

[용서하지 않겠다!]

등등의 외침을 떠드는 걸 통해, 일이 꼬였다는 걸 짐작할 수 있었다.

'확실히 꼬이긴 제대로 꼬였지….'

사냥개들 중 상당수가 목표인 에던 헌트에게 당한 게 아닌, 영지내의 소란에 말려들며 발목을 잡힌 경우가 많았다.

게다가 경비대뿐만 아니라 영지의 어둠 속에 기생하는 조직들이 일제히 움직이며, 그들에게까지 덜미를 잡혀버렸다.

'에던 헌트!'

느낌은 지금 상황들이 그의 설계라고 전해오고 있었다. 갑작스런 저들의 개입이 실로 뜻밖이었던 까닭이다. 때문에 더더욱 검술원으로 향하는 발길을 막기 어려웠다.

한 가지 확실한 건, 더 이상 그에게는 재기의 기회가 없을 것이라는 점이었다.

'…편안한 죽음도 기대하긴 어렵겠지.'

왠지 모르게 걸음이 무겁게 느껴지는 순간이었다.

❖ ✣ ❖

리발튼 패밀리의 두목인 '막심 리발튼'은 연신 튀어나오는 욕지거리를 감추지 않고 내어놓았다.

"빌어먹을 개자식들! 결국, 이 모든 게 네놈들 수작이었나? 레밀 노튼!"

독기어린 그 외침에 마주하고 서 있던 사내, 조직 트레이든의 행동대장인 레밀이 쓰게 웃으며 고개를 저었다.

"어떤 말로 변명을 하건 통하지 않겠지. 그저 어쩌다 보니 상황이 이렇게 됐다고만 해 두겠네."

"으드드득! 이 상황까지 와서도 거짓을 지껄이는 것이냐?"

그 말에 레밀이 막심을 바라봤다. 전신 가득 핏물이 흥건한 몰골로 겨우겨우 벽면에 기대서야 몸을 세우고 있는 모습이, 실로 처참하게 여겨졌다. 말이 통할 상황이 아니었다.

"말했지 않나. 어떤 말을 해도 안 통할 거라고. 그저 그러려니 하게. 게다가 솔직히 말해서, 자네 패밀리는 오늘이 아니더라도 결국 이렇게 되었을 거야."

"무슨… 뜻이지? 쿨럭!"

힘겹게 묻는 맥심의 입에서 한줌 핏물이 솟구쳤다. 시꺼멓게 죽은 그 색채에, 이미 살아남기는 어렵다는 결론을 내리며, 레밀이 마지막 자비를 베풀었다.

"다른 조직들과는 이미 이야기를 끝냈다네. 올 봄이 지나기 전에, 자네 패밀리를 치기로."

"으드득! 결국… 네놈들의 수작질이구나!"

"뭐, 변명은 않겠네. 하지만 알아두게. 자네 패밀리는 욕심이 너무 과했어. 적당히 선을 지켰어야지. 그렇게 혈기만 믿고 까불다가는 오래가기 힘들어."

"레밀-노튼!"

사납게 외치며 막심이 달려들었고, 레밀은 그 마지막을 직접 장식해주었다.

리발튼 패밀리의 마지막이었다.

싸늘하니 죽음의 향을 한껏 피워내는 막심을 내려다보던 레밀이 슬쩍 시선을 들어 하늘을 올려다봤다.

툭… 투둑…

달빛 한 점 없는 어둔 밤거리 위로 하나 둘 빗방울이 떨어지는 게 보였다.

❖ ✣ ❖

본격적으로 칼을 뽑고 움직였건만, 여전히 변함없는 영지의 소란 속에서 레반은 뭔가 잘 못 돌아가고 있음을 알았다.

'이건… 대체?'

경비대라는 게 영지의 안전을 책임져야 한다는 건 분명하지만, 그는 경비대의 대장이기도 한 만큼, 대원들의 안전 역시도 책임을 져야만 했다.

때문에 지금 상황에 당혹감을 감추기가 어려웠다. 경비대가 제대로 나섰음에도 여전히 그들에게 이를 드러내는 거리의 광기로 인해, 경비대의 피해가 점차적으로 늘어나고 있는 까닭이었다.

'…내가 실수한 것인가.'

어쩌면 이런 상황까지 예측했기 때문에, 페른 자작은 그들의 움직임을 제재하려 한 것일지도 모른다는 생각이 들었다.

'이제와 발을 빼기에는 너무 늦었으니….'

그저, 최대한 안전선을 지키며 피해를 최소화하는 게 당장 그가 할 수 있는 전부라는 걸 알았다.

'한 가지는 확실 하겠군….'

오늘밤이 지나면 영지의 밤거리는 새로운 풍경을 맞이하게 될 것이라는 건, 분명히 알 수 있었다.

❈ ✣ ❈

아슬아슬 했다고 할까? 검술원에 도착한 에던은 조금만 늦었어도 사냥개들과 걸음을 맞출 수 없었다는 걸 알았다.

한눈에 보기에도 심상치 않아 보이는 이들이 어느새 검술원의 입구를 향해 걸음을 하고 있는 것을 본 까닭이었다.

급히 목소리를 높였다.

"남의 집 앞에서 뭐하는 거야?"

동시에 사냥개들의 고개가 돌아가고, 일제히 사나운 기세를 터트리며 그를 노려보기 시작했다.

"에던-헌트!"

한 마음 한 뜻으로 그의 이름을 입에 담는 그들의 외침에, 에던이 씨익 웃으며 귀를 후볐다.

"그렇게 환호하지 마라. 귓구멍 아프니까."

태연하니 던지는 너스레에 곳곳에서 이를 가는 소리가 들려왔다.

당장이라도 달려들 것 같은 사냥개들의 모습에, 마샬탄이 슬쩍 손을 뻗어 그들을 제재하는가 싶더니, 한 걸음 앞으로 나섰다.

"용감하다고 해야 하나? 아니면 생각이 없다고 해야 하냐? 감히, 우리들 앞에 나설 생각을 했군."

이에 에던이 재차 웃으며 말했다.

"글쎄다. 아까는 좀 쫄렸는데, 지금은 얼추 해 볼만 하네. 어디서 그렇게 두드려 맞았기에, 반나절도 안 돼서 숫자가 반 토막이 났데?"

"으득!"

에던의 수작질에 말려 이리 된 것임을 알기에, 침착함을 유지하려던 마샬탄도 결국 얼굴을 붉혀야만 했다. 하지만 그 와중에도 애써 가슴을 달랜 그가, 여전한 어투를 유지한 채 물었다.

"하나만 묻자. 대체 무슨 생각으로 암전을 건드릴 생각을 한 거냐?"

그 물음에 에던이 또다시 귀를 후볐다.

"어디서 개가 짖나. 왜 이렇게 귀가 간지러워."

마샬탄의 얼굴이 이젠 시뻘겋게 변했고, 마찬가지로 열이 오른 사냥개들이 하나둘 그의 앞으로 나서기 시작했다.

이 모습에 귀를 파던 에던이 손가락을 뽑았다.

"그래. 그렇지. 너희 놈들은 그렇게 먼저 짖고 보잖아?"

에던이 손끝에 묻은 귀지를 불며 말했다.

"하지만 나는 달라."

뭐가 다르냐고?

"나는 문다! 시끄럽게 짖기 보단, 일단 물고 본다."

에던이 하얗게 이를 드러내며 웃었다.

"왜냐고? 너희가 그랬잖아. 미친개라며. 그러니 짖을 시간에 그냥 무는 거야."

이내 손을 들어 앞뒤로 까딱였다.

"그러니까 그만 좀 짖고 덤벼라. 이빨 간지럽다!"

충분히 도발적인 내용들이었고, 사냥개들은 더 이상 참을 인내력이 없었다. 그들은 일제히 마샬탄을 지나치며 뛰쳐나갔다.

"허…."

그제야 뒤늦게 정신을 차린 마샬탄이, 시뻘개졌던 얼굴을 식히며 허탈한 한숨을 흘러냈다.

대화를 통해 조금이라도 더 그의 가치를 빛내고자 했지만, 결국 그런 자리가 허락되지 않았으니, 입맛이 쓸 수밖에 없었다. 생각해보면 이마저도 발악이었음을 깨달았으니, 한숨이 절로 나올 수밖에 없었다.

대낮부터 지금까지 이어진 기묘한 상황 속에서, 사냥개들의 숫자는 어느새 스물 정도밖에 남지 않았다.

함께하던 몰이꾼들의 숫자까지 합친다면, 전체 전력은 겨우 마흔 남짓밖에 안 됐다. 하지만 그럼에도 불구하고 그들은 암전의 심판자였고, 그들을 보조하는 몰이꾼이었다.

'감당할 수 있다는 건가?'

만용이라고 여기고 싶었으나, 지금까지 이어져 온 상황들로 인해서일까? 불안감을 지우기가 어려웠다.

다행스럽게도 도발이 먹힌 것인지, 사냥개들이 일제히 달려오는 게 보였다.

에던이 눈을 빛내며 호흡을 골랐다.

'이제부터가 문제인가.'

하나 해결하니 새롭게 하나가 말썽이었다. 얼핏 봐도 사냥개의 숫자가 만만치 않았다.

여기서 물러났다가는 저들의 시선이 다시 검술원으로 향할 것이다. 선택지는 단 하나 뿐이었다. 어쩔 수 없었다.

정면대결!

드라필만에서 겪어 본 선임기사들과의 결투, 그리고 앞서 나눠본 사냥개들과의 격전을 상기하며, 스스로를 연신 다독일 뿐이었다.

'까짓 별 거 없어!'

어느새 거리를 좁힌 사냥개들 중 한명의 검이 날아오는 게 보였다.

등줄기가 짜릿해지는 기세가 실려 있었다.

'막을 수 있으려나.'

우선은 피할 생각이지만, 여차파면 저 검격들을 받아내야 하는 상황도 올 것이다. 팔과 몸 그리고 육신 곳곳에 겹겹이 덧대어 입은 천과 나무판들이 생각났다.

'좀 더 두툼하게 할 걸 그랬나.'

하지만 이내 고개를 저었다. 그랬다가는 몸놀림이 너무 둔해질 수도 있었다. 지금 이 정도가 가장 적당했다.

날아드는 검격을 피하는 한편, 반격을 꾀해 보지만 생각보다 저들 사이의 연계가 좋았다. 제대로 피한 걸 확인하기도 전에 새로운 검격이 목을 노리며 날아들고 있었다.

이리저리 몸을 흔들며 빼내는 찰나, 더 이상 거리를 벌리기가 어려워지는 걸 느꼈다. 애초부터 순수한 몸놀림은 오러홀의 존재여부로 인해, 저들 사냥개측이 압도적으로 위였다.

'젠장!'

할 수 없다는 듯 팔을 들었다.

파각!

서늘한 감각과 함께 팔에 덧대어 놓은 판자가 갈라지는 소리가 들렸다. 동시에 짜릿한 통증이 밀려드는 것이, 아무래도 예상했던 그대로의 결과가 나온 모양이었다.

핏물이 새는 걸 느끼기도 전에 몸을 날렸다.

'살을 주고 뼈를 취한다!'

다행스럽게도 판자가 제 역할을 한 모양인 듯, 통증이 깊지는 않았다.

꽈득!

받았던 걸 고스란히 돌려줬다. 하지만 과연 암전의 사냥개답게, 한 번에 잡기는 어려웠다. 연격을 넣는다면 충분히 목줄을 끊을 수 있겠으나, 거기까지는 다른 개들의 이빨이 용납지 않았다.

'살을, 준다!'

그리고 뼈를 문다. 이를 악 물며 연격을 넣었다.

"커헉!"

단말마의 비명성과 함께 싸늘히 식어가는 동공이 보였다. 이를 채 확인하기도 전에 등골이 서늘해졌다.

콰득!

아슬아슬하게 몸을 비틀어 등으로 받았다. 다행스럽게도 최소한의 안전장치가 제 역할을 해 줬다.

"크흡!"

하지만 통증은 제법 강렬했다.

'깊다!'

그러나 뼈를 가를 정도는 아니었다.

'오냐! 살 뭉텅이쯤이야. 얼마든 떼어주마.'

억세게 이를 갈아 마시며 새로운 목표물을 향해 몸을 던졌다.

❖ ✣ ❖

어느새 검술원으로 돌아온 헤일러가 창밖으로 보이는 풍경을 바라보며 나직이 중얼거렸다.

"처절하군."

그 말에 함께하고 있던 셰릴의 표정이 굳어졌다. 저 밖으로 비치는 에던의 전투는 그의 말처럼, 처절했다. 그리고 치열했다.

"허어… 하나를 주고 하나를 거두는 건가."

그의 말처럼 에던은 한 번 맞을 때마다 어떻게든 한 번의 생명을 거둬들였다.

'단기결전을 노리는 것인가.'

헤일러는 에던의 의도를 읽어냈다. 그렇기에 뒤를 돌아보지 않고 독하게 전진을 거듭하는 것이리라.

그 때문일까?

"피투성이라… 좋은 몰골은 아니군."

금세 전신이 핏물로 범벅이 되어 있었다. 셰릴의 안색이 급속도로 변하는 건 당연한 수순이었다. 당장이라도 뛰어나가고 싶어 보이는 그녀의 모습에, 헤일러가 작게 고개를 저으며 말했다.

"믿어 보세나."

그 말처럼 그녀 역시도 믿고 싶었기 때문일까? 애써 호흡을 고르며 발길을 붙잡았다.

그러는 사이, 어느새 전투는 막바지를 향해 다가가고 있었다.

그건 실로 놀라울 정도로 빠른 결말이었다.

❖ ✣ ❖

피하고 때린다?

'그건, 무리고.'

맞고 친다?

'방법은 그것뿐인가.'

숨 막히는 칼질 속에서 생사의 경계를 넘나들며, 살 떨리는 해결책으로 답을 찾고자 했다.

그렇다고 해서 온전히 맞으며 때렸다가는 숨넘어가는 건 금방이었다. 때문에 '막고 친다' 로 바꿨다.

천이라고는 하나, 여러 겹으로 덧대어 놓았기에 최소한의 방비책은 될 것이다. 그 사이사이 찔러놓은 나무판과 조각들도 있었다.

파각! 팍…

나무판이 쪼개지는 소리와 함께 천 쪼가리가 찢겨나가는 게 느껴졌다. 그 소리가 늘어날수록 통증도 늘어나는 것 역시 전해져왔다.

하지만 무시하고 달려들었다.

'어떻게든 되겠지.'

그 스스로의 말도 안 되는 회복력만을 믿으며, 이를 악물며 달려들었다.

미친개 헌트!

그 별명이 아깝지 않은 광기어린 모습으로 사납게 이를 드러냈고, 물었다. 씹고 또 뜯었다. 사납게 거칠게 그리고 흉폭하게 달려들었다.

"크아아아-!"

하나 둘 흘러내리는 빗방울을 타고, 사나운 짐승의 포효성이 어둔 밤거리로 퍼져나갔다.

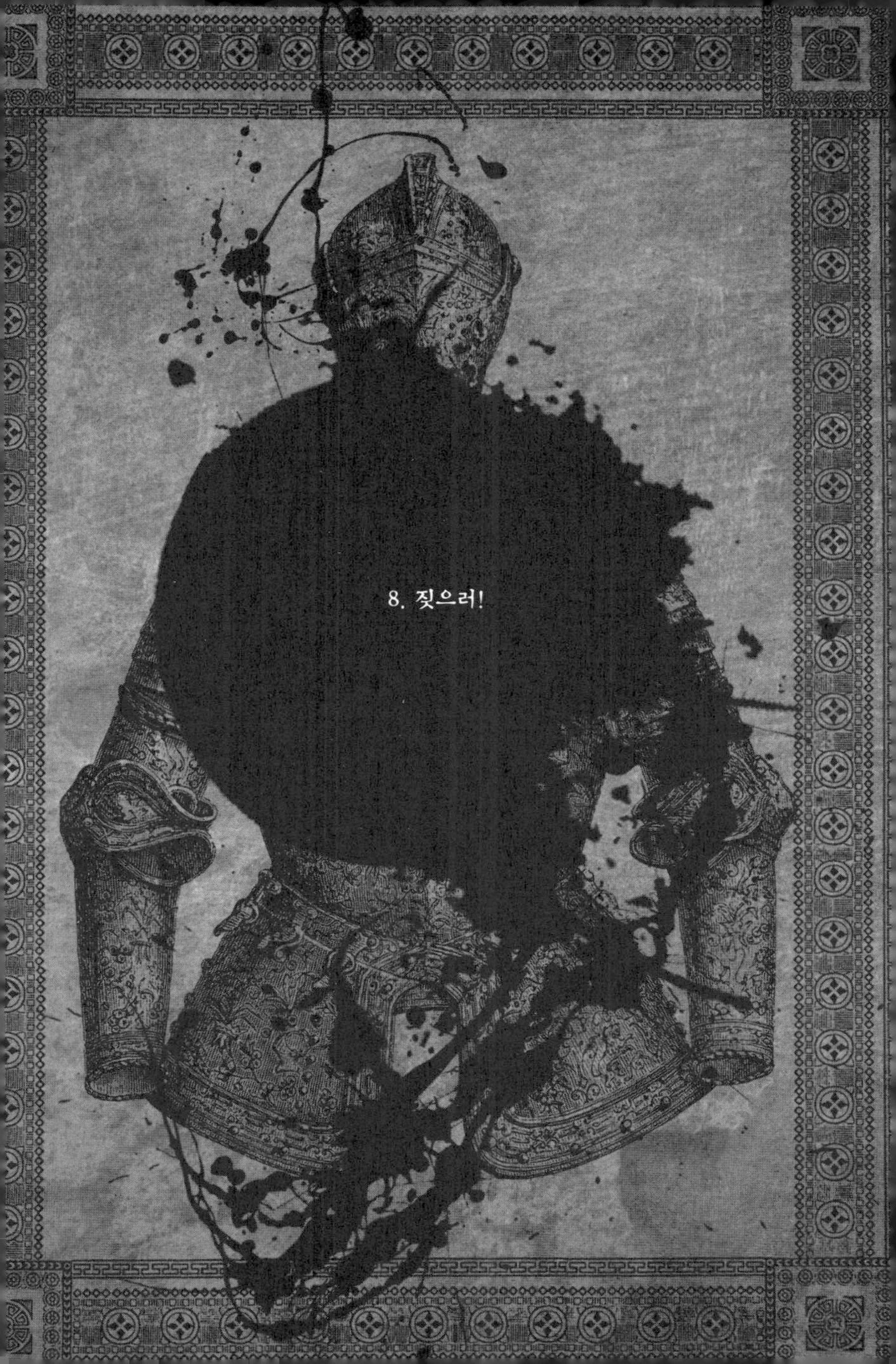

8. 짖으러!

상황의 요상함을 깨달은 건, 달려들던 사냥개의 절반가량이 싸늘한 땅바닥에 드러누울 즈음이었다.

'설마….'

설마 했다. 그런데 그 설마 하던 상황이 벌어졌다.

"크흡!"

단말마의 비명성과 함께 또 다시 사냥개가 쓰러지는 게 보였다.

"맙소사!"

마샬탄은 이 믿기 어려운 광경에 저도 모르게 탄성을 내질렀다. 그도 그럴게 상대는 무려 암전의 심판자들이었다.

헌데, 단 한 번의 손짓이면 그들이 무릎을 꿇고, 차가운 대지에 몸을 뉘였다.

무려 저 명문이라 불리는 검가의 선임기사들과도 어깨를 나란히 할 수 있는 이들이 바로 암전의 사냥개였다.

그 안에서도 손꼽히는 이들의 경우에는 고위기사와도 검을 섞을 수 있다는 말이 나돌 정도였다.

이곳에는 그만한 실력자가 끼어있진 않으나, 그래도 선임기사에 버금가는 실력자들이 무려 스물에 가까웠다.

헌데, 그만한 실력자들이 일격에 필살이라니.

"허…."

황당한 마음이 현실을 쫓지 못한 듯, 그저 허탈한 웃음만이 입가를 들쑥 거릴 뿐이었다.

문득, 귓전을 스쳐가는 내용이 있었다.

'일격에 필살이니….'

그 다음이 무엇이었던지 고심하다 보니, 그만 입 밖으로 튀어나와버렸다.

"…이르길 사신이라. 쿨럭!"

끝자락에 섞여 나온 헛기침이 그의 당혹감을 표현해줬다.

"사신… 운트?"

한참, 열이 오르고 있는 3개 왕국의 전쟁지에서 불처럼 피어났던 소문이 머릿속을 맴돌았다.

그 순간 혼잣말을 듣기라도 한 것 마냥, 저 앞으로 사나운 광견이 시퍼런 안광을 번뜩이며 그를 노려봤다.

실로 찰나의 순간이었다. 아직 남은 사냥개들과의 접전으로 인해, 그저 스치듯 지나가는 눈동자를 봤던 걸지도 몰랐다.

하지만 왠지 모르게 눈과 눈이 맞닿았다는 느낌을 지우기가 어려웠다.

'꿀꺽….'

마른침을 삼키던 그가 저도 모르게 뒷걸음질을 쳤다. 하지만 이내 신형을 멈추며 이를 악물었다.

어차피 여기서 살아남는다 해도, 더 이상 그가 갈 장소는 없었다. 평생을 암전의 추격 속에서 살게 될 확률이 높았다.

'그렇다면 차라리….'

두 눈을 질끈 감으며 걸음을 내딛었다.

푸욱!

잠겼던 동공이 부릅떠졌다. 아찔한 통증이 밀려온다 싶더니, 어느새 무릎이 꺾여 있었다.

"끄… 으…."

언제 날아와 박힌 것일까? 더듬더듬 확인하자 정확히 그의 목에 박혀있는 암기가 하나 있었다. 조금 전, 에던과 눈이 맞았다고 여긴 게 착각이 아니었음을 깨달았다.

'그래… 차라리….'

어둔 밤하늘, 쏟아지는 빗방울을 맞으며, 그렇게 조용히 눈을 감았다.

❈ ✣ ❈

얼마만일까?

“크으….”

이토록 짜릿한 통증에 흠뻑 젖어보는 건, 정말 오랜만인 것 같았다.

마치, 온몸이 화마에 휩싸인 듯, 전신 구석구석이 뜨겁게 타오르는 느낌에, 당장이라도 땅바닥을 구르며 신음하고 절규하고 싶었다.

하지만 꿋꿋이 섰다.

‘…피곤해!’

오금에 힘이 빠지며, 당장이라도 드러눕고 싶었지만, 애써 두 다리를 굳건히 세웠다. 그리고 자세를 잡아 정신을 깨우며 한껏 외쳤다.

“크아아아아아-!”

사나운 짐승의 포효소리마냥, 그렇게 목청껏 함성을 내질렀다.

마치, 승리를 자축하듯, 거칠게 울부짖었다.

“푸후… 푸후… 푸….”

그리고는 절제되지 않은 숨소리를 한껏 뱉어내며, 저 멀리 주춤주춤 뒷걸음질을 치는 몰이꾼을 바라봤다.

“대가리들한테 전해! 목덜미 조심하라고.”

전신 가득 피투성이에 넝마가 된 처참한 몰골이었으나,

그들은 감히 전진하지 못했다. 도발적인 언사에도 불구하고, 오히려 뒷걸음질을 치던 방향 그대로 몸을 돌리더니, 전력을 다해 달음박질을 칠뿐이었다.

"푸후우우우…."

그들의 모습이 시야에서 사라지고 나자, 에던이 길게 한숨을 내쉬며 그대로 주저앉았다.

"끄응…."

앓는 소리가 절로 나오는 통증에, 잠시 신음하던 그가 본격적으로 바닥에 자빠졌다.

"아이고~! 나 죽네! 씨바라…."

그리고 이어지는 성난 외침과 발광에 검술원 앞을 폭풍처럼 휘몰아쳤다. 마침내 쏟아진 빗줄기에 섞여 그 소리가 넓게 퍼지지 않은 게 다행이었다.

그 와중에도 품 안을 뒤져가며, 보물단지처럼 감춰놓고 있던 포션을 꺼냈다. 주요 보호부위인 심장어림에 감춰놓은 덕분인지, 포션은 무사히 찰랑이고 있었다.

조심히 마개를 열어 한 모금 삼키고, 나머지는 손에 찍어서 살살 상처부위에 발랐다. 포션이 스며드는 그 자극에 또 한 번 발광이 이어졌지만, 그럼에도 손길은 멈추지 않았다.

그렇게 포션 한 병을 죄다 비우고 난 뒤, 미련이 남았음인지 빗물을 받아 그걸 한 차례 더 들이키고 나서야, 병을 내던질 수 있었다.

"아…쒸바!"

상처 부위의 통증은 한결 나아졌지만, 날아가 버린 금쪽 같은 포션에 욕지거리가 절로 흘러나왔다.

그렇게 잠시 아픔을 달래고 슬픔을 털어낸 뒤, 시선을 주변으로 돌렸다.

이리저리 너부러진 사냥개들의 모습이 보였다. 사이사이 몰이꾼들도 보였지만, 그 숫자는 채 열도 안 됐다.

"사냥개 스물이라…."

최초 구상했던 그림과 달리, 무려 스물이나 되는 사냥개와 홀로 맞상대를 해 버렸지만, 결과는 나쁘지 않았다.

에벨린과 마르센 왕국의 전쟁지역에서 얻었던 '사신' 이라는 별명이 떠올랐다. 그 때에는 무려 '기사단' 을 상대로 승리를 얻어냈었다.

무려 전쟁의 선봉으로 나선만큼 정예의 기사들이라고는 하나, 그들이 선임기사라 불릴 실력자들로만 이뤄진 건 아니었다. 분명 조직적인 의미에서는 부족함이 없겠으나, 개개인으로 본다면, 경험 많은 평기사 수준의 기사들도 제법 있었다.

그러나 사냥개들은 달랐다. 오로지 선임기사와 동급의 실력자들로만 이뤄진 이들이 바로 암전의 심판자인 사냥개였다.

게다가 얼핏 제멋대로인 것처럼 보이지만, 그들도 나름대로 호흡을 맞춰온 시간이나 함께 지내온 나날이 있었기에,

조직적인 연계 역시도 무시할 수가 없었다.

하지만 그럼에도 불구하고 에던은 이겨냈다.

"크…."

짧게 실소가 흘러나왔다, 새삼스레 그의 현 위치를 깨달은 까닭이었다.

'선임기사 스무명을 혼자서 쓰러트렸다면….'

고위기사라 불리는 이들도 충분히 맞상대할 수 있다는 의미였다.

고위기사!

명문 검가라 불리는 곳에서도 최고위층의 기사들이었다.

그리고 거기서 더 나아간다면?

초인!

마른침이 절로 삼켜졌다.

'용병왕이라….'

꿈 혹은 환상과도 같은 단어라고 여겨왔건만, 불현 듯 깨닫고 보니 발치 앞에서 아른거리고 있다고 해야 할까?

긴장감이 풀린 까닭인지, 급속도로 눈꺼풀이 무거워져갔다. 하지만 애써 입술을 깨물고 혓바닥을 짓씹으며 정신을 바로잡았다.

'아직….'

할 일이 남아있었다. 그 때문에 값비싼 포션까지 '희생'한 것이 아니겠는가.

"으음…."

날아가 버린 금값은 여전히 신음성을 유발하며, 정신적 충격을 가미하는 등, 다양한 피로작용을 일으켰지만, 애써 이겨내며 신형을 바로 세웠다.

"정리 좀 부탁할게."

에던은 그 말과 함께 그곳을 벗어났다.

잠시 후, 검술원의 문이 열리는가 싶더니, 셰릴이 눈살을 찌푸리며 밖으로 걸어 나왔다.

그리고는 주변 가득 널려있는 핏빛 그림자를 바라보며 나직이 한숨을 쉬었다.

"이런 것도 내조로 쳐야하나? 그럼, 이젠 바가지를 긁으면 되는 건가?"

한동안 맘고생을 한 덕분인지, 그녀의 얼굴 가득 짜증이 묻어나오고 있었다. 이를 들은 듯, 검술원 안에서 헤일러 특유의 웃음소리가 들려왔다.

❖ ✣ ❖

쿠릉…쿠르르릉…

천둥소리가 우렁차게 울려 퍼지고, 뒤이어 시원한 빗줄기가 창문 너머로 요란하게 쏟아져 내렸다.

"으음…."

페른 자작은 갑작스런 천둥 때문인지, 왠지 모르게 가슴 한편이 답답해지는 느낌을 받아야만 했다.

'아무래도 사냥개 때문이겠지.'

그저 암전이 아닌 저들의 주 전력이라 할 수 있는 이들의 출현이기에, 이처럼 불안감이 어깨를 짓누르는 것이리라.

아무리 그가 자작의 위치에 있다고는 하나, 암전의 비밀이라 할 수 있는 사냥개들의 존재를 알기에는 무리가 있었다.

대귀족 정도는 되어야 겨우 접할 수 있는 정보였다. 그럼에도 불구하고 그는 암전과 그들의 사냥개에 대해 작게나마 알고 있었다.

그의 뿌리가 귀족이 아닌 상인 가문에 닿아있기 때문이었다. 암전과 특히 복잡하게 얽힐 수밖에 없는 이들이 상인이기에, 어지간한 귀족들보다 더 깊이 그들의 정보를 접하는 게 가능했다.

사냥개에 대한 존재도 그렇게 알게 된 것이다. 물론, 정보에 부족함이 있기는 했으나, 제법 오랜 세월을 거쳐 온 상인으로써의 역사가 작게나마 그들의 위험성을 전해줬다.

때문에 경비대와 기사들을 자제시키려 한 것이건만, 상황이 이를 허락하지 않은 모양이었다.

"후우…."

나직하니 흘러나오는 한숨에 남다른 무게감이 느껴지는 건, 그 심정의 복잡함이 묻어있는 까닭이리라.

"땅 꺼지겠습니다."

갑작스레 날아든 음성이 그의 상념을 깨트렸다. 화들짝 놀란 몸짓으로 자리에서 일어난 페른 자작이 급히 음성의 주인을 찾았다.

쏴아아아아아…

문득, 빗소리가 한층 선명하다는 걸 알았고, 즉시 창가로 시선을 보냈다. 아니나 다를까. 그곳에 처음 보는 사내가 서 있는 것이 아닌가.

대면은 처음이나 따로 그의 정보를 접했기에, 충분히 정체를 유추해낼 수 있었다.

'에던…헌트?'

정체를 알고 나자 또 한 번 놀라야만 했다. 저들 암전의 사냥개들과 한창 치열한 혈전을 벌이고 있어야 할 사내가 어찌 지금 이 자리에 있을 수 있단 말인가.

그도 모르게 벽면으로 향했고, 세워진 검을 잡고 있었다. 상가의 자재로써 제법 귀한 것들을 먹고 자랐으며, 값비싼 연공법도 사들여 익혔다.

덕분이라고 해야 할까? 충분히 기사에 버금가는 실력을 품고 있다고 자부했다. 그럼에도 불구하고 검을 쥔 손이 바르르 떨리는 건, 실전 경험이 부족해서이리라.

그도 아니면 눈앞의 사내,

'미친개 헌트!'

그를 두려워하는 것일지도 몰랐다. 이런 그의 모습을 아는지 모르는지, 에던읕 태연한 모습으로 입을 열었다.

"루드 학부형 되시죠. 가정방문 왔습니다."

"쿨럭!"

뜬금없는 내용에 저도 모르게 헛기침이 튀어나왔다. 그렇다면 멀쩡한 문을 놔두고 왜 창을 넘는단 말인가. 이 같은 의문을 입 밖에 내기도 전에 에던의 이야기가 이어졌다.

"비가 내리려고 해서 그런지, 오늘따라 동네에 똥개들이 많더라구요."

'똥개? 설마…사냥개?'

본능적으로 그의 이야기를 해석하며

"이놈들이 날이 궂어서 그런지, 미쳐서 발광을 하지 뭡니까."

순간순간 번뜩이는 에던의 눈빛을 통해, 사냥개들을 이야기하고 있다는 걸 확실히 알 수 있었다.

"그래도 제가 또 누굽니까. 이래봬도 동네에 제법 유명하다더라구요."

시원하니 가슴을 두들기며 에던이 말했다.

"미친개 헌트라고 하면 어지간한 애들도 다 알 겁니다. 그래서 물었습니다."

'…물어?'

"똥개가 짖는데, 미친개라고 가만히 있을 수는 없잖습니까. 쿨럭!"

이야기를 하던 에던이 대뜸 헛기침을 터트렸다. 한줄기

핏물이 입술을 타넘는 게 보였다. 그 아래로 가슴 어림이 붉게 물드는 것 역시 눈에 들어왔다.

"끄응…그래도 가정방문이랍시고, 깨끗한 옷으로 '빼어' 입었는데, 이거 참. 아! 이건 걱정 마십시오. 똥개들이 물어서 살짝 긁힌 상처니까."

그러며 씨익 웃어 보이는데, 페른 자작은 그 순간 왠지 말도 안 되는 상상을 하고야 말았다.

'설마….'

마른침을 꼴깍 삼켰다.

'…사냥개가 당했나?'

그럴 리가 없다고 여기면서도, 가슴 한편이 싸늘해지는 것이, 만에 하나의 상황을 고려해야 한다고 외쳐댔다.

"그런 의미로다가 학부형님께 한 가지만 여쭙고 싶은 게 있는데요."

왠지 모르게 식은땀이 주르륵 흘러내렸다.

"영지가 시끄러우면 영주가 움직여야 하는 거 아닙니까?"

에던이 웃으며 물어왔다. 등골이 오싹해지는 새하얀 미소였다.

긴장감에 빳빳이 굳어버린 페른 자작의 모습을 응시하던 에던이 짧은 실소와 함께 움직였다. 페른 자작이 검을 쥔 손에 힘을 더할 때, 의외로 에던은 업무실 한편에 손님용으로 마련된 자리로 향해 착석하고 있었다.

“그래도 가정방문인데, 다과 같은 건 없습니까?”

질문 끝에 이어진 미소는 앞서와 달리 서늘한 느낌이 아니었다. 조금 전의 모습이 착각이었나 싶을 정도로, 평범하고 일상적인 그런 웃음이었다.

짧은 순간 갈등이 일었다.

‘지금이라도 호위를 불러?’

이내 고개를 저으며 생각을 접었다. 암전의 사냥개와 어떤 결론이 내려진 것인지는 모르겠으나, 저 태연한 태도가 왠지 마음에 걸렸다. 그렇다면 여기서는 최대한 학부형을 연기해 줄 생각이었다.

“잠시만 기다리…게.”

얼핏 존대가 나올 뻔 봤지만, 힘겹게 말투를 정정할 수 있었다.

페른 자작은 최대한 자연스럽게 검을 옆구리에 붙인 채, 책상 한편에 마련된 줄을 당겼다. 그러자 이내 업무실의 문이 열리고 노신사 한명이 들어왔는데, 페른 자작의 유년기부터 함께 지내온 가문의 집사였다.

오랜 세월 함께 지내온 까닭일까? 방 안에 뜻밖의 방문객이 있음에도, 단번에 상황을 이해하고는 태연한 얼굴로 페른 자작과 대화를 나눈 뒤 밖으로 나섰다.

그 표정만 봐서는 기사들을 불러올지 어떨지 모르겠으나, 분명한 건 오래지 않아 다과상이 차려졌다는 점이었다.

페른 자작의 명령이 있었던지, 내용물들이 하나같이 제법 배를 든든히 채워줄만한 것들이었다. 하루 종일 전투를 하느라 제대로 식사도 못했던 까닭일까?

마치 흡수라도 하듯, 에던은 순식간에 다과상을 정리해 버렸다. 찻잔의 열기가 채 식기도 전에 벌어진 일이었다.

"후루룹…잘 먹었습니다."

오랜 침묵이었다. 마지막으로 찻잔을 들어 한 모금 입에 담고 나서야, 에던은 겨우 말문을 열었다.

"아무래도 하루 종일 개떼를 때려잡느라고, 배가 고파서, 흠흠!"

말 한마디 없이 흡수하듯 먹어치운 게 민망하기는 했던지, 에던이 슬쩍 혼잣말 섞인 변명을 중얼거렸다.

이처럼 조금은 허술한 그의 모습에 약간이나마 마음이 풀어진 건지, 아니면 이 흐름에 슬쩍 발을 얹으려는 것인지, 페른 자작이 조심스레 입을 열어 학부형을 연기했다.

"가정방문이라고 하셨는데, 어째 아들놈이 무슨 문제라도 일으킨 것이오?"

조금이라도 더 완벽한 연기를 위해 말투도 약간 변화를 줄 수밖에 없었다.

"오히려 아주 잘 하고 있습니다. 그래서 스승…흠흠."

낯간지럽다고 해야 할까? 스승이니 선생이니 하는 단어를 쓰려니 왠지 혓바늘이 날 것 같았기에, 에던은 저도 모르게 한 호흡 고르며 말을 이었다.

"…선생으로써 매우 만족스러워서, 이렇게 찾아 온 겁니다. 그 녀석을 제대로 좀 가르쳐 볼 생각이라서, 이렇게 따로 아버님과 이야기를 나눠야 할 것 같아서 방문했습니다."

그러며 또 다시 웃는데, 그 웃음은 앞서 보여줬던 오싹한 미소가 착각이 아니라는 듯, 더없이 서늘한 한기를 내포하고 있었다.

'뭐지?'

저기에 어떤 의미가 포함되어 있는 것인지, 페른 자작의 머리가 바쁘게 돌아가기 시작했다.

'스승? 선생?'

제대로 가르쳐 본다는 말뜻이 뒤늦게 이해됐다.

"그…말씀은 혹시…?"

"제자로 삼을 생각입니다."

검술원에서 이뤄지는 조금은 형식적인 사제의 관계보다 더욱 깊은 의미를 내포하고 있다는 걸 깨달았다.

'왜…그걸?'

굳이 이렇게 찾아와 언급하는 것일까?

"아! 그러고 보니 말씀을 안 드렸네요. 똥개들은 싹 정리해 놨으니까. 더 이상 개소리에 밤잠 설치실 필요 없으실 겁니다."

이건 또 무슨 소리인가. 왠지 모르게 두서없어 보이는 이야기의 흐름이었으나, 오랜 경험을 통해 그 안에 상관관계가 있음을 알 수 있었다.

소영주를 언급한 이후, 굳이 사냥개들을 입에 담는다.

'어째서?'

그 즈음 걸리는 단어가 떠올랐다.

'정리 했다고?'

동시에 눈이 번쩍 뜨였다.

'맙소사!'

지금 에던이 어떤 의도로 이 같은 이야기들을 하고 있는지 깨달은 것이다. 사냥개들의 몰살을 뜻하고 있는 것이다.

'허…협박인가.'

만약, 에던의 말처럼 사냥개들이 전부 처리 되었다면, 확실히 저 말은 무시할 수 없는 발언력을 지니게 될 터였다. 암전과 사냥개에 대해 적잖은 정보가 있는 그이기에, 더더욱 그 위력은 클 수밖에 없었다.

소영주와 사냥개를 묶어서 풀어놓았다는 건 간단했다.

'아들놈에게 힘을 실어주겠다는 것인가.'

페른 자작의 눈이 얇아졌다. 영주의 후계에까지 감히 손을 쓰려드는 에던의 행태에 가슴 한편에서 올라오는 열기를 느낀 까닭이었다.

하지만 애써 화를 식히며 구겨지는 표정을 수습했다. 숨기고자 했으나 에던의 눈썰미는 정확히 그 찰나간의 변화를 포착해 버렸다.

"오해가 있으신 모양이군요. 미리 말씀드리지만, 저는 그저 루드를 제자로 들이기 위해서 부모님의 허락을 맡으러 온 것일 뿐입니다."

여기서 한 차례 고민이 이어졌다. 철저하게 상인의 방식으로 적정선을 유지하며 에둘러 답을 구해야 할까? 그게 아니면 영주로 지내며 쌓은 감각을 내세워야 할까?

'답지 않지만….'

지금의 그는 더 이상 상인이 아니었다.

"단도직입적으로 묻겠네."

학부형을 연기할 이유가 없던 까닭일까? 말투가 바뀌고 분위기가 변했으며, 공기의 흐름도 일부 달라졌다.

"자네가 바라는 게 무엇인가."

그의 물음에 에던은 대답을 하기에 앞서, 지긋이 페른 자작을 응시하며 그와 눈을 맞춰왔다.

잠시간의 침묵, 그리고 이어진 대답.

"소영주님에게도 기회를 주셨으면 합니다."

페른 자작의 변화에 맞춰, 에던도 말투를 바꾸고 태도를 한층 정중하게 변화시켰다.

"이해할 수가 없는 소리를 하는군. 소영주라는 자리가 이미 그 아이에게 부여된 기회일세."

"정말, 그렇습니까?"

"당연한 소리를 하는군."

"정말, 그렇습니까?"

똑같이 이어지는 물음에 이번에는 페른 자작도 대답을 하지 못했다. 번뜩이는 에던의 안광을 본 까닭이었다.

"그 아이에게 이렇게까지 신경을 쓰는 이유가 뭔가?"

"제자의 일이니까요."

그 대답을 끝으로, 둘 사이에 다시금 침묵이 이어졌다.

"재차 말하지만, 그 아이는 소영주라네, 이미 내 후계자라는 뜻이지."

그리고 또 다시 둘의 시선이 닿았다. 에던이 고개를 끄덕이며 물러났다.

"…믿겠습니다."

번거로운 절차였지만, 에던은 루드의 자리를 확고히 할 필요성을 느꼈다. 그가 이곳에 뿌리를 박는다면 모를까. 오래지 않아 떠날 것이기에, 리아의 안전을 위한 최소한의 방비를 마련할 수밖에 없었다.

'맘에 들진 않지만, 리아가 루드 그 녀석을 괜찮게 생각하는 것 같으니.'

굳이 사냥개를 처리한 이 시점에 영주를 찾은 건, 조금이라도 더 대화 내용에 힘을 실어주기 위함이었다.

하루가 지나고, 그 결과가 페른 자작의 귀에 들어가는 순간, 지금의 대화들은 절대 무시할 수 없는 무게감을 지닌 채, 영주성 깊숙이 내려앉을 터였다.

'대충 정리가 된 것 같지만. 그래도 기왕이면 확실히 하는 게 좋으니까.'

마무리는 제대로 장식할 필요성을 느꼈다.

"한 가지…이곳에서는 저를 미친개 헌트라고 부르지만,

저는 사실 그다지 맘에 들지 않더군요. 특히, 제자의 부친 되시는 분께서는 더더욱 저를 기억하실 때 다른 이름을 떠올려 주셨으면 좋겠습니다."

'다른…?'

"사신 운트! 이건, 그나마 괜찮더군요."

에던의 안광이 번뜩였다. 페른 자작의 안색이 새하얘졌다.

'…맙소사!'

눈앞의 존재가 상상이상의 거물이라는 걸 깨달았다.

'이자가 사신이라고?'

분명, 무수히 많은 소문들이 존재한다. 하지만 그 중 상당수가 허황되고, 또는 우스웠으며, 거짓으로 점철되어 있었다.

하지만 단 하나의 진실이 모든 걸 덮었다.

기사단의 해체!

홀로, 마르센의 선봉으로 나선 기마단을 와해시킨 것이다. 이는 전장에 서 있는 수많은 사람들이 직접 겪은 목격담이었다.

부풀려졌을 수도 있다고 여기는 이들도 많다. 하지만 그럼에도 전쟁은 영웅을 원했고, 그렇기에 소문은 열심히 덩치를 키워갔다.

'…차세대의 초월자!'

그 나이대가 젊었다는 증언으로 인해, 많은 왕국의 실력자들이 더욱 눈독을 들이는 사내이기도 했다.

여전히 수많은 가짜들이 판을 치는 까닭에, 허황되다는 이야기도 적지 않았으나, 그럼에도 각국의 실세들은 여전한 주의를 기울였고, 사신 운트라는 사내가 허황되지만은 않다는 걸 증명해주고 있었다.

'만약…어쩌면….'

사냥개에 대한 그의 이야기가 사실이라면, 소문은 한층 더 진실성을 띄게 될 터였다.

"아무래도 밤이 깊었으니까. 가정방문은 여기서 마무리하겠습니다. 그럼, 편안한 밤 되시길…."

에던은 그 말과 함께 훌쩍 창가로 다가가더니 그대로 뛰어내렸다.

그 모습을 조용히 지켜보던 페른 자작은 두어번 호흡을 고르는가 싶더니, 조심스레 자리에서 일어나 창가로 다가갔다. 그리고는 바깥을 살폈다.

'갔나. 후우우….'

정말로 떠났다는 걸 확인하고 나서야 안도의 한숨을 내쉬며 한껏 풀어질 수 있었다. 지친 듯 비틀거리다 무너지듯 의 자 깊숙이 몸을 묻었다.

"에던 헌트…에던 운트…."

그리고는 가만히 그 이름을 읊조렸다.

"…차세대의 초인이란 말이지."

나직한 중얼거림과 함께, 페른 자작의 눈이 감겼다. 뒤늦게 피로가 일어나며 졸음이 밀려왔다.

❖ ✣ ❖

조금 무리를 해버린 까닭인지, 육신이 금세 흔들리며 고통을 호소했다.

'마지막에 뛰어내리는 건 하지 말걸.'

에던은 뒤늦은 후회와 함께 가슴 어림을 쓸었다. 페른 자작의 업무실이 생각보다 높았던 게 문제였던 듯, 너무 과감하게 창가에서 뛰어내린 까닭에 상처들이 제대로 벌어져 있었다.

"그러게 쓸데없이 허세를 부린다 싶더라니."

순간, 귓전을 때리는 음성에 화들짝 놀라야만 했다.

'셰릴?'

그녀가 어찌 이곳에 있단 말인가. 마치 유령처럼 등 뒤에서 모습을 드러내고 있었다.

확인과 동시에 의문이 떠올랐다.

"뒷정리는 어떻게…하시고?"

사냥개들의 시체처리를 말하는 것이었다.

"나 정도 위치가 되면, 밑에 애들이 알아서 해결해 주니까. 걱정하지 마. 그나저나. 갑자기 또 웬 존대? 말투가 수시로 바뀌니까 적응하기가 어렵잖아."

그 말에 에던은 애써 신음성을 삼키며 그녀의 눈치를 살펴야만 했다. 앞서, 머리에 열이 찬 나머지 말을 낮췄던 게 떠오른 까닭이었다.

'소심하기는.'

그 모습에 실소한 셰릴이 짧게 물었다.

"무슨 생각이야?"

의아한 얼굴로 받아치는 에던의 모습에 셰릴이 재차 물었다.

"갑자기 소영주를 띄워주는 이유가 뭐냐고?"

그에 에던은 슬쩍 시선을 피하는 걸로 대답을 대신했다.

"설마하니…떠날 생각이야?"

여전히 에던은 시선을 회피하며 침묵으로 응수할 뿐이었다. 그 때문일까? 셰릴의 미간에 주름이 새겨졌다. 그러더니 돌연 고개를 끄덕이며 양 손목을 푸는 것이 아닌가.

"그래. 지금이 그 때구나."

'응?'

갑작스런 기세변화에 에던이 의아한 얼굴로 그녀를 바라봤다.

"바가지를 긁을 때!"

그리고 이어지는 손날공격이 마치 칼처럼 예리했다.

"흐업!"

헛바람을 삼킨 에던이 무너지듯 그대로 바닥에 드러누우며 예리한 손칼을 피해냈다. 하지만 제대로 열이 받은 듯, 셰릴의 공격은 거기서 끝이 아니었다.

사사사사사삭!

그저 손날일 뿐이건만, 마치 예기가 번뜩이는 것처럼 허공이 갈라지며, 쏟아지던 빗물이 수십 수백 줄기로 갈라지며 흩어졌다.

'이런, 미친…죽일 셈이냐!'

에던은 각성 감각이 극도로 활성화 되는 걸 느꼈다. 전신이 금세 핏물에 젖어갔다. 포션으로 겨우 잡아놨던 상처들이 벌어지기 시작한 것이다.

그리고 이 모습을 보고서야 열기를 식힌 듯, 세릴의 매서운 손칼 공격이 멈췄다.

"허억…헉…허업…."

짧은 순간이었으나 그 격렬한 움직임에 상당한 체력이 소모된 듯, 에던이 거칠게 숨을 몰아쉬고 있었다. 그러면서도 세리를 향한 경계를 풀지 않았는데, 이 모습을 지켜보던 세릴 역시도 한 차례 호흡을 고르며 입을 열었다.

"쳐들어갈 생각이지?"

헌데, 그 내용이 기이했다.

"사냥개 몇 놈 잡았다고 암전을 우습게 보는 거야?"

그녀의 이어지는 물음을 가만히 응시하던 에던이 할 수 없는 듯, 굳게 닫아놨던 말문을 열었다.

"걱정 마! 암전에 대해서는 나 역시 잘 아니까."

어느새 머리에 열이 오른 듯, 에던의 말투가 또 한 번 변해있었으나, 그들 남녀는 서로가 크게 신경 쓰지 않았다.

"단지…그냥. 짖으러 가는 것뿐이니까."

어떤 의미로 하는 소리일까? 지켜보던 셰릴의 눈이 얇아졌다.

“진짜 무서운 개는 그냥 물지. 하지만 겁 많은 개는 우선 짖고 본다고 하더라.”

에던 역시도 그랬다.

“암전은…그래. 무섭지!”

아는 만큼 보인다고, 알기에 더 두려웠다.

“그러니까 짖어 보려는 거다.”

물 수도 있으니까 건드리지 말라고, 그렇게 그들에게 외치려는 것이다.

‘사냥개를 잃은 이곳 페르베르멘의 1전주라면….’

그 희생양으로 삼기에 충분하리라.

9. 시린 여름.

9. 시린 여름.

아무래도 해놓은 이야기가 있는 까닭일까?

"본격적으로 굴려주마!"

그 말과 함께 에던은 아이들을 가차 없이 혹독하게 수련시키기 시작했다.

마땅히 어떤 식으로 가르쳐야 하는지를 모르는 까닭에, 가장 기본적인 공부들을 중점적으로 다루되, 언제나 수련 끝자락에서는 실전을 겸한 대결로써 마무리를 지었다.

이제 막 걸음마를 떼기 시작하는 아이들에게, 벌써부터 나는 걸 가르치는 격이었으나, 당장 무언가 전해질거란 생각보다는 언제고 참 실전을 겪는 날, 한 번쯤 되새길 수 있는 받침대 역할을 할 수 있으면 족하다는 생각으로 대결에 임했다.

특히, 매 대련마다 다른 형식의 검술이나 병장기를 꺼내 들면서, 아이들에게 다양한 시야각을 찾아주는 것 역시 잊지 않았다.

게다가 새로운 그의 밑천까지 탈탈 털어 내어놨다.

“이건, 베르말식 연공법의 원형인 라-베르말 연공법이다. 앞으로 너희들은 이를 뿌리로 삼게 될 거다.”

안정성은 베르말식에 비해 미흡하나, 그 효율은 남다르다고 알려졌기에, 과감히 원형인 라-베르말 연공법을 전수하기로 한 것이다.

루드를 제대로 가르친다는 이유였지만, 그 중심에는 결국 리아가 있었다.

사실, 원래의 계획은 기회가 되었을 때, 리아에게만 따로 전수할 생각이었다.

소영주라는 위치로 인해, 루드에게도 별도의 연공법이 제공되리라는 계산 때문이었는데, 루드의 위치를 알게 되었고, 그 스스로가 페른 자작에게 해 놓은 이야기가 있는 까닭에, 계획을 전면 수정하게 된 것이다.

당연하게도 전수에 앞서 헤일러와 셰릴의 조언 역시도 구했다.

“연공법이라면 내가 좋은 걸 구해다 줄게.”

셰릴이 슬쩍 그 같은 제안을 했지만, 고개를 저으며 거절했다. 리아에게 만큼은 그의 것에서 떼어주고 싶었기 때문이다.

게다가 라-베르말 연공법 역시도 상당히 높은 수준의 연공법이고, 안정성은 단연 손에 꼽힌다는 걸 알기에, 라-베르말을 고집한 것이기도 했다.

'루드 녀석은 상관없지만….'

그래도 굳이 둘에게 같은 걸 전했다. 아이들 사이에 공감대를 형성시키기 위한 조치였다.

'최대한 빨리.'

많은 것들을 전하고자 혹독하게 아이들을 굴렸다. 그러는 한편 다른 준비 역시도 철저히 마쳤다.

"그러니까. 집문서를 공짜로 넘긴단 말이지?"

"이 영감이 정말…자꾸 딴소리 할 거요? 공짜는 누가 공짜요. 방 하나 내주고 치료비도 같이 지불하는 거리니까. 얼굴 말고 귓속에도 주름이 찼나."

벌써 며칠째 이어지는 헤일러와 에던의 툭닥거림 이었는데, 그 내용은 아주 간단했다.

"그래. 뭐, 리아의 가족들을 이곳에서 살게 해 주는 건, 집문서 값으로 퉁 친다고 치자. 하지만 치료비는 좀…내가 손해가 심한 것 같지 않냐?"

바로 리아와 관련된 문제들이었다.

"거 참. 수도사라더니 무슨 돈을 이렇게 밝혀. 이거 원, 사이비 아냐?"

"요즘 몸이 근질근질 하지? 한 판 하자고 시위하는 거냐?"

"에~이. 자꾸 정말. 껄떡하면 주먹질이야. 수도사가 뭐 이래."

"오냐! 오늘부터 수도사건 몽크건 때려 칠 거니까. 치료는 못 들은 걸로 하자. 집문서는 잘 쓰마."

"정말, 푸닥거리 한 번 해?"

"환영이다. 썩을 놈아!"

이런저런 툭닥거림이 있기는 했지만, 결론적으로 이야기하자면, 결국 헤일러와의 거래는 성공적으로 해결되었다.

"어후! 망할 영감탱이. 기어이 다 털어가네."

소영주를 가르치며 두둑해졌던 주머니가 한껏 쪼그라들어버렸다.

'그래도….'

하지만 웃음 한 조각 입가에 베어 물 수 있었다.

'…제니스!'

리아의 모친을 떠올렸다.

'토드.'

리아의 동생도 생각났다.

웃음 한 조각,

그 달콤함이 입안에 맴돌았다.

한 달 남짓.

생각해보면 그리 길지 않은 시간이었으나, 마땅히 가르치는 재주가 없던 에던에게는 더욱 짧게만 느껴지는 시간이기도 했다.

하지만 그 나름대로 알고 있는 건 잘 추려서 전했다고 여겼다. 때문에 슬슬 움직일 때가 왔음을 알았다.

'1전주라….'

암전이 비록 하나의 이름 아래 별도의 세력처럼 움직인다고 하나, 그들 안에서도 각자의 서열이 존재했다.

동등하게 암전주로 불리지만 그들 각자가 지닌 힘이나 세력 그리고 권력 같은 것들이 이 같은 순위다툼을 완성시켰다.

그 때문일까?

'언제나 1전주만큼은 특별하지.'

특히, 사냥개를 움직일 수 있는 남다른 권한이 있는 까닭에, 그 자리는 더더욱 전주들이 바라는 욕망의 자리이기도 했다.

물론, 그렇다고 해서 절대적인 건 아니었다. 절대적이어서는 안 되기에, 최소 3전주까지는 그들 1전주들의 견제대상으로써 자리하고는 했다.

게다가 전주들 간의 서열다툼에 사냥개를 투입할 수 없다는 원칙으로 인해, 1전주의 자리는 오히려 영광이며 동시에 가장 큰 위협의 장소이기도 했다.

'사냥개를 왕창 날려먹었으니. 지금쯤 똥줄이 타고 있겠지.'

하지만 무려 사냥개를 마흔이나 움직이던 능력을 생각했을 때, 어찌어찌 버텨내기는 할 거라 여겼다.

그 정도의 사냥개를 움직이는 건, 어지간한 왕국의 1전주들도 어렵기 때문이었다. 한 왕국에서 부릴 수 있는 사냥개 전력의 대부분을 좌우할 수준이기에, 이를 부린 이곳 페르베르멘의 1전주가 쉬이 무너질 것 같진 않았다.

그런 이유로 한 달 남짓의 시간을 들여 아이들을 가르칠 생각을 할 수 있었다.

저쪽에서도 선뜻 움직이지 못할 것이란 확신이 있기 때문이었다. 새로운 사냥개를 보충한다는 건 쉬운 일이 아니고, 1전주 개인의 자리를 확고하게 굳혀야 한다는 절대명제가 있는 까닭에, 에던은 차후를 위한 속편정도로 미뤄져 있을 터였다.

'뭐…이것도 전부 셰릴의 주장이긴 하지만….'

실질적으로 그는 물 들어온 김에 노를 저으려고, 사냥개를 처리하고 즉시 움직일 생각이었다. 하지만 셰릴이 이런저런 설명을 들어가며 말린 까닭에, 한 텀 쉬어가는 여유를 부린 것이다.

[쥐도 궁지에 몰리면 고양이를 문다고 하더라.]

하물며 제 1전주였다.

[한 숨 여유정도는 준 뒤에 움직여.]

딱딱한 긴장감이 작게나마 풀어질 때를 노리라고 했다. 그래야 원하던 타격을 먹일 수 있을 것이다. 바라던 대로 저들에게 '짖어' 보일 수 있으리라.

그렇게 한 달이라는 시간을 지냈다.

'슬슬…움직여야지.'

생각을 정리하며 짐을 쌌다.

"가려고?"

문득, 익숙한 음성 하나가 그의 방안으로 흘러들었다. 에던이 쓰게 웃으며 뒤를 돌아봤다. 경첩 소리를 듣지도 못했건만, 어느새 셰릴이 방 안에 들어와 있었다.

"제발 인기척 좀 내고 다녀라. 매번 말하지만 심장이 약한 노약자나 임산부였으면 큰일 났다."

한 달 남짓의 시간 중, 가장 극적인 변화를 살펴보라 하면, 그들 두 남녀의 관계였다. 언제나 경계심으로 가득하던 에던이 작게나마 그녀에게 마음을 열기 시작한 것이다. 말투의 변화는 그 중에 발생한 작은 파문 정도일 뿐이었다.

"나도 매번 말하지만 밤의 여왕은 달그림자만 있을 뿐 소리가 없는 법이야."

"끄응…."

"쓸데없는 소리 말고, 이제 갈 생각이야?"

그녀의 이어지는 물음에 에던이 고개를 끄덕였다.

"눈치도 좋다. 어떻게 알고 왔는지. 그래. 가야지. 슬슬."

"저쪽에서는 널 건드릴 생각이 없어 보이던데."

이는 밤의 여왕으로써 무수히 많은 정보를 통합하여 내린 결론이었다.

사냥개 마흔을 홀로 잡았다. 그 만한 전력을 홀로 감당할 수준이라면, 이를 잡기 위해서는 또 얼마나 많은 희생이 필요하겠는가.

"차후라면 모를까. 지금 당장은 지켜보기만 할 것 같은데."

그녀의 이야기에 에던이 고개를 저었다.

"원래 암전이란 것들은 제각각 욕심보를 따로 찬 놈들만 가득한 놈들이야."

그 중에서도 전주는 단연 그 정점에 있다 할 수 있었다.

"그래서 더더욱 1전주 녀석을 처리해야 하는 거야."

첫 번째 자리가 사라지면 다른 전주들이 이를 드러낼 것이고, 새롭게 그곳에 오른 이에게 에던은 이미 과거의 존재가 되어버릴 터였다.

그가 바라던 적당히 '짖고' 끝내는 흐름으로 이어질 수 있었다.

"다른 전주의 복수심이니 뭐니 하는 걸 그놈들에게는 바라는 건 웃기지도 않는 소리니까."

필히, 지금의 제 1전주는 처리를 해야만 했다.

"새롭게 1전주가 되는 놈도 눈치가 보여서, 슬쩍 찔러는 보겠지만, 전력으로 나한테 이를 드러내진 않을 걸."

생각보다 오래, 그리고 깊게 암전을 살아왔던 까닭에, 저들의 방식을 잘 이해하고 있었다.

"떠나버린 마차에 손 흔들어 뭐해."

어깨를 으쓱인 에던이 다시금 짐을 챙기기 시작했다.

이런 그의 모습을 조용히 응시하던 셰릴이 재차 물었다.

"그런데…그냥, 갈 생각이야?"

에던은 마치 못 들었다는 듯, 아무런 대답도 하지 않았다. 질문의 의미를 잘 아는 까닭이었다.

"여동생에게 얼굴 정도는 보여줘도 괜찮잖아."

짐을 싸던 손길이 일순 멈췄으나, 오래지 않아 다시금 활발히 움직이기 시작했다.

"그렇게, 그냥 죽은 것처럼 지낼 생각이야?"

또 다시 에던의 손길이 멈췄지만, 이번에도 그 시간은 길지 않았다. 하지만 이번에는 대답을 내어줬다.

"신경 쓰지 마."

길지는 않았다. 셰릴이 고개를 저으며 입을 열었다.

"알려나 모르겠지만, 네가 그동안 고향에 보낸 돈들을 처리해 준 게 바로 나라고. 이 정도면 조금쯤은 관여해도 되는 거 아니야?"

재차 에던의 손길이 멈췄고, 이번에는 생각보다 그 시간이 길게 이어졌다. 이런 그의 반응에 셰릴이 다시금 입을 열었다.

"이것도 알려나 모르겠지만, 네가 고향에 돈을 보낼 때마다 사용한 상단들 중, 제대로 된 곳은 몇 군데 없었어."

확실히 주의를 끈 건지, 에던이 고개를 돌려 시선을 맞춰왔다. 대답을 바라는 에던의 얼굴 한편에 작은 고랑이 패여 있었다.

돈 문제와 관련된 부분이기도 하지만, 그의 노력 일부가 소실되었다는 것과 그로 인한 여파를 생각하니, 한줌 분노가 표정에 드러난 것이다.

"네 딴에는 제대로 조사를 했겠지만, 상단도 결국 상인이 움직이는 거야."

에던이 찾아간 상단 자체는 멀쩡했다. 하지만 그 안에서 그가 만났던 상인들이 문제였다.

"평소 네 몰골을 보면, 누가 봐도 비렁뱅이 수준이니까. 상인들도 우습게 봤겠지."

그 때문에 에던의 의뢰를 무시하거나, 따로 뒷주머니로 챙기는 이들이 많았다.

"뭐, 그래도 전부 그런 건 아니니까 걱정 마."

위안이라고 하는 소리일까?

"게다가 7년 전 부터는 내가 직접 관여했으니까."

당연하게도 그 즈음부터는 한 푼도 빠짐없이 제대로 전달 될 수 있었다.

'7년…전인가.'

에던의 삶에 큰 변화가 있던 시기도 그 즈음이었다. 9년여 전 즈음 드라필만의 크라우말을 만났고, 그에게 오러홀에 대해 들었으며, 그러다 레드문에 흘러들어 셰릴도 마주했었다.

'크라우말과의 마지막 대결이 5년, 아니 6년 전이니까.'

그 해에 프레이도 만났었다.

'아니…그 전이었나?'

워낙에 오래전 일인지라 살짝 헷갈렸지만, 대충 그랬던 것 같았다. 생각해보면 가장 복잡했던 시기가 그 즈음이었다.

'다시 암전으로 기어들어갔던 게…그 이후였으니까.'

뭣 모르던 초급 용병시기에 암전을 들어간 것과 머리가 굵어진 뒤에 암전을 향한 건 차이가 컸다.

특히, 절망감을 품은 까닭일까? 사냥개들의 터전까지 흘러들어 버렸고, 거기서 어둠의 깊숙한 부분까지 엿볼 수 있었다.

"내 이야기 듣고 있니?"

잠시간 상념에 빠져버린 모양인 듯, 셰릴이 눈살을 찌푸리며 시선을 던져오는 게 보였다. 그 서늘한 안광에 에던이 슬쩍 시선을 피하며 짧게 한마디를 던졌다.

"멋대로 내 뒷조사를 한 건 마음에 안 들지만, 그래도 고맙다고 해 두지."

그리고는 다시 짐을 쌌다. 이야기가 길어지면 복잡해질 수 있음을 알기에, 그 손길이 한층 바빠졌다.

"정말, 안 만나고 갈 거냐고?"

"그래. 그냥, 네 말처럼. 죽은 것처럼 지낼 생각이다."

동생들을 두고 가족들을 등진 채 고향을 떠나던 순간, 이미 그러기로 결심하지 않았던가.

어느새 정리를 끝마친 듯, 제법 두툼해진 가방을 등에 짊어진 에던이 셰릴을 지나치며 밖으로 향했다.

방문을 지나치기 전, 한마디를 남겼다.

"고마웠다."

차마 붙잡지 못했고, 그렇게 에던은 검술원을 떠났다.

어느새 계절은 봄의 끝자락, 여름의 초입이었다.

❖ ✣ ❖

갑작스레 사라져버린 에던과 바뀌어버린 검술원장의 자리에도 불구하고, 일상은 여느 때와 다른 없이 흘러갔다.

'아니, 조금은 달라졌나.'

헤일러는 그리 생각하며 곧 들려올 외침을 기다렸다.

"식사하세요!"

한층 쾌활해진 리아의 음성과 인원이 늘어난 검술원의 식사자리가 그 작은 변화의 중심에 있었다.

"허허…!"

여전한 너털웃음과 함께 착석한 헤일러가 자리를 돌아봤다. 에던이 있던 무렵이라면, 그와 에던 그리고 리아와 루드가 함께했을 식사자리였다.

루드의 호위인 베른의 경우에는 따로 식사를 하는 까닭에 제외였고, 셰릴 역시도 그와 비슷했다.

그렇게 총 네 명이 함께하던 자리였건만, 에던이 빠진 지금에는 오히려 그 수가 늘어서 여섯이 되어 있었다.

리아의 가족들이 함께하고 있는 까닭이었다.

그 숫자만을 더한다면 원래 다섯이겠으나, 이제는 베른도 식사자리에 참여하는 까닭에 여섯으로 늘어난 것이다.

"드시게."

헤일러가 그리 말하며 먼저 식사를 시작하자, 리아의 모친 제니스가 아직 어린 토드를 챙기며 음식을 입에 가져갔다.

그 옆에서 해맑은 얼굴로 리아도 식사에 전념했고, 중간중간 루드가 리아를 챙겨주며 제법 그럴싸한 풍경이 그려졌다.

특히, 루드가 스스로 소영주라는 사실을 숨기고 있는데다, 리아 역시 모친을 생각해서 이를 따랐기에, 계급차이로 형성되는 경계심이나 긴장감 같은 건 존재하지 않았다.

한 차례 고개를 끄덕이던 헤일러의 시선이, 저 한편의 베른에게로 향했다.

절로 웃음이 나왔다. 재밌는 광경이 펼쳐지고 있는 까닭이었다.

'허헛!'

식사를 하는 와중에 틈틈이 곁눈질로 제니스를 살피는 베른의 모습이 보였다. 마치 사춘기 소년 같은 그 광경이 실로 우스웠다.

'어째, 갑자기 식사에 참여한다 싶더라니. 흘…!'

이유가 있는 착석이었다.

'확실히….'

그가 보기에도 제니스의 외모가 나쁘지는 않았다. 아니, 오히려 미인소리 듣기에 충분했다.

빈민가에서 제대로 된 생활을 하지 못해서, 지저분하고 초췌해진 몰골 때문에 그 외모가 빛을 바랬었으나, 검술원에서 함께 지내며 점차 건강이 나아진 까닭일까?

감춰졌던 미모가 다시금 되살아나고 있었다. 두 아이를 둔 엄마라고는 하나, 이제 겨우 20대 초중반의 여인이었다.

제 빛을 찾은 여인은 점차 만개하는 꽃 마냥 향기마저 흘리고 있었다.

순간순간 흔들리고 풀리는 베른의 동공은 이미 그가 향기에 취했음을 알게 해 줬다.

'허허허헛!'

그간 제법 정이 들었던지, 베른의 이 같은 모습에 더욱 흥겨운 웃음이 날 수밖에 없었다. 저들 가족에게 다시금 웃음꽃이 찾아드는 풍경을 보고 있노라니, 떠나버린 에던의 얼굴이 그려졌다.

'의외의 방식으로 자네 걱정거리가 날아갈지도 모르겠네. 허헛!'

셰릴을 통해 그의 기구한 인생사를 제법 얻어들었다.

때문에 더더욱 에던은 제니스에 대해 신경이 쓰였을 것이다. 굳이 헤일러에게 검술원을 돌려주고, 아이들을 곁에 붙여놓으려 한 이유도 그 때문이리라.

'성인식을 치르자마자 그 썩을 놈에게 걸렸다고 했었지.'

리아의 부친과 관련된 이야기는 그 역시 눈살을 찌푸리게 만들었다.

겉으로만 본다면야 멀쩡한 상인처럼 보인다고 했다. 제니스 역시 거기에 속아 넘어가 리아의 부친을 따랐다고 들었다.

가난에 찌든 삶에 지쳐버린 까닭일까? 사내가 상인이라는 부분이 제니스의 마음을 흔들며, 그 뒤를 따르게 만들었을 확률이 높았다.

'딴에는 집안 살림에 보탬 좀 돼보겠다는 생각도 있었겠지.'

그 때에도 에던은 용병으로써 험난한 사지에서 칼질해가며 번 돈을 계속 고향에 보냈으나, 이때까지는 아직 셰릴이 관여하기 이전인지라, 제대로 돈이 건네지지 못했고, 그나마도 상인들의 욕심에 의해 일부만이 전해질 뿐이었다.

매번 이름을 바꿔가며 다른 상단과 상인을 통하는 까닭인지, 에던 개인으로써는 이 같은 상황에서 벗어나는 게 쉽지가 않았을 것이다.

'아니. 애초에 짐작도 못했겠지.'

시간을 들여 조사를 하고 상인을 찾았더라면 이런 일이 적었을지도 모르겠으나, 도망자로써 움직이던 상황이 워낙 많아서, 그럴 만한 여유가 없었을 터였다.

헤일러의 시선을 느낀 것일까? 아들 토드의 식사를 돕던 제니스가 작게 고개를 숙여보였다.

그로 인해서 생활이 나아진 까닭인지, 이렇게 시선이 마주칠 때면 수시로 감사인사를 건네 오고는 했다.

특히, 최근에는 그의 도움으로 거동도 할 수 있게 되었기에, 더더욱 그를 대하는 태도가 공손할 수밖에 없었다.

신의 뜻을 따르고 그 힘을 행하는 수도사 몽크로써, 그 역시 신성력을 사용할 줄 알았고, 덕분에 그녀의 치료도 감당할 수 있었다.

'뭐…쉬운 건 아니었지만.'

사실, 이 부분에서 새삼 에던을 떠올리기도 했었다.

'집문서만 가지고 퉁 치기에는 조금 과하잖나.'

워낙 오랜 시간을 방치했던 까닭일까? 대법관의 위치에 있는 그로써도 제법 고생을 해야만 했다.

성력이라고 해서 부상에 만능인 건 아니었다.

특히, 상황에 따라서는 치료술이 더 적절할 때가 있었다. 간단한 예를 들자면 뼈가 부러지고, 이를 방치하다 그만 뼈가 어긋난 방향으로 성장하는 경우가 있다.

이 같은 경우는 육체가 스스로 치료를 하다 엇나가는 경우인 까닭에, 성력으로도 고치기가 어려웠다. 치료사를 불러 그 뼈와 관련된 부분을 처리해야만 성력도 힘을 발휘할 수 있는 것이다.

그런 의미에서 제니스는 다행이라고 할 수 있었다.

몽크!

워낙에 오랜 시간을 각자 살아남아야 했던 까닭인지, 그들 대부분은 치료술 역시도 제법 수준급으로 익혀야만 했다.

특히, 그들의 고된 수행과정을 생각했을 때, 치료술은 여러모로 선택이 아닌 필수일 수밖에 없었다.

방치한 기간이 워낙 길고, 빈민가의 생활로 인해 그녀의 몸 상태도 많이 약해져 있던 까닭에, 짧게 끊어가며 치료를 해왔으나, 꾸준히 시간을 들인 덕분인지 이제는 제법 거동이 가능해졌고, 덕분에 리아 역시도 얼굴 가득 만개한 웃음꽃을 피울 수 있었다.

특히, 최근에는 깨끗이 씻고 옷도 새 것으로 갈아입은 덕분인지, 감춰져있던 그 귀여운 외모가 드러나며, 보는 이들을 절로 흥겹게 만드는 미소가 만들어지고는 했다.

'자네도 기왕이면 봤으면 좋을 것을.'

그는 에던이 아예 떠날 마음으로 검술원을 나섰음을 알았다. 때문에 그가 저 미소를 볼 수 없다는 게 아까웠다.

'…자네도 볼 수 있었으면 좋겠군.'

마음에 따르듯 그의 시선이 검술원의 입구 쪽으로 향해 있었다.

❖ ✣ ❖

정보조작의 필요성을 느낀 까닭일까?

셰릴은 의외로 즉시 에던을 쫓아가지 않았다. 페른 자작령에서 그가 사라진 걸 숨기고자 한 것이다.

아무래도 베른이 매일처럼 검술원을 오가는 까닭에, 더더욱 빠르게 그의 빈자리가 외부로 알려질 수밖에 없을 터였다.

이를 감추고자 에던이 보낸 것처럼 속이며 그림자 중 한 명을 페른 자작에게 보냈다. 한동안 그가 자리를 떠난 것처럼 감춘 것이다.

그리고 동시에 에던으로 위장한 사내를 세워, 간혹 영지를 떠돌게 만들었다. 그가 아직 이곳에 있다는 걸 보여주는 작업이었다.

'암전 놈들의 눈과 귀가 그에게로 향해 있으니.'

더더욱 숨길 필요성이 컸다.

특히, 이곳 페르베르멘의 제 1전주를 치러 간 상황이기에, 그의 공백은 최대한 감추는 게 좋았다.

에던 스스로도 이를 알기에 아무도 없을 때, 남몰래 영지를 빠져나간 것이기도 했다.

그녀가 직접 움직이지 않고, 수하들에게 지시만 내려놔도 충분하겠으나, 굳이 이처럼 직접 행동한 이유는 별 것 없었다.

'…위험하니까!'

상대는 무려 암전의 1전주라 불리는 자였다. 사냥개를 잃었다고 해서 1전주 본연의 전력이 사라지는 건 아니었다.

에던의 생사와도 관련될 수 있는 일이기에, 그녀가 움직이게 된 것이다.

게다가 이미 새롭게 체취는 묻혀놨기 때문인지, 그가 얼마나 멀어졌건 여유가 있었다. 애초에 어디로 향할지도 알지 않던가.

정리를 마치고 리아의 가족들에 대한 대비도 어느 정도는 해 놓고 움직이려 했으나, 의외로 헤일러가 움직여준 덕분에 이 부분은 마음을 놓을 수 있었다.

[왜 그에게 그렇게 잘해주시나요?]

한때, 에던에게 많은 부분 양보하는 것 같은 헤일러에게 그처럼 물었던 적이 있었다.

그녀의 질문에 헤일러는 웃으며 이리 답했었다.

[언제 갈지 모를 나이인데, 기왕이면 사자께 잘 보여야지 않겠나.]

'사자라….'

지금도 여전히 알 수 없는 대답이었으나, 분명한 건 그가 에던을 상당히 좋게 생각한다는 부분이었고, 덕분이라고 해야 할지, 리아 가족을 진심으로 살펴 줄 것이라는 점이었다.

'얼추, 정리가 끝났으니.'

이제는 베르첼린 공작령으로 향할 때였다.

❖ ✣ ❖

무더운 날씨였다. 어느새 여름 깊숙이 발을 들이기 시작한 계절은 단번에 작열하는 태양빛 속에 대지를 달구며, 위아래로 열을 발산하게 만들었다.

덕분일까?

'이젠, 밤에도 덥네.'

어둠이 찾아오는 시간에도 열기가 남아 땀을 게워내게 했다.

에던은 목덜미를 흐르는 땀을 슬쩍 닦아내며, 밤이되 왠지 어둡지가 않은 거리의 풍경을 바라봤다.

'과연, 베르첼린 공작령이란 말이지.'

페르베르멘 왕국의 실세라고 불리는 이의 영지인 까닭일까? 값비싼 '마나등'으로 거리가 불을 밝히고 있는 게 보였다.

물론, 마나등이 마법물품이라고 하기에는 그 가격이 싼 편이기는 했다.

'하지만….'

설마하니 거리 전체를 저 마나등으로 채울 거라고는 생각도 못했다. 다른 영지들도 마나등을 사용하기는 하나, 영지의 핵심이 되는 장소나 큰 거리 정도만 이로 채워놓을 뿐이었다.

하지만 베르첼린 공작령은 그 정도 수준이 아니었다.

'어마어마하네.'

고개를 절레절레 흔들던 에던의 시선이, 저 앞으로 보이는 건물을 바라봤다. 그리고 그 주변 건물들을 주욱 살폈다.

'쯧! 암전 규모도 대단하고.'

페른 자작령의 암전처럼 자그마한 영역에 걸쳐서 그들의 세력을 일구고 있는 게 아니었다. 그가 바라보던 건물들 전부가, 이 구역 전체가 '암전의 공간' 이었다.

'그래. 1전주라 이거지.'

애초에 전주들 간의 서열다툼은 사냥개의 개입이 없다. 이는 즉, 암전의 1전주들은 그 자체만으로도 강대하다는 의미이기도 했다.

'하지만….'

그게 암전주 본인이 강하다는 의미는 아니었다.

'마탄 젠!'

세릴을 통해 들었던 이곳 전주의 이름을 되뇌었다. 당연하게도 값비싼 레드문의 정보였다.

그 값은 한 밤 중에 해결했다.

'크흠! 치른 건지…받은 건지는 모르겠지만. 흠흠!'

당시를 떠올린 듯, 얼굴을 슬쩍 붉히던 에던이 이내 고개를 흔들며 잡념을 털어냈다.

페른 자작령의 암전주 마샬탄은 1급 용병의 실력을 지니고 있었다. 전주라는 자리는 개인의 실력만으로 정해지는 게 아니라는 의미였다.

'기왕이면 딱 그 정도였으면 좋겠는데.'

아무리 생각해도 거기까지 바라는 건 욕심이리라. 입맛을 쩝쩝 다시던 그가 다시금 1전주의 이름을 되뇌었다.

'마탄 젠!'

다양한 의미로써 그는 필히 '처리' 해야만 했다.

'감히, 내 동생을…감히!'

셰릴에게 듣기를 리아의 부친도 그 성이 '젠' 이라 하였다. 물론, 암전주 본인은 아니었다. 하지만 그의 비호를 받는다는 것 정도는 충분히 알 수 있었다.

"으드득!"

그가 억세게 이를 깨무는 순간,

콰아아앙!

저 멀리에서 아찔한 굉음과 함께 시원하니 불길이 치솟는 게 보였다.

"오늘, 제대로 한 번 짖어주마!"

그리고 기다렸다는 듯, 영지 곳곳에서 폭음과 함께 화마가 치솟기 시작했다.

동시에 에던이 움직였다.

워낙 오랜 시간을 밑바닥만 굴러왔던 덕분인지, 에던은 다방면에 걸쳐서 조금씩 재주들을 지니고 있었다.

앞서, 페른 자작령에서 사냥개들을 처리하던 당시, 활을 사용하던 것도 거기에 포함되는 재주들 중 하나였다.

그리고 이곳 베르첼린 공작령의 암전을 상대하기 위해

그가 꺼내든 건, 바로 '마법'이라는 특별한 재주와 연관되어 있었다.

물론, 그의 머리로 그 복잡하고 어지러운 학문을 이해하기란 무리가 있었다. 전략 전술과 관련된 책이 수면제가 되어버렸던 것만 봐도 충분히 알 수 있는 부분이었다.

그럼에도 불구하고 에던은 마법의 필요성을 느꼈고, 과감히 그 어지러운 공부에 손을 뻗었다.

하루도 안 되어, 반나절 만에 뻗어버린 건 그만의 비밀이었다. 때문에 선택한 꼼수가 있었다.

아티팩트!

일명 마도구의 한 종류라 할 수 있는 마법 물품을 통해서 마법적인 효과를 누리는 것이다.

물론, 아무리 저 서클의 마법이 담겨있다고 해도, 마법 물품의 가격은 만만치가 않았다. 하지만 마나등처럼 생활과 관련된 물품들은 그나마 가격대가 싼 편이라 어찌어찌 감당을 할 수 있었는데, 에던은 이를 중심으로 마법이란 학문에 슬쩍 발끝을 걸칠 수 있었다.

콰앙! 콰아아앙…

시원하니 터져나가는 저 폭음도 그 중 하나였다.

우선, 영주들이 축제나 행사에서 연설 당시에 자주 사용하는 소리를 키우는 음성증폭 마법을 통해, 저 천둥소리를 꾸며내고 있었다.

하늘 높이 솟구치는 화염도 그와 같았다.

이 역시 축제나 행사에서 사용되는 것으로써, 증폭 마법과 마찬가지로 주최자의 영상을 크게 확대시켜 사람들에게 비춰주는 환상 마법의 일종으로써, 에던은 이를 통해 작은 불꽃을 크게 키우는 중이었다.

불꽃 역시도 아티팩트의 일종으로써, 특히 가격이 싼 종류의 것으로 작은 불씨만 담아도 불꽃이 피어나는 일종의 화로 역할의 마법으로써, 돈 많은 귀족가의 여행자들이 주로 사용하는 취사용품으로도 유명했다.

가격대에 따라 불길의 유지시간도 다른데, 에던의 것은 특히나 싼 까닭에, 소리도 요란했고 그 불길도 오래지 않아 꺼지는 것이었으나, 오히려 그 때문에 지금 상황에 잘 어울린다고 여겼다.

'화재는 연출이 중요하니까.'

그 나름의 철학이라고나 할까?

당연하게도 건물을 불태울 수준이 아닌 까닭에, 각 건물의 옥상 한편 구석진 곳에 별도의 조치를 취해, 일정 시간이 지나면 불이 붙을 수 있도록 따로 심지와 램프를 연결해 놓은 상태였고, 그 때문에 이처럼 순차적으로 폭음과 화마가 일렁이는 것이기도 했다.

저 폭음에 깜짝 놀란 경비대가 출동하겠으나, 그들이 도착할 즈음에는 결국 불길이 잡히고, 웃기지도 않는 종이쪼가리만이 남아있을 터였다.

폭음과 불길을 뒤로한 채, 에던은 암전의 구역을 세심하게 살폈다. 과연, 심상치 않은 몸놀림을 비치는 이들이 보였다.

외형으로 보자면 별달리 특별해 뵈는 게 없는 사내건만, 움직임은 실로 날렵하고 또 은밀했다.

그런 이들이 한둘이 아니었다.

'누구를 잡아야하려나.'

에던은 찬찬히 그들을 살피다가 이내 가장 몸놀림이 뛰어나 보이는 사내의 뒤를 쫓았다.

단번에 1전주의 거처까지 도달하기는 어려울 것이다. 하지만 저들 개개인이 각자의 상급자나 그와 관련된 이들과 접선하리라고 여겼기에, 하나씩 짚어나가며 올라갈 생각이었다.

콰아아앙…

뒤편에서부터 시작되었던 불길과 폭음성이 점차 가까워지고 있었다. 애초에 이 넓은 지역 전체가 암전의 구역이었고, 에던은 그가 짐작하는 암전의 영역 외곽을 쭈욱 두르며 아티팩트를 설치해놓았다.

그리고 동시다발적으로 터지되 종래에는 구역의 안쪽으로 이를 수 있게 시간을 조절해 놓기도 했다.

'다시…거지구나.'

입맛이 썼다.

헤일러에게 털려 비어버린 주머니가 이제는 구멍이 난 듯 가벼웠다. 셰릴을 통해 레드문에서 빚까지 진 상황이었으나, 주머니는 그저 가벼울 뿐이었다.

제 아무리 싼 아티팩트라고 하나, 그래도 마도 물품이었다. 3급 용병의 의뢰비 한 건당 아티팩트 하나라고 쳐도 과언이 아니었다.

그나마도 제법 위험도가 높은 의뢰비라면, 몇 개 정도는 감당할 수 있겠으나, 이곳에서 사용한 건 한 손으로는 결코 꼽을 수 없을 만큼 많았다.

'두 해 벌이가 한방에…으득!'

괜스레 눈시울이 붉어졌다.

'그래! 1전주면 금고도 빵빵하겠지.'

거사를 치르는 김에 개인적인 욕심도 살짝 채우는 것!

'이런 걸 두고 꿩 먹고 알도 먹는다는 거겠지.'

살짝 입맛을 다신 에던이 어둠 속으로 녹아들었다.

❖ ✣ ❖

베르첼린 공작령의 갑작스런 소란 속에서, 마탄은 기이한 예감을 느꼈다.

'…적?'

암전의 제 1전주가 머무는 장소였건만, 이상하게도 그의 터전을 짓밟고자 하는 악의를 읽은 것이다.

애초에 창밖으로 일어나는 불길의 향연이 그의 영역을 중심으로 발생하고 있기에, 더더욱 이런 감각을 느낀 것일지도 몰랐다.

'설마….'

그럴 리가 없다는 생각이 들었지만, 아주 부정하기도 어려웠다.

"빌어먹을 에던 헌트!"

새삼스럽지만 이 같은 불안감을 만든 존재가 떠올랐다. 그 때문에 안전에 대한 확신을 가지기가 어려워진 까닭이었다.

무려, 사냥개 마흔이었다.

페르베르멘 왕국의 심판자 대부분이 그 한 사람에게 당해버린 것이다.

당연하게도 이 같은 상황을 만든 마탄의 위치가 크게 흔들릴 수밖에 없었다.

[덕분에 페르베르멘의 전력에 공백이 생겼군.]

[사냥개들을 키우는 게 얼마나 어려운지 알 텐데.]

[허어…실망일세.]

원로회의 질책이 수시로 이어졌고,

[아무래도 1전주 자리가 너무 부담이 됐나봐.]

[슬슬, 물러날 때가 된 것 아닌가?]

타 전주들의 압박이 하루가 멀다 하고 짓눌러왔다.

하지만 당장 서열다툼을 시작하지는 않을 거라 여겼다. 어쨌든 그의 전력 자체는 보존되어 있는 까닭이었다.

물론, 위험하기는 했다. 그의 실수는 원로원으로 하여금 타 전주들 간의 연합을 허락하게 만들 수도 있기 때문이었다.

'설마…벌써 움직인 건가?'

그의 예상보다 빠르게 전주들의 연합이 이뤄졌을지도 모른다는 불안감이 들었다.

'누구냐?'

당장 떠오르는 건 2전주와 3전주였다.

그나마 둘의 세력이 가장 강성하기 때문이었고, 그 둘만이 그를 위협할 수 있는 까닭이었다.

결국, 설마 했던 서열다툼인 것일까?

마탄이 잔뜩 굳은 얼굴로 창밖을 노려봤다.

"으드득…."

점차적으로 그의 영역 깊숙이 파고드는 화마가 그의 불길한 예감에 신빙성을 더해주고 있었다.

❖ ✣ ❖

암전이라고 하면 대개는 어둔 지하에 터를 마련한 채, 마치 지하 격투장 같은 걸 운영하는 이미지를 그리고는 하는데, 전혀 틀리지 않은 상상이었다. 실제로 대부분의 암전이 그 같은 구도를 잡고 있었다.

놀라울 정도의 솜씨로 지하 속으로 다양한 굴을 뚫어놓고, 거대한 공동 역시 마련할 만큼, 그들에게는 뛰어난 건축자 혹은 기술들이 존재 했다.

하지만 그것도 상위 전주들의 영역으로 넘어가면 조금 이야기가 달라진다.

오히려 일상에 녹아드는 부분이 많아지고, 평범함을 가장해서 주변 이목에서부터 자유로워지는 경우가 더 커지는 것이다.

베르첼린 공작령의 암전은 바로 이 같은 부분에 가장 부합된다고 할 수 있었다.

누가 봐도 흔한 과일가게의 주인이었다.

하지만 에던은 한 점 망설임도 없이 그의 목을 베었다.

"끄륵…?"

숨이 끊기는 마지막 순간까지 의문스런 눈빛으로 그를 바라 봤으나, 에던은 그가 앞서서 암전의 그림자들과 두어 차례 접촉하는 걸 확인했고, 상대의 손끝에서 암전 특유의 독특한 수신호가 흐르는 걸 목격했다.

'…배우해도 되겠네.'

모든 진실을 알기에 더더욱 저 같이 억울한 눈빛과 표정들이 소름끼쳤다. 철저하게 평범함을 가장하며 뿌리 깊숙이 일상연기에 물들어 있다는 의미인 까닭이었다.

'확실히…1전주의 영역은 다르다는 거겠지.'

마치 동네 건달패 같은 이들이 수두룩한 하위 암전과는 여러모로 태도나 분위기 자체가 다르다는 게 느껴졌다.

'하지만 그래봤자 암전이지.'

저 깊은 곳으로 발을 들일수록 저들의 본질과 마주하게 될 것임을 알았다. 때문에 한 점 자비 없이 칼을 들었고, 베었다.

싸늘한 시체가 되어버린 사내를 내려다보던 에던이 저 한편의 골목길 쪽으로 걸음을 옮겼다.

앞서, 과일가게 주인과 짧게 신호를 나누던 암전의 그림자가 향한 방향이었다.

'벌써, 끝났나.'

슬쩍 뒤를 돌아보니, 한참 치솟던 불길이 사라지고 폭음 소리도 어느새 멎어있었다.

'끄응…너무 짧잖아.'

한 해도 아닌 두 해 벌이에 버금가는 금액을 쏟아 부었던 까닭일까? 유난히 짧게 느껴지는 건 어쩔 수가 없었다.

거리의 소란이 그나마 마음의 위안이었다.

'…젠장!'

사라져버린 주머니의 무게감 때문인지, 괜스레 마음이 쓰리고, 옆구리도 시렸으며, 가슴도 서늘했다.

올 여름,

뜨신 잠자리는 다 갔다고 봐도 과언이 아니었다.

'아…춥다. 추워!'

부르르 몸을 떤 그가 그 서늘한 한기를 검 끝에 담아 휘둘렀다.

서걱!

한 줄기 섬광이 허공을 가르고, 붉은빛 물결이 그 궤적을 따라 흩뿌려졌다.

그리고 에던의 등 뒤로 하나의 그림자가 무너져 내렸다.

"아오, 손목이야!"

어느새 뒤를 잡혔던 것일까? 갑작스런 후방 공격에 대응하느라 과하게 손을 비틀었던 모양인지, 저릿한 통증이 손가락 마디마디 전해져왔다.

싸늘하니 식어가는 시체를 내려다보던 에던이 짧게 혀를 찼다.

"쯧! 들켰나."

갑작스런 암습자의 정체는 앞서 그가 뒤따르던 암전의 그림자였다. 그가 뒤를 밟는 걸 알고는 역으로 덫을 친 모양이었다.

암전의 중심에 이르는 연결고리가 사라져버린 상황이었으나, 크게 신경 쓰진 않았다.

저 모퉁이 너머로 슬금슬금 밀려드는 서늘한 예기를 느낀 까닭이었다. 발치에 놓인 연결고리가 아니더라도, 저 너머에 무수히 많은 연결점들이 찾아들고 있었고, 또 찾아들 것이다.

'생각보다 대응이 빠르네.'

그들 영역의 외곽에서 발생한 소란 때문에 그곳부터 순차적으로 경계가 강화될 거라 여겼다.

또한 불꽃이 여러 차례 다방면에 걸쳐 일어난 까닭에, 사방으로 전력이 흩어질 거란 부분까지 계산해 놓고 일을 벌였다.

이 틈을 노리고 내부 깊숙이 파고들려던 것이었는데,

벌써부터 덜미를 잡혀버렸다.

사건 발생 당시에 내부에서부터 움직였기에 더욱 가능성을 높게 보았건만, 아쉽게도 제 1전주의 영역은 생각만큼 호락호락하진 않았던 모양이었다.

'뭐, 상관없지.'

어차피 피를 잔뜩 보기로 결심하고 움직인 상황이었다. 뿌리를 찾지 못했다고는 하나, 몸통까지는 다다랐다는 감이 왔다.

'게다가…슬슬, 몸도 근질근질하니까.'

지난 시간동안 아이들만 가르쳤던 건 아니었다. 그 스스로도 꾸준히 노력을 기울였고, 아이들을 굴리는 만큼, 그 자신에게도 가혹하다 싶을 만큼의 시련을 부여했다.

헤일러의 도움 역시도 제법 받았다.

몽크!

그들의 고행은 역사적으로 입증된 고된 수행법이었다. 바로 이 수도사들의 정점에 있는 헤일러의 조언을 통해, 아이들을 가르치는 한편 스스로의 단련도 아끼지 않았다. 이곳까지 오는 여정 중에도 아낌없이 시련을 부여해왔다.

덕분이라고 해야 할까?

작게나마 몸의 움직임이 더 좋아진 것을 느끼고 있었다. 피부로 실감될 정도라는 건, 아마도 하나의 벽을 넘었다고 볼 수 있을 것이다.

'지금이라면….'

그 육체적 능력만으로도 충분히 일급 용병들의 영역에도 한 발 걸칠 수 있지 않을까?

가벼운 긴장감으로 육신의 살살 달구고 있을 즈음, 모퉁이 너머로부터 일단의 무리들이 모습을 드러내기 시작했다.

'여덟인가.'

그들의 등장과 동시에 에던이 움직였다.

"감히…컥!"

"어디서 온…끄륵!"

채 무어라 말을 건네기도 전에 선공을 취하며 둘의 생을 거뒀고, 거기에 반응한 듯 검을 뽑아드는 사내들에게 아직 열기를 머금은 시체 두 구를 밀었다.

그러며 간격을 잡고 암기를 던졌다.

카카카캉!

찰나의 순간 다섯 개가 날았고, 네 개가 막혔다. 남은 하나도 목숨을 거두지는 못했다. 그저 팔뚝어림에 막혀있을 뿐이었다. 상관없었다. 그저 간격을 조율하기 위한 암격인 까닭이었다.

그들이 한 차례 암기에 신경 쓰는 사이, 다시금 거리를 좁혔다.

먼저 치고 빠진 뒤 다시 덮치는 것이다.

물 흐르듯 자연스러운 그의 연격은 마치 두 사람의 합공을 보는 듯하여, 사내들로써도 간격의 괴리감에 잠시간 당혹감을 드러낼 수밖에 없었다.

그리고 그 잠깐의 흔들림은 단번에 셋의 목숨을 거둬들였다.

"이…이게 무슨…."

그야말로 서너 호흡도 안 되는 찰나였다.

잠깐 사이에 동료 다섯이 당했다는 충격적 광경 때문일까? 침입자의 소름끼치는 실력에 긴장한 듯, 남은 세 명의 몸이 굳어버렸다.

당연하게도 에던으로써는 놓칠 수 없는 절호의 기회였고, 뻣뻣한 그들의 대응은 한 호흡을 버티지도 못한 채, 서늘한 죽음만을 불러올 뿐이었다.

"휘유…이제부터가 진짜인가."

제대로 짖기 위한 목을 풀 듯, 이리저리 점검을 하며 감각을 활성화시키기 시작했다.

사방을 압박해오는 열기가 느껴졌다.

"한 여름에는 역시 공포체험이지."

등줄기가 서늘해질 정도로 짜릿한 여름밤을 암전에 선물해 줄 생각이었다.

❖ ✣ ❖

사람이 말보다 빠를 수 있을까?

이에 대해서 묻는다면 열이면 열, 백이면 백 모두 같은 대답을 할 것이다.

[불가능하지.]

하지만 이를 부정할 수 있는 존재가 있었다.

초인!

그들이라면 가능했다. 이르기를 '초월' 이라 하는 자, 즉 사람의 영역을 넘었다고 불리는 이들이었다.

말을 따라잡는 것 정도는 일도 아닌 것이다.

알려지지 않은 절대자이자 밤거리를 붉은 달빛의 지배자, 밤의 여왕 세릴 역시도 그 같은 빠른 발을 지니고 있었다.

게다가 그녀는 여왕들 특유의 방식으로 여느 초월자들 중에서도 손에 꼽히는 쾌속함을 지녔다고 자부하기도 했다.

그 덕분일까?

에던보다 한참 늦은 출발을 했음에도 불구하고, 늦지 않게 도착하여 나름 명당이라 할 만한 자리에서 여유 있게 상황을 관람할 수 있었다.

"엄청…나네."

시원하니 솟구치는 불길과 함께 소란 속으로 빠져드는 거리를 보고 있노라면, 절로 탄성이 나올 수밖에 없었다.

세릴은 에던이 벌여놓은 소동을 보며 저도 모르게 가벼운 박수를 치고 말았다. 그도 그럴게 싸구려 아티팩트 몇 가지의 간단한 조합만으로, 저 같은 효과를 발휘했으니, 어찌 놀랍지 않을 수 있겠는가.

이미 레드문을 통해 에던을 추적하며 그의 과거 역시도 함께 조사가 끝난 상황이기에, 그가 값싼 아티팩트로 마법에 곁다리를 걸치고 있다는 것 정도는 알고 있었다.

하지만 그게 이 정도로 훌륭할 것이라고는 상상도 하지 못했었다.

'대단해!'

그야말로 감탄이 절로 나오는 활용법이었다.

'까고 또 까도 여전히 깔게 남았네.'

보면 볼수록 양파 같은 매력을 지닌 것 같았다. 앞서, 페르 자작령에서 사냥개들을 사냥하던 당시, 생각 이상으로 훌륭한 활 솜씨를 보며, 그 때에도 적잖게 감탄하지 않았던가.

'본인이야 잔재주 수준이라고 하지만….'

솟구치는 화살의 궤적 속에서 절실한 노력 그리고 열정의 잔재가 한껏 묻어나오는 느낌을 지울 수가 없었다.

갈망 혹은 간절함!

그의 과거를 알기에 더더욱 그처럼 여겨졌는지도 모르겠으나, 분명한 건 그가 결코 가벼운 마음으로 활을 들고 아티팩트를 사들인 건 아니라고 여겼다.

걱정하는 마음이 크다는 건 부정할 수 없으나, 한편으로는 기대하고 있다는 것 역시도 사실이었다.

'그리고….'

사건이 발생한 지금에 이르러서는 기대감이 한껏 증폭

되고 있었다.

'믿을게. 달링!'

페르베르멘 왕국의 실세라 불리는 베르첼린 공작령!

겨우 단 한명,

일개 3급 용병의 잔재주에 그곳이 전장으로 변해가고 있었다.

❖ ✣ ❖

얼마나 베었는지는 모르겠으나, 한 가지는 분명했다.

'아직, 할 만 하네.'

페른 자작령에 머물 당시만 해도, 이 즈음이면 숨을 헐떡이며 어둠 속에 숨어 호흡을 고르며 체력을 비축하고 있었을 것이다.

하지만 지금은 달랐다.

"그래도 여전히 용병패는 3급이라…큭!"

짧게 실소한 에던이 옷을 벗었다.

상처는 없었으나, 옷가지는 이미 핏물에 흠뻑 젖어서 질척거리고 있었다. 최단으로 최선의 일격을 선사하면서 삶을 거뒀음에도 불구하고, 죽음은 덕지덕지 묻어나와 결국 전신을 축축하게 물들인 것이다.

주변에 너부러진 시체들 중에서 가장 멀쩡해 보이는 옷으로 갈아입은 뒤, 간단히 몸을 점검했다.

짧지 않은 시간에 많은 전투를 치렀다. 하지만 다친 곳이 없었다. 새삼스레 벽 하나를 넘었다는 걸 실감하는 순간이었다.

1급 용병!

분명히 이제 겨우 그곳에 발을 디딘 정도이고, 오러를 사용하지 못하는 만큼, 한 번에 압도적인 파괴력을 자랑하기는 어려웠다.

하지만 '흉내' 정도는 낼 수 있다고 여겼다.

'그 정도면 충분하지!'

각성감각과 1급 용병 언저리의 능력이 어우러진 훌륭한 결과물이, 이곳 베르첼린 공작령의 어둔 거리 가득 흩뿌려져 있지 않은가.

'할 수 있어!'

이곳까지 오는 내내, 은연중에 불안감이 들었던 건 사실이었다. 어쨌든 상대는 무려 암전의 1전주가 아니던가.

사냥개들과 겨루던 것과는 또 다른 어려움이 있을 수밖에 없었다. 오히려 더욱 어렵고 힘겨운 싸움일 것이기에, 은연중에 밀려오는 압박감이 가슴을 쪼그라들게 만들었던 것도 사실이었다.

하지만 지금 이 순간,

"할 수 있다!"

그는 자신감과 더불어 확신을 얻었다.

❖ ✣ ❖

처음에는 잘 못 들었다고 여겼다. 하지만 이내 보고에 거짓이 없음이며, 고로 진실이라는 걸 깨닫고는 경악할 수밖에 없었다.

"한 명? 한 명이라고?"

마탄은 그림자들의 보고에 황당하다는 듯, 연신 같은 말만 반복했다.

갑작스레 치솟은 불길을 시작으로, 암전의 요원들이 소식이 끊기고 있음을 알았다. 이를 관리하는 그림자들이 바삐 정보를 통합했고, 이를 토대로 하나의 결론을 내렸는데, 그게 실로 충격적이었다.

'단 한명에게 전부 당했다고?'

몇몇, 현장에서 살아남은 혹은 도주한 이들의 증언을 합한 결과로써, 요원들의 희생은 이미 두 자릿수를 훌쩍 넘어 있었다.

'대체….'

불길이 치솟고 영지의 경비대가 출동하고, 그들이 암전의 영역 깊숙이 들어오지 못하게 적절히 통제하기까지, 생각보다 오랜 시간이 걸리진 않았다. 오히려 짧다는 말이 어울렸다.

헌데, 그 짧은 시간 동안 벌어진 암전의 희생은 말도 안 됐다.

'…이게, 무슨?'

경비대에 열어놓은 눈과 귀를 통해, 사건의 정확한 조사 보고도 이미 들은 상황이었다.

아티팩트!

불길에 휩싸여 흔적이 얼마 없는 까닭에, 정확히 분석을 하기는 어려우나, 실질적인 위력이나 피해 자체는 크지 않다는 이야기를 들었다.

'게다가 건물도 멀쩡하다고 했었지….'

문득, 기이한 예감과 함께 의문이 하나 떠올랐다.

'정말로 전주들의 공격이 맞나?'

서열다툼?

지금 이 소란이 그와 관련된 사건이 맞는지, 이에 대한 확신이 사라지고 있었다.

동시에 말도 안 되는 생각이 떠올랐다.

'…혼자라고?'

분명히 암전의 요원들을 처리하는 건 한명이라고 들었다.

'설마….'

말도 안 된다 여기며 고개를 저으면서도, 한편으로는 깊숙이 새겨져 지워지려 하지 않는 내용에, 왠지 머리가 아파왔다.

❖ ✣ ❖

베고 또 베고 그렇게 무수한 죽음의 궤적 속을 헤매던 중, 불현 듯 느낌이 왔다.

'이 부근인가.'

에던은 목적지에 가까이 왔다고 여겼다.

주르륵…

이마에서부터 흘러내리는 진득한 핏물에 소매를 찢어 이마를 감싸야만 했다.

지혈을 하는 한편, 그의 이마에 상처를 낸 사내를 바라봤다. 이미 싸늘한 시체가 되어 차가운 대지에 동화되어가고 있었지만, 그가 보여줬던 마지막은 실로 인상적이었다.

'애초부터 같이 죽자는 생각으로 달려들었단 말이지.'

그리고 이 부분에서 간격을 허락했다. 아니 빼앗겼다.

'휘유…아슬아슬 했네.'

가까스로 위기를 모면하기는 했으나, 이마에는 진한 흔적을 남길 수밖에 없었다. 길지 않은 전투였으나, 지금까지와는 다른 실력이나 각오를 느낄 수 있었다.

일반적인 암전 요원이 아니었다.

'어디냐.'

멀지 않은 곳에 1전주의 거처가 있을 것이다. 사내와의 격돌 끝에 이 같은 결론을 내릴 수 있었다.

'특급용병!'

사내에게서는 그 특별함이 느껴졌었다.

에던의 눈이 가늘어지며 주변을 샅샅이 훑어가기 시작했다. 암전과 관련된 것들이라면 하나도 놓치지 않고 찾아내겠다는 생각이었다.

아무래도 살이 갈라지고 피가 튀는 전투가 벌어지는 만큼, 거리에서 벗어나 골목길과 같은 어둔 지역을 중점적으로 움직이고 있기는 하나, 그럼에도 불구하고 여전히 일상을 곁에 두고 있는 장소라는 건 변함이 없었다.

그렇게 이리저리 시선을 돌려대던 에던의 시야에 유난히 높게 솟은 건물이 하나 보였다.

이를 가만히 응시하던 에던이 고개를 흔들었다.

'너무 튀어.'

세상을 살아가는 이들이라면 모르겠으나, 암전은 세상 이면을 영역으로 두고 있었다. 위치의 특이성 때문에 일상에 한 발 걸치고 있다고는 하나, 그들이 스스로를 드러내는 짓을 할 리는 없었다.

하지만 길게 생각하고 살필 시간은 없었다. 이미 그는 암전의 눈에 들었고, 저들의 목표물이 되어있는 상황이었다.

적절하게 피가 멎었을 즈음,

"얼추 지혈도 됐으니."

암전의 요원들이 또 다시 모습을 드러내고 있었다. 한눈에 봐도 잘 벼려진 칼 같은 예리가 눈빛과 서늘한 기세 같은 걸 보고 느낄 수 있었다.

씨익!

입 꼬리가 절로 올라갔다.

새삼스럽지만 제대로 찾아왔다는 생각이 든 것이다. 게다가 저들이 다급히 몰려왔던 방향을 유추한다면, 가야할 방향 역시도 결정할 수 있을 터였다.

최대한 크고 요란스럽게 일을 벌였고, 빠르게 사건을 이어나갔다. 저들에게 생각할 시간보다 우선 움직여야만 할 상황은 만든 것이다.

[선 조치 후 보고!]

정신없게 만든 것이다.

아무래도 상황의 다급함으로 인해, 저들도 뒤를 완전히 지우지는 못했을 거라 여겼다. 충분히 되짚어 갈만한 가치가 있을 터였다.

'세 명인가.'

하지만 지금껏 만났던 요원들 중 가장 뛰어나 보였다. 그의 이마에 상흔을 남긴 사내와 닮아있다고 해야 할까?

스릉…

그들은 시선을 맞추기도 전에 이미 검을 뽑았고, 한 마디 대화의 말을 건넬 시간도 아끼며 달려들었다.

찰나 간에 마주한 눈빛과 표정에서 그들의 각오를 읽었다.

'동류인가.'

이마의 상흔을 남긴 사내와 마찬가지로, 저들 역시도 죽음을 등에 지고 달려들고 있는 것으로 여겨졌다.

함께 죽을 각오로 달려드는 이들이었다. 지닌바 실력에서 최소한 반 수 이상은 위로 놓아야 했다. 충분히 사냥개들과도 동급으로 놓을 수 있는 수준이었다.

'쯧!'

암기를 던져 잠시 흐름을 끊고 저들의 호흡을 훔쳤다.

카카카캉!

소매의 펄럭거림과 은밀한 암격으로 그간 무수히 많은 이득을 취해왔으나, 다양한 경험과 진짜배기 실력을 갖춘 특급용병에는 닿지 못했다.

간단히 막혀버리는 암기들 너머로 몸을 던졌다.

카가가각!

칼과 칼이 맞닿고 마찰하며 서글픈 쇠울음 소리가 흘러나왔다.

3대 1의 상황이었다. 한 명에게 얽매이는 순간, 죽음은 등 뒤로 떨어지는 게 다수와의 전투였다.

하지만 그럼에도 불구하고 에던은 칼을 놓치지 않았고, 마치 힘 대결이라고 하려는 듯 대치에 들어갔다.

잘 되었다는 듯 상대도 호응해줬고, 그 순간 다른 둘이 덮쳐왔다.

찰나의 순간,

에던은 칼 너머로 승리를 '확신' 하는 상대의 눈빛을 읽었다.

푸웃!

그 순간 에던의 입에서 침이 튀었다.

"커헉!"

동시에 마주하고 있던 칼을 내던지며 암전의 요원이 바닥을 굴렀다. 침이라고 여기며 무시한 채 받았던 분비물이 사실은 암기였던 것이다.

평소, 그가 암기를 내던지는 건 상대의 시야를 교란시키기 위함이었으나, 동시에 너른 소매로 자신의 행동도 일부 감추기 위한 목적도 있었다.

지금이 바로 그 두 번째에 속하는 경우였다. 암기를 던지며 그것만으로 부족할거라 여기며, 다른 손으로 작은 암기를 입에 문 것이다.

겨우 입으로 불어서 던지는 암기였다.

'근거리에서 밖에 못 쓰는 거니까.'

때문에 일부러 칼을 대고 힘겨루기에 들어간 것이었다.

'이 정도 재주는 있어야지.'

열셋,

그 어린 나이에 시작하여 어느새 스물일곱!

다양한 재주를 익혔고 수많은 실전으로 다졌다. 용병계의 가장 치열한 밑바닥을 버텨올 수 있었던 원동력이었다.

"후읍!"

숨을 삼키며 전방의 열린 공간으로 몸을 던졌다.

서걱, 서걱…

짜릿한 통증이 옆구리와 등허리쯤에서 느껴졌다. 둘의 공격에 당한 것이다.

선명히 느껴지는 고통에 눈살을 찌푸리는 한편, 암기에 당해 눈을 부여잡고 있는 사내를 확실하게 마무리 지었다.

그리고는 한 바퀴 바닥을 굴러 그대로 저 앞의 모퉁이 너머로 뛰어들었다.

"쫓아!"

뒤에서 다급히 외치며 따라붙는 소리가 들렸다. 무시하며 달렸다. 어렴풋이 가야 할 방향은 잡았다.

달음박질에 속도를 더했다.

'어디 확인을 해 볼까나.'

그러는 한편, 뒤편을 슬쩍 돌아보니 쫓아오는 둘의 표정이 좋질 않았다. 목표물을 놓쳤다는 분노 외에도 초조함 같은 게 묻어나오고 있었다.

'정답인가.'

의도적으로 그들을 무시하며 내달린 이유가 상황을 급전개하며 저들의 반응을 살피기 위함이었다.

'이 방향이 맞군.'

덕분에 길을 제대로 잡았다는 확신을 얻었다.

"보답이라고 하긴 뭐하지만…."

고통 없는 죽음을 선사해 줄 것이다.

"최대한 안 아프게 해 줄게."

그 말과 함께 에던의 신형이 급격히 반전하며 돌아갔다.

사신의 낫이 집행을 시작했다.

❖ ✣ ❖

더 이상 부정할 수 없는 진실이 턱밑까지 다다랐음을 알았고, 그로 인해서 이젠 현실을 인정해야만 했다.

'결국, 한 명…때문이라는 건가.'

마탄은 그의 거처에서 소란을 일으키는 사내를 내려다보며 이를 악물었다.

너무 높아서는 안 된다.

그렇다고 너무 낮아서도 안 된다.

적당히 주변과 높이가 같아 보이되, 영역 전체를 돌아볼 수 있을 정도의 높이의 건물에 그의 거처를 정했다.

암전의 기본에 충실할 수 있도록, 너무 튀지 않도록 위치를 잡은 것이다. 의도적으로 눈에 띄는 높이의 건물도 가까이에 뒀다.

혹시라도 공격을 받게 되고 만약의 사태가 발생했을 시, 적들의 시선을 잠시나마 그쪽으로 교란시키고 걸음을 지체시키기 위함이었다.

하지만 어찌 된 일인지, 저 아래에서 소란을 일으키는 사내는 올곧게 그의 거처를 향해 직진해오고 있었다.

'대체, 누구지?'

그 정체를 알고자 자세히 살폈다.

주변과 맞췄다고는 하나, 그래도 제법 높이가 되는 건물인데다가 어둔 밤 시간대이고, 게다가 한눈에 알아볼만한 거리도 아니었지만, 그는 한눈에 상대를 살필 수 있었다.

마법 물품인 '매의 눈'을 사용한 덕분이었다.

보고로 들었던 모습 그대로였는데, 귀로 듣는 것과 눈으로 직접 확인하는 건 분명한 차이가 있었다.

'으음….'

무언가 떠오를 듯 하며, 아련하니 머릿속을 맴도는 이미지가 있었다. 눈살을 찌푸린 채, 그 흔적의 꼬리를 물고 늘어졌다.

그러다 결국 떠오르는 정보가 있었다.

"설마…미친개 헌트?"

의문 그리고 의심 이어지는 경악과 탄성.

"…하!"

상대가 진정 예상했던 그 인물이란 확신이 든 까닭이었다. 때문에 이해할 수가 없었다.

'어째서?'

아니, 어떻게?

'나에게…암전에게 칼을 뽑는다고?'

그건 초월자들이라 할지라도 선뜻 들어서지 못할 선택지였다. 헌데, 그 말도 안 되는 상황이 눈앞에 펼쳐지고 있었다.

'설마, 저 놈…다른 전주들의 수작인가?'

하지만 이내 고개를 저었다.

사냥개의 희생은 전주들 간의 서열다툼에 집어넣을 사항이 아니었다.

'결국, 제 살 파먹는 거니까.'

언제고 그들도 시간이 흐른다면, 원로회로 넘어갈 것이기에, 더더욱 지켜야 할 전력이 바로 암전의 심판자들이었다.

'결국, 저 놈 혼자라는 건데.'

혹시라도 놓친 게 있는 걸까?

암전과 대립하는 타 세력의 수작일지도 모른단 생각이 들며, 다양한 단체명이 머릿속을 스쳐갔다.

강대한 귀족들의 이름도 여럿 떠올랐다. 특히, 이곳 페르베르멘의 귀족들을 중점적으로 되짚었는데, 이는 그가 이곳의 1전주이기 때문이었다.

'그나저나…엄청나군!'

거처 주변을 지키는 이들은 특히 뛰어난 이들로 배치해놨다.

'특급 용병으로만 뽑아놨건만.'

게다가 그 독기도 남다른 이들이기에, 암전의 심판자들과도 어깨를 나란히 할 수 있다고 자신하는 그의 실질적인 전력이었다.

헌데, 그런 강자들이 너무도 허무하게 스러져갔다.

"일검에 필살이라니…."

불현 듯 터져 나오는 탄성마냥, 그 실력에 절로 흘러나온 중얼거림이었다. 하지만 뱉어낸 그 내용에 스스로 놀라며 두 눈을 부릅떠야만 했다.

"설마…."

한참 유명세를 떨치던 사내와 관련된 내용이었던 까닭이었다.

일격에 필살이니!

"사신…운트?"

앞부분이 살짝 다르나, 저 오싹한 전장의 풍경을 보고 있노라면, 그 느낌이 분명 같을 거란 예감이 들었다.

"사신, 운트!"

경악성과 함께 그가 자리에서 벌떡 일어났다. 그리고는 마치 창에 달라붙듯 얼굴을 붙이며 상대를 더욱 세세히 살폈다.

하지만 그 순간 상대의 모습이 사라져버렸다.

"으음…."

벌써, 입구를 지키던 이들이 전부 당한 것이다.

뒤늦게 상대가 그의 거처로 들어섰다는 걸 깨닫고는 다급히 방을 나섰다.

'정말로 사신이라면….'

최악의 상황까지도 고려해야만 했다.

[기사단을 홀로 해체시켰다!]

만약, 상대가 진정 사신 운트라면 거기에 한 가지 일화가 더 들어갈 것이다.

[사냥개 마흔을 역으로 사냥했다!]

그가 아는 한, 이 같은 전공을 올릴 수 있는 존재들은 몇 없었다.

'초월자!'

혹은, 적어도 거기에 한 발 걸칠 수 있을 법한 실력자여야만 했다.

고위기사!

그 중에서도 별의 영역에 오를만한 자격을 갖춘 이들이나 되어야, 저 말도 안 되는 전공과 이적들을 행할 수 있는 것이다.

입술을 잘근 깨물며 바삐 걸음을 옮겨갔다. 이미 상대가 정문으로 들어선 만큼, 가장 안전한 탈출구는 비밀통로 밖에 없었다.

그 스스로도 특급용병으로써, 무려 '선임기사' 에 이르는 실력을 지녔다고 자부하고 있었다.

사냥개들에게도 밀리지 않는다고 자신했다.

'…하지만 상대가 사신이라면 이야기가 다르지!'

지금은 우선 몸을 빼내야 할 상황이었다.

'젠장!'

터전을 버리는 선택지가 될 수도 있고, 그로 인해서 허락되었던 모든 혜택이 사라질 수 있는 상황이지만, 어쩔 수 없었다.

[차세대의 초월자!]

그와 비교할만한 대상이 아닌 것이다.

❖ ✣ ❖

발은 손보다 세배는 강하다고들 한다.

'실제로 그 정도 위력을 가지고 있긴 하지만….'

작은 문제가 하나 있었으니, 손과 달리 발을 제대로 쓰기란 쉽지가 않다는 점이었다.

'손처럼 자유롭기가 어려우니.'

특히, 낮은 바닥에서부터 출발되는 만큼, 궤적이나 거리가 길어 손과 다르게 작게나마 시간도 필요했다. 때문에 대개는 간단한 재주 정도만 익히는 게 보통이었다.

그렇지만 선택지가 별로 없었기에, 오히려 발재간에 깊이 파고들었다.

오러홀이 없기 때문이었다.

'한 방은 역시 발차기지!'

에던은 그 같은 생각으로 발을 사용하는 다양한 방법들을 연구했고, 덕분에 손의 자유로움을 발끝에 담을 수 있었다.

체술 부분에 있어서만큼은 그야말로 온몸으로 자유를 표현할 수 있게 된 것이다.

궤적이나 거리에서 나오는 시간적 부담감을 해결하는 가장 간단한 해결법이라면, 우선 손을 쓰는 것이다.

펄럭!

손바닥을 활갯짓하듯 흔들며 상대의 시야를 교란한다.

'그리고 이 틈에 발을 차올리면….'

궤적이니 거리니 하는 문제점 같은 건 간단히 뛰어넘을 수 있었다.

너른 소매는 이 같은 활갯짓을 한층 크고 화려하게 비치며 상대의 시야를 거둬가고, 그만큼 발끝에 많은 자유를 선사해주고는 했다.

콰득!

"끄윽…."

차기 한방에 목뼈가 부러진 듯, 암전의 요원이 고개를 기이하게 꺾으며 무너져 내렸다.

제대로 들어간 발차기는 단 일격만으로도 상대의 숨통을 끊어버리기에 충분했다.

오랜 세월, 다양한 방식과 노력들을 통해, 그의 발재간은 마음껏 활개 칠 자유를 얻었다.

그리고 여기서 더 발전하여 닿은 게 바로 병장기와 함께하는 연격이었다.

스릉…

검을 들고 전방에 휘두르며, 동시에 발끝을 들어 후방을 친다.

시야의 사각!

이는 그 뿐만 아니라 상대에게도 허점이 될 수 있었다.

'등 뒤를 잡았다는 안도감.'

그게 작은 빈틈을 낳는 까닭이었다.

발을 뒤로 차올리며 단단한 발뒤꿈치로 적을 찍는 건, 실로 간단한 동작이지만 그 위력은 결코 가볍지 않았다.

특히, 그것이 빈틈을 파고드는 일격이라면 더욱 치명적일 수밖에 없었다.

"커헉!"

"꺽!"

단말마의 비명성과 함께 두 개의 죽음이 피어났다.

검과 발재간의 연격이 만들어낸 합작품으로써, 보는 이들로 하여금 절로 감탄이 나오게 만드는 광경이었다.

하지만 지켜보는 이들이 죄다 '적' 인 까닭에, 감탄과 함께 두려움도 쌓인다는 게 조금의 특이점이라면 특이점일 것이다.

[검투술!]

그 같은 이름으로 검과 체술을 함께하는 독특한 기예가 분명 있기는 하나, 에던의 것은 그것과는 또 달랐다.

검 하나에 국한되는 게 아닌 까닭이었다.

암기를 뿌리며 몸도 던지고, 창을 찌르며 발도 뻗는다. 검을 휘두르며 무릎으로 찍고, 주먹으로 쳐내며 방패로 두드렸다.

창과 방패 칼 때론 채찍까지, 저들이 휘두르던 무기는 그의 병장기가 되어 적들을 휘저었다.

'하…! 이렇게 수월하게 될 줄이야.'

에던은 자신이 펼쳐 보인 연계에 스스로가 감탄하며 또 감격했다.

지난 세월, 전장의 가장 밑바닥을 구르며, 치열하게 쌓아 올렸던 그의 공부들은 실로 다양했다.

하지만 이를 검투술처럼 한 몸에 병행한다는 건, 생각보다 쉽지 않았다. 홀로 연습하거나 머릿속으로 연구할 수는 있으나, 실전에 그대로 사용하기는 어려웠다.

[3급 용병!]

그 한계에 부딪친 육신이 제대로 따라와 주질 못하는 까닭이었다. 정말 생명이 경각에 이른 최악의 순간, 도박처럼 사용하는 정도가 전부였다.

하지만 지금은 더 이상 도박이 아니며 도전도 아니었다.

나약했던 과거와는 달랐다.

[1급 용병!]

벽 너머의 힘을 얻은 지금, 치열함은 더 이상 그만의 것이 아니게 되었다.

베르첼린 공작령의 암전 요원들을 상대하면서, 그동안 익혀왔던 재주들이 하나 둘 섞여들기 시작했다.

하지만 안타깝게도 그 끝을 볼 수는 없었다.

"푸후우우우…."

나직한 한숨과 함께, 에던의 손이 내려갔다.

사방 가득한 죽음의 그림자가 보였다. 단 한 점의 생기도 비치질 않는 공간이었다.

'끝난…건가.'

더 이상 살아 숨 쉬는 이들이 없었다.

'몇…이었더라?'

헤아리기 어려울 정도로 많은 생을 거뒀다. 질척할 정도의 핏물에 손을 적셨다. 시체를 쌓았다.

[살인으로 인한 죄책감?]

이미 오래전에 그런 부분에는 둔감해져 있었다. 단지, 그 '홀로' 한 순간에 너무 많은 죽음을 뿌린 까닭일까?

입맛이 조금 썼다.

만약, 저들이 선한 이들이었다면? 조금은 더 감정적인, 양심적인, 그런 부분에서 흔들렸을지도 모른다.

그러나 상대가 암전의 일원이라는 점에서, 죄책감은 둔감함 속으로 숨어들었고, 오히려 과감함을 겉으로 꺼내들 수 있었다.

"으음…."

하지만 상대가 상대였던 까닭일까?

그 역시도 무수히 많은 상처를 입어야만 했다. 긴장감이 일부 풀리자 그 부상의 여파가 밀려오며, 일시적인 현기증과 함께 잠시간 휘청거려야만 했다.

칼에 찔렸고, 창에 꿰뚫렸으며, 채찍에 졸렸고, 온몸으로 밀어 친 방패에는 근육이 제대로 망가졌다. 통증의 정도로 봐서는 뼈도 제법 상한 것 같았다.

이곳에 들어서기 전까지만 해도 넘쳐나던 활력이 훨훨 날아간 듯, 묵직한 피로가 급격히 밀려왔다.

하지만 이를 악물며 허리를 세우고 걷고 또 걸었다. 그러다 달렸다.

'없어?'

아무리 찾아봐도 더 이상 건물의 생존자가 없었다.

하지만 어쩐 일인지 암전의 1전주는 보이질 않았다. 간단한 인상착의 정도가 아니라, 자세한 초상화를 봤던 까닭에, 아직 마탄과는 마주하지 못했음을 알았다.

'설마, 도망갔나?'

헛웃음이 절로 나왔다.

일을 시작하기 전, 그가 생각해놨던 가장 최악의 선택지가 뽑힌 까닭이었다.

사냥개 마흔을 잃고 그 터전마저 박살난다면?

'전주로써의 위치가 흔들릴 수밖에 없을 텐데.'

페른 자작령의 암전주 마샬탄과 같은 경우라고 할 수 있었다.

'무려, 1전주나 되는 위치인 만큼….'

견제하는 세력도 강대할 터였다.

'쯧! 어지간한 상황이 와도 도망치는 선택은 피할 줄 알았는데.'

위치가 위치인 만큼, 견제가 견제인 만큼, 그 최후가

더더욱 처참하고 비참할 확률이 높기에, 차라리 그 마지막을 자신의 터전과 함께하는 선택이 최선이라고 여겼다.

마샬탄 역시 그 같은 선택지에서 끝을 본 경우가 아니던가.

하지만 마탄은 달랐던 모양이었다.

"하아…머리 아프게 하네."

그리 중얼거리는 찰나였다.

"찾는 게 이놈이니?"

생각지도 못한 음성이 끼어들며 그의 시선을 훔쳤다.

'세릴?'

에던이 깜짝 놀라서는 그녀를 바라봤다.

그녀는 창가에 엉덩이를 걸치고 앉아있었는데, 그 발아래로 그토록 찾던 얼굴이 보였다.

'마탄 젠!'

도망갔다고 여긴 그가 왜 세릴의 발아래에 쓰러져 있단 말인가.

"오랜만에 만나는 달링을 위해서 선물을 가져왔지."

그러더니 훌쩍 에던을 향해 다가왔다.

"표정이 왜 그래? 설마하니 이참에 나한테서도 도망갈 생각을 하고 있던 건 아니지? 그렇지?"

뜨끔했다.

'어떻게 알았지.'

그 본인은 모르겠으나, 페른 자작령에서의 마지막에 남긴 여운이 너무 길었다.

"미리 말하는데, 달링이 아무리 몸을 잘 숨겨도, 나한테서는 절대 못 도망갈 걸."

그러며 귓가에 다가가 속삭였다.

"못 믿겠으면 내기해도 좋아. 내기에는 당연히…."

대화의 끝에 무릎을 살짝 들어 사타구니 사이를 툭 건드렸다.

"…소중한 걸 걸어야겠지만."

에던이 조심스레 양 다리를 오므리며 시선을 피했다. 그러다 그들을 올려다보는 마탄을 발견하고는 눈살을 찌푸렸다.

그가 깨어있음을 안 까닭이었다.

'젠장!'

뜻밖의 다소곳한 자세까지 들켰다는 게 더욱 뒷목을 뻐근하게 만들었다.

이런 그의 심정을 아는지 모르는지, 아직 셰릴의 이야기는 끝난 게 아니었다.

"승자의 권한을 부리고 싶으니까. 언제든 도전하길 바랄게."

'이미 부리고 있는 것 같은데.'

구겨져 울상이 되어버린 에던의 시선이 마탄의 눈빛이 들어왔다.

어째서인지 그를 한심하게 쳐다보고 있는 것 같은 느낌이 드는 건, 과연 착각일까?

비참한 건,

그의 자세가 한층 다소곳해져 있다는 점이었다.

'아… 이게 아닌데.'

왠지, 마무리가 이상하게 되는 느낌이랄까?

살벌하게 시작해서 서글프게 끝난,

그런 느낌?

〈4권에 계속〉

북두